KB168862

나를
치유하는
여행

나를 치유하는 여행

글·사진 이호준

차례

들어가는 말

1

머리맡에 배낭 하나를 두고 삽니다. 언제라도 메고 나설 수 있도록 잘 꾸려진 배낭입니다. 카메라 세트, 그리고 길 위에서 필요한 것들이 들어 있습니다. 작은 칼, 플래시, 나침반, 비상식량, 지도…. 그러고 보면 대부분 길을 잃었거나 조난당했을 때 쓰는 물건들입니다. 가끔 삶 자체가 조난은 아닌지, 지금 이 순간에도 길을 잃고 헤매고 있는 건 아닌지 의심하고는 합니다.

배낭은 작심하고 싸놓은 게 아니라 쓰고 풀지 않은 것입니다. 여행을 다녀오면 카메라 메모리와 배터리를 교환하고 소모품을 채운 뒤, 다음에 떠날 때까지 머리맡에 둡니다. '날마다 짐을 싸는 남자'가 아니라, '짐을 풀지 못하는 남자'인 셈이지요. 언제라도 떠날 것이기 때문에 짐을 풀지 못하는 삶. 행복하면서도 불행한 삶입니다. 저에게 여행은 선택이 아닌 운명이기 때문에 더욱 그렇습니다.

2

여행은 잃어버린 나를 찾아가는 과정입니다. 스스로 익명이 되어 익명의 세상으로 나를 던져 넣는 행위입니다. 허세로 꾸며진 포장을 벗어던지고, 발가벗은 나와 만나는 순간입니다. 한겨울의 나무로부터 시련에 무릎 꿇지 않는 의지를 배우고, 철새로부터 뼛속까지 비워 수만 리를 나는 지혜를 배웁니다.

여행을 통한 치유는 자신을 진단하는 것으로부터 시작합니다. '진짜의 나'를 볼 수 있으면 이미 반은 성공한 셈입니다. 처방전도 스스로 써야 합니다. 치유는 그리 어렵지 않습니다. 메스나 약이 필요한 치료와 달라, 한곳에 오래 앉아 있거나 천천히 걷기만 해도 마음에 새살이 돋습니다. 생각을 내려놓고 기다리면, 상처를 입은 마음자리에 고요와 평온이 고입니다.

3

『문화일보』로부터 여행에세이 연재를 청탁받은 건 2014년 겨울이었습니다. 여행지 안내가 아닌, 치유를 목적으로 하는 여행에세이라는 조건은 거절할 수 없는 유혹이었습니다. 전국을 바느질하듯 누비고 다녔습니다. 이 땅은 역시 여행자에게 보물 창고였습니다. 우리가 얼마나 아름다운 곳에서 살고 있는지 다시 한 번 실감하는 기회였습니다.

연재하는 동안 많은 피드백을 받았습니다. 글을 읽는 것만으로도 치유가 된다는 과분한 격려도 있었습니다. 그러는 사이 계절이 몇 번 바뀌고 그동안 쓴 글들이 한 권의 책이 되었습니다. 이 책이 치유 여행을 꿈꾸는 모든 이들에게 충실한 안내자가 되기를 소망합니다. 책을 독자에게 맡겨놓고 다시 배낭 메고 길로 나섭니다.

이호준

번뇌를 지우고 김시습을 따라 걷는다

충남 부여 무량사 + 서천 신성리 갈대밭

무량사와 인근 서천군에 있는 신성리 갈대밭.
최근에 찾아낸 치유의 최적지다. 감춰두고 혼자만 찾아다니는
절이 있느냐고 물으면 첫 번째 꼽고 싶은 절이 무량사다.

한 해를 보내고 새해를 맞는 과정은 산을 넘는 것만큼이나 험난하다. 이리저리 휩쓸려 정신없이 지나다 보면 어딘가에는 생채기가 남게 마련이다. 따라서 연초年初는 치유를 위한 시간으로 써야 한다. 치료는 병을 낫게 하는 인위를 전제로 하지만, 치유는 쉬는 것만으로도 목적을 이룰 수 있다. 치유를 위한 가장 좋은 처방은 여행이다. 다만 장소를 잘 골라야 한다. 나와 똑같은 사람들과 똑같은 생각을 하고 싶지 않다면 복잡한 곳은 피하는 게 좋다.

지난 한 해는 제대로 걸어왔는지, 새로 받은 한 해는 어떻게 써

야 할지, 스스로 질문하고 대답하기 위해 적막을 찾아간다. 충남 부여의 만수산萬壽山 무량사無量寺와 인근 서천군에 있는 신성리 갈대밭. 최근에 찾아낸 치유의 최적지다. 감춰두고 혼자만 찾아다니는 절이 있느냐고 물으면 첫째로 꼽고 싶은 절이 무량사다.

무량사

흰 눈과 적요를 함께 이고 있는 일주문 앞에서 걸음을 멈춘다. 맞배지붕을 우주라도 되는 양 떠받치고 있는 두 개의 기둥. 일주문은 원래 그렇게 잠깐 멈췄다 들어가는 문이다. 부처의 영토로 들어서기 전에 마음을 씻고 진리의 세계로 향하라는 뜻을 품고 있다.

무량사 일주문은 손질을 최대한 자제하고 나무의 울퉁불퉁한 자연미를 그대로 살려서 어느 절의 일주문보다 친근한 느낌이 든다. 절로 오르는 길에는 가으내 붉은 등을 내걸었던 감나무들이 앙상한 몸으로 서 있다. 저만치 만수산이 너른 품을 펼쳐 안을 듯 반긴다.

천왕문으로 들어가는 계단에서는 걸음을 다시 한 번 멈추고 문 안을 찬찬하게 들여다봐야 한다. 처마처럼 가지를 늘어뜨린 소나무 아래로 석등(보물 제233호)과 오층석탑(보물 제185호)이 일직선으로 눈에 들어온다. 그리고 시선의 끝에 극락전이 있다. 누군가

무량사 극락전. 석등과 오층석탑이
일직선으로 배치돼 있다.

치밀한 계산으로 위치를 정한 듯, 조화롭기 그지없다. 절은 산속에 있되 그 산이 너른 자락을 내준 덕분에 앉은 터가 옹색하지 않다. 극락전까지 걸어가는 동안 경건한 느낌이 온몸을 감싸고 감사하는 마음이 충만해진다.

무량사의 주불主佛은 서방 극락세계를 주재하는 아미타불이다. 헤아릴 수 없이 무한한 수명을 가졌다 하여 무량수불無量壽佛이라고도 한다. 무량사라는 절 이름도 거기서 나왔다. 수를 헤아릴 수 없는 수명은 대체 어디까지를 말하는 것일까. 그 끝에는 무엇이 있을까. 기껏 수십 년을 받아 지고 가는 범인이야, 무량이라는 말만 들어도 억겁의 죄가 사라진다는 뜻을 되새길 뿐이다.

곱게 늙은 노인의 모습이 이럴까? 극락전은 고졸古拙하되 우아한 모습을 조금도 잃지 않았다. 지붕을 잇는 선은 만수산 능선을 닮아 날렵하되 날카롭지 않다. 극락전 앞에 서서 합장으로 예를 치른 뒤 천천히 걸음을 옮긴다. 영산전으로 올라가는 계단 옆에 꽃도 잎도 털어버린 늙은 배롱나무가 가지를 흔들어 객을 맞는다. 원통전을 지나 영정각 앞에 선다. 어쩌면 오늘 이곳에 서기 위해 먼 길을 왔는지도 모른다.

문을 열어놓은 영정각에는 한 사람의 초상이 걸려 있다. 약간 찌푸린 눈매와 꾹 다문 입술의 중년 남자. 매월당 김시습(1435~1493)이다. 이 절에서는 설잠雪岑 스님이라고 부른다. 어릴 적부터 천재로 이름을 떨쳤지만 수양대군이 어린 조카의 왕위를 찬탈했다는 소식을 듣고 모든 걸 버리고 떠돈 남자. 그리하여 후대에 생육신이라 불린 남자. 시대와 불화하여 숱한 기행을 남겼지만, 누가 뭐래도 당대의 문장가이자 시인이고 학자였다.

그는 이 절에서 생애를 마쳤다. 왜 말년에 이 궁벽한 절까지 왔는지는 명확하게 알려진 게 없다. 죽음을 예감하고 파도처럼 거칠었던 생애를 재우러 왔을까? 아니면 갈등과 번뇌의 불을 끄고 관조와 깨달음의 등을 걸기 위해 먼 길을 걸어온 것일까? 그의 초상으로 오후의 창백한 햇살이 비껴 내린다. 빛을 머금은 눈에서, 반역의 시간을 온몸으로 감내했던 한 사내의 고통을 엿본다. 무겁다고 투덜거리며 지고 온 내 고통이 얼마나 사사로운지 알 것 같다. 타인의 삶의 무게를 통해 자신의 고통을 가벼이 하는 건 비겁한 일이 아니다.

매월당에게 작별 인사를 하고 돌아서서 극락전 뒤뜰을 걷는다. 지금은 쓸쓸하지만 가을에는 세상 어느 곳보다 단풍이 곱게 타오르는 곳이다. 이리저리 오가지만 사람의 흔적은 없고 산신각 뒤의 조릿대만 으쓱으쓱 서걱거린다. 다시 극락전 앞 너른 마당으로 나와 느티나무 아래 돌의자에 앉는다. 요사채 처마 끝의 풍경이 지나가는 바람을 붙잡고 뎅그렁뎅그렁 운다. 그 소리가 바글거리는 번뇌를 조금씩 재워준다. 속세에서 지고 온 상처와 갈등도 녹아내린다. 오후 한나절의 시간을, 봄 병아리처럼 노랗게 내리는 햇살에 기댄다.

신성리 갈대밭

한겨울 신성리 갈대밭에 가려거든 오후를 택하는 게 좋다. 갈대밭에 부는 바람은 아침이 다르고 정오가 다르고 해가 설핏 기우는 시간이 다르다. 그중에 저녁 무렵이 가장 좋다. 바람에 따라 갈대들의 노래도 달라진다. 다만 겨울 해가 짧다는 것을 염두에 둬야 한다. 부여 무량사에서 서천군 한산면 신성리(신성로)까지는 차로 한 시간 이내에 닿는 멀지 않은 거리다.

신성리 갈대밭은 금강 하구에 펼쳐진 갈대 군락지다. 너비 200미터, 길이 1.5킬로미터 정도로 무척 넓다. 제방에 올라서면 장관을 한눈에 볼 수 있다. 신성리 갈대밭이 세상에 알려진 것은 지난 2000년에 제작된 영화 〈공동경비구역 JSA〉가 히트하면서부터였다. 남북한 병사가 처음 만나는 장면을 이곳 갈대밭에서 촬영했다. 한국의 4대 갈대밭으로 꼽힌다.

갈대밭은 경계를 허무는 곳이다. 안으로 숨어들면 그 누구의 눈에서도 벗어날 수 있는 익명성이 주어진다. 그곳에서는 길을 잃어도 좋다. 길이란 길을 다 지우고 나면 모두가 길이 되기 마련이니. 중간중간 갈대문학 길, 영화테마 길, 솟대소망 길 등의 안내판을 세워놨지만 어느 방향으로 가도 한곳에서 만나는 건 마찬가지다.

갈대는 저희끼리 몸을 비비며 시간을 지워나간다. 갈대들의 노래에 숨어 있는 새들이 화답한다. 사람이 지나가도 새들은 달아나지 않는다. 결국 이곳은 사람의 영역이 아니라 갈대와 새의 영역이

충남 서천군 한산면 신성리
금강 하구의 갈대밭.

다. 강변의 흙을 그러쥐고 한생을 지탱하는 갈대는 고스란히 서서 가을을 나고 겨울을 견딘다. 바람이 불면 허리를 굽히고 바람이 지나면 그 끝자락을 붙잡고 다시 일어선다. 후손을 위해 영역을 지키는 일은 봄이 올 때까지 계속된다. 새싹들이 파랗게 올라오는 봄날, 갈댓잎에 손을 대면 하얗게 부스러져 바람에 날린다. 사람의 일생과 크게 다르지 않다.

겨울새 몇 마리가 노을 속으로 빠르게 몸을 던진다. 세상의 모든 것들은 어둠 속에 잠겨서야 하나가 된다. 밤의 안온 속에서 위안 한 자락 건져 올린다.

그 밖에 가볼 만한 곳

금강조류생태전시관은 신성리 갈대밭 인근 금강 변에 세워진 전시관으로 가족과 함께 떠난 여행이라면 꼭 들러봐야 할 곳이다. 금강으로 날아오는 철새들의 모든 것을 한눈에 볼 수 있도록 다양한 자료를 갖춰놓았다. 특히 버드시네마 등 영상과 철새 이동 경로를 설명하는 자료는 물론, 놀이 및 학습 시설을 갖추고 있어서 아이들이 무척 좋아한다. 실내 곳곳에 설치해놓은 망원경을 통해서 철새를 가장 가까운 곳에서 조망할 수 있다.

마량리 동백나무 숲은 서천 1경으로 꼽힐 정도로 아름다운 곳이다. 지형적 특성으로 같은 자리에서 해돋이와 해넘이를 볼 수 있어서 많은 사람들이 찾는다. 천연기념물 제169호로 지정된 동백나무 숲은 동백나무가 자랄 수 있는 북방 한계선상에 있어 식물학적 가치가 높다. 수령이 500년 정도로 추정되는 이곳의 동백나무들은 그 자체로도 수려한 자태를 자랑한다. 본격적인 개화는 3월부터지만 1~2월에도 부분적으로 꽃이 핀다. 숲 정상에 있는 동백정에 오르면 송림과 함께 서해 바다가 펼쳐진다. 동백정 기둥 사이로 보이는 작은 바위섬 오력도와 그 앞을 오가는 고깃배들은 환상적인 풍경을 연출한다.

무량사에 가면

김시습이 말년 보낸 곳… 곳곳에 그의 흔적

무량사는 신라 범일국사梵日國師가 창건한 것으로 전해진다. 여러 차례의 중건과 중수를 거쳐 고려 때 크게 중창했다는 기록이 있다. 임진왜란 와중에 방화로 불타버린 것을 인조 때 재건했다. 남아 있는 절의 규모는 크지 않지만 눈에 띄는 문화재가 많다. 보물만 해도 극락전, 석등, 오층석탑, 미륵불괘불탱 등 4점이나 된다. 특히 석등은 선이나 비례가 매우 아름답다. 상대석과 하대석에 연꽃이 조각돼 있는 등 우리나라 석등의 전형적인 모습을 갖춘 고려 초기 작품이다.

가람 중심에 배치한 극락전의 문살과 서까래 밑 단청의 아름다

김시습 부도. 이곳에서 나온 사리 한 점이 국립 부여박물관에 보관돼 있다.

움을 새겨볼 필요가 있다. 극락전은 밖에서 볼 때는 2층이지만 안은 통층 구조로 천장이 높다. 거대한 소조 삼존불을 모셔놓았다. 가운데가 아미타불이고 관세음보살과 대세지보살을 좌우에 배치했다. 1633년(인조 11년)에 제작된 것으로 조선 중기 불상 중 충청도에서는 가장 큰 규모다.

무량사에서 가장 눈여겨봐야 할 것은 역시 매월당 김시습이 남긴 자취. 세조의 왕위 찬탈에 분노하여 평생 떠돌던 매월당이 무량사에 도착한 것은 그의 나이 58세 때인 1492년이었다. 그가 왜 바다와 가까운 이곳까지 왔는지 기록은 없고 전해오는 이야기로 짐작할 뿐이다.

김시습은 생을 마감하기 위한 장소로 무량사를 선택한 이유에 대해 이렇게 말했다고 한다. "험하고 외진 곳이기 때문에 100년이 지나도 나를 귀찮게 할 관리 하나 없을 것이다." 그는 이곳에서 1년을 지내다가 1493년 59세로 눈을 감았다. 김시습은 세상을 뜬 뒤에도 신화에 가까운 이야기를 남겼다. 열반에 들면서 승려들에게 "내가 죽거든 화장하지 말고 땅속에다 3년 동안 묻어둬라. 그 후에 정식으로 화장해달라"고 당부했다고 한다. 그가 원한 대로 시신을 땅에 묻었다가 3년 후에 무덤을 열었더니, 시신이 살아 있는 사람과 똑같더라고 한다.

무량사에는 김시습의 자취가 많이 남아 있다. 우선 그의 초상을 모시기 위해 세운 영정각. 초상은 가슴까지 그린 반신상인데, 머리에는 중절모처럼 생긴 검은 모자를 썼다. 설명에는 '밀화영蜜花纓

의 끈이 달린 평량자형平凉子型의 입笠을 쓰고 담홍색 포袍를 입고 있으며 공수 자세를 취하고 있다'고 쓰여 있다. 수염은 그리 길지 않으며 '찌푸린 눈썹에 우수 띤 얼굴'이라고 묘사했던 옛사람의 표현대로 약간 우울해 보인다. 이 초상을 두고 보통 김시습 스스로가 그린 자화상이라고 하지만 뚜렷한 기록이나 증거는 없다. 다만 김시습이 그림에도 일가견이 있었던 것은 잘 알려진 사실이다. 『매월당집』에 "노소이상老少二像을 스스로 그렸다"는 문구도 있다.

무량사에 남아 있는 김시습과 관련된 유물로는 초상 외에도 김시습 부도가 있다. 절로 오르기 전 마을 입구에서 왼쪽 무진암 쪽으로 가다 보면 부도들이 서 있다. 그 한가운데에 있는 부도가 김시습 부도다. 일제강점기에 폭풍우로 나무가 쓰러지면서 이 탑도 무너졌는데, 그때 사리 1점이 나와 국립 부여박물관에 보관하고 있다. 그 밖에도 천왕문 밖 언덕에 1983년에 문인들이 세운 매월당 시비가 있다.

무엇을 먹고 어디서 잘까

무량사 입구에 모텔이 있지만 인근의 대천해수욕장이나 서천으로 나가면 모텔, 콘도 등 숙박업소가 많다. 사하촌 삼호식당에서는 버섯전골과 산채비빔밥을 먹을 수 있다. 특히 우렁이를 듬뿍 넣은 된장찌개가 맛있다. 은혜식당은 백숙, 오리탕 등을 내놓는다. 신성리 갈대밭이 있는 서천에서 묵을 만한 곳으로는 서천유스호스텔(041-956-0003)이 있다. 서천특화시장음식촌, 장항음식특화거리를 찾아가면 향토 음식과 싱싱한 회를 맛볼 수 있다.

아! 매창, 매화나무에게 그녀를 묻다

전북 부안 내소사 전나무 숲길+개암사

부안에 들자마자 내소사부터 찾은 건 청청한 전나무 숲이 그리워서다.
개암사로 가기 전에는 매창공원에 들른다.
400여 년 전에 살다 간 한 사람을 만나기 위해서다.

신은 공평하다? 이 말에 전적으로 동의하는 사람이라도 전북 부안에 가면 고개를 갸웃거리게 된다. 부안은 아름다운 바다와 뛰어난 자태의 산을 함께 받은 '천혜'의 땅이다. 무언가 특혜를 받았다는 느낌이 들지 않을 수 없다. 오죽하면 변산반도를 '서해의 진주'라고 불렀을까. 지도를 펴놓고 언뜻 훑어봐도 격포해수욕장, 상록해수욕장 등 해수욕장이 즐비하고 채석강, 적벽강 등 해안의 명소와 내소사, 개암사, 월명암 등 유서 깊은 절들이 보석처럼 박혀 있다.

바다 역시 풍요롭다. 지금은 전설처럼 돼버렸지만, 변산반도 앞 위도까지 아우르는 칠산바다는 '물 반 고기 반'이라는 별명을 가지고 있었다. 연평어장과 함께 2대 조기 어장으로 이름을 날리던 시절의 이야기다. 파시로 흥청거렸던 위도에서는 지금도 정월 초면 위도띠뱃놀이가 펼쳐지고, 격포에는 서해의 수호신을 모시고 제사 지내는 수성당이 있다. 산과 바다를 함께 즐길 수 있는 여행지, 부안을 찾아간다.

내소사 전나무 숲길

부안 땅에 들자마자 내소사부터 찾은 이유는 청청한 전나무 숲이 그리워서였다. 한겨울의 찬 바람에도 흔들리지 않는 시퍼런 직립. 비겁과 굴신屈身의 여지를 보이지 않는 기상에서 한 해를 당당하게 걸어갈 용기를 얻고 싶었다.

일주문을 지나면서 번잡은 거짓말처럼 사라지고 당혹스러울 정도의 적막이 흐른다. 전나무 숲은 일주문 바로 앞에서부터 이어진다. 주변의 나무들이 무채색으로 퇴색할수록 암청暗淸의 무게를 더해간다. 계절의 변화에 굴종하지 않는 의지는, 눈이라도 내리면 더욱 푸르게 빛난다.

내소사 전나무 숲은 광릉수목원, 오대산 월정사와 더불어 우리나라 3대 전나무 숲으로 꼽힌다. 500미터 정도 이어지는 이 길에

는 수령 100년 이상, 높이 30~40미터의 전나무들이 소풍 가는 아이들처럼 줄지어 있다. 일주문에서 내소사까지 10분 넘게 걷지만 전나무들의 열병식 덕에 지루할 틈이 없다. 나뭇잎 사이를 지나온 은은한 햇살이 어깨를 감싼다. 언뜻언뜻 보이는 하늘이 시리도록 푸르다.

온몸에 힘을 빼고, 포장된 나를 벗어던지고 걷는다. '내가 누군데…' 하는 도시에서의 허세가 고통의 근원이라는 것을 안다. 세상은 허세를 받아줄 만큼 녹록한 곳이 아니다. 잠깐 서서 걸어온 길을 돌아본다. 앞으로 가면서 보지 못한 것들이 거기 있다. 스스로 나무와 더불어 안테나가 된다. 우주의 기를 받아 땅에 전하고, 땅이 내어주는 기를 받아 우주에 전한다. 심신이 새로운 기운으로 충만해진다.

걷다 보니 나무들이 뿌리를 드러낸 채 쓰러져 있다. 서 있는 나무 중 몇 그루도 우듬지가 뚝뚝 부러졌다. 여러 해 전 이곳을 지난 태풍이 저지른 짓이다. 안온하던 숲은 속절없이 흔들리고, 나무들은 하나둘 부러지고 쓰러졌을 것이다. 우리네 삶도 다르지 않다. 느닷없이 들이친 바람에 넘어지고 다치는 날이 얼마나 많은지. 그래도 원망이나 한탄을 하기보다는 추스르고 일어나 걸어야 한다. 겨울을 나지 않고 키를 키우는 나무는 없다.

숲이 끝나갈 무렵 갈림길이 나온다. 왼쪽 길을 택하면 관음봉, 직소폭포, 월명암, 낙조대 등과 만나는 등산로다. 곧바로 올라가면 내소사에 닿는다. 천왕문을 지나 맨 먼저 만나는 늙은 느티나무와 잠깐 눈을 맞춘다. 천 년을 넘게 살았다는 이 느티나무의 짝은 일주문 밖에 서 있다. 이 나무가 할아버지 나무고 밖에 있는 나무가 할머니 나무다. 해마다 정월 보름이면 이 나무 앞에 내소사 스님들과 마을 사람들이 모여 당산제를 지낸다. 허리 굽은 소나무와 겸손해 보일 정도로 작은 탑과도 눈인사를 나눈다.

내소사는 역시 빼어난 절이다. 그중에서도 놓치지 말고 봐야 할 것은 대웅전 꽃살문. 빗국화꽃살문, 빗모란연꽃살문, 솟을모란연꽃살문, 소슬연꽃살문 등의 이름을 가진 꽃살문들이 살아 있는 듯 생생하다. 400년을 견디며 육탈을 거듭한 시간의 뼈들이 거기서 빛나고 있다.

마침 법회라도 있는지 가사와 장삼을 갖춘 스님이 대웅전 안으로 들어간다. 조금 뒤 경내에 울려 퍼지는 청아한 독경 소리. 속세에서 묻히고 들어온 마음의 먼지가 목탁 소리를 따라 툭툭 떨어진다. 겨울 아침이 춥지만은 않다.

매창공원~개암사

개암사로 가기 전에 부안 읍내의 매창공원에 들른다. 400여 년 전에 살다 간 한 사람을 만나기 위해서다. 허난설헌, 황진이와 함께 조선의 3대 여류 시인으로 불리는 이매창의 묘가 매창공원 안에 있다. 한 사람을 아는 데 긴 설명이 필요 없을 때도 있는 법.

내소사 대웅전 꽃살문.

이화우梨花雨 흩날릴 제 울며 잡고 이별한 님

추풍낙엽에 저도 날 생각는가

천리에 외로운 꿈만 오락가락 하노매

교과서에도 실린 적이 있는, '이화우'로 시작하는 이 시를 쓴 이가 이매창이다. 기생이었지만, 한 남자를 절절하게 사랑하고 그리워하다 서른여덟이라는 나이에 세상을 떠난 비련의 여인. 사람은 떠났어도 시는 남아 여전히 세상을 적시고 있다. 매창의 묘는 깔끔하게 잘 가꿔놓았다. 가느다란 겨울 햇살이 포근하게 감싸고 있어 마음이 따뜻해진다. 공원 곳곳에는 그녀가 쓴 시와, 그녀를 기리는 시비들이 서 있다. 시들을 하나하나 음미하며 먼저 떠난 이와 긴 이야기를 나눈다.

개암사로 올라가는 길은 다른 표현이 생각나지 않을 만큼 아름답다. 한겨울인데도 냇물이 돌돌 소리를 내며 흐르고, 길옆의 차밭은 깊고 푸르다. 조금 가파른 계단을 올라가다 보면 불쑥 나타나는 한 쌍의 바위(우금암)와 대웅전은 또 얼마나 가슴 벅차게 다가오는지. 내소사에서 들으면 섭섭하겠지만, 절의 풍치로만 놓고 본다면 이 절에 점수를 더 주고 싶다.

개암사는 이매창의 걸음을 따라 찾아온 절이다. 매창은 생전에 개암사를 자주 찾았다고 한다. 인연은 죽은 뒤에도 이어진다. 그녀가 떠나고 58년 뒤인 1668년, 입으로만 전해지던 58편의 시를 모아 『매창집』을 간행했다. 그 목판본 시집을 발행한 곳이 바로 개암사였다. 시집의 인기가 얼마나 좋았던지 너도나도 찍어달라는 바람에 개암사의 재원이 바닥날 지경이었다고 한다.

대웅보전, 응진전, 지장전… 옹골차게 들어선 절집들을 한 바퀴 돈 뒤 내려오다가 마당에서 늙은 매화나무를 만났다. 잔가지에 작은 꽃망울들이 점점 맺혀 있다. 400년 된 나무라는 안내문에 눈길이 머문다. 400년이라… 매창이 떠난 지 400년 조금 넘었으니 서로 만났을지도 모르겠다. 쪼그리고 앉아 늙은 매화나무에게 묻는다.

"부안 기생 매창을 보았는지요."

바람도 없는데 매화나무 가지가 흔들린다. 그렇다는 뜻이라고 해석한다.

"곱더이까?"

내가 이렇게 속물이다. 기껏 묻는다는 게….

"사랑을 향한 마음이 장하더이다."

평생 한 남자를 그리워하다 떠난 여인 매창. 그녀는 사랑하는 사람을 차지하거나 꿈꾸던 사랑에 마침표를 찍지 못했다. 하지만 어찌 사랑이 소유나 종결의 대상이랴. 가슴속에 한 송이 꽃으로 남으면 되는 것을.

그 밖에 가볼 만한 곳

부안에 가면 채석강彩石江에 들르지 않을 수 없다. 채석강은 변산반도 맨 서쪽 격포에 있는 1.5킬로미터의 해안 절벽이다. 약 7천만 년 전에 형성된 퇴적암으로 마치 수만 권의 책을 쌓아 올린 것처럼 보인다. 가까운 곳에 적벽강과 수성당이 있다. 또 하나 부안의 명소는 곰소염전. 3월 말에서 10월까지 소금을 생산하기 때문에 겨울에는 조금 쓸쓸하지만, 염전 길을 걷는 맛은 남다르다. 저물녘에는 소금창고 너머로 그림 같은 석양이 펼쳐진다. 요즘은 인근에 있는 곰소젓갈단지가 더 유명해서 많은 사람들이 찾는다. 맑은 날이라면 마실길 제4코스에 있는 솔섬도 찾아가볼 만하다. 서해에서 낙조가 가장 아름다운 곳 중 하나다.

내소사에 가면

대웅보전 벽에 단청이 비어 있는 까닭은?

능가산 내소사來蘇寺는 백제 무왕 34년(633년)에 창건된 절이다. 원래 이름은 소래사蘇來寺였다고 한다. 다시 태어나도 이 절을 찾아오고 싶다는 뜻이다.

임진왜란으로 대부분 건물이 불타버려서 인조 때에 중창했다. 빼어난 건축미를 자랑하는 대웅보전도 그때 세워졌다. 대웅보전과 법당 안의 후불벽화, 꽃살문 외에도 고려동종, 법화경 절본사본, 영산회괘불탱 등 많은 문화재가 남아 있다.

내소사에는 숱한 전설이 전해져온다. 특히 전설이 단순히 '이야기'에 그치지 않고 눈앞에 그럴듯한 증거를 들이밀기 때문에 하나씩 확인해보는 재미가 쏠쏠하다. 대웅보전을 중수할 때 이야기다. 어찌 된 일인지 대목은 3년 동안 목재를 베어오고 다듬는 일만 계속하였다. 집은 지을 생각도 안 하고 기둥, 서까래와 나무토막만 자꾸 깎아놓자 어느 날 사미승이 장난삼아 나무토막 하나를 슬쩍 감췄다. 나무 깎기가 끝나는 날 나무토막을 세어본 대목은 하나가 부족한 것을 발견하고 주지 스님에게 자신은 대웅전을 지을 자격이 못 된다고 집 짓기를 고사했다. 주지 스님의 권유로 대웅전을 세우기 시작했지만 끝내 나무토막 하나가 빠진 채 완성되었다.

또 하나의 전설 역시 대웅보전과 관련된 것이다. 법당이 다 세워진 뒤 단청을 하러 들어가면서 화공은 "모두 끝날 때까지 안을 들여다보지 말라"고 당부했다. 하지만 한 달이 다 되도록 화공이 나오지 않자 궁금해진 스님이 살짝 문을 열었다. 한데, 화공은 오간데 없고 오색영롱한 새(관음조) 한 마리가 입에 붓을 물고 날아다니며 그림을 그리고 있다가 스님을 보더니 피를 토하며 날아가버렸다. 단청 한 곳을 끝내 마무리하지 못한 채.

약속의 중요성을 강조하고 과도한 호기심을 경계하기 위해 내려오는 전설일 것이다. 하지만 교훈보다 재미있는 것은 전설의 '증거'들을 현장에서 눈으로 확인해보는 것이다. 대웅보전 천장에는 실제로 나무토막이 빠져 구멍만 남은 자리가 있다. 용이 물고기를 물고 있는 곳 근처다. 오른쪽 벽 한 곳에는 단청이 비어 있다. 대웅전에 대해서 좀 더 알고 싶으면 상주하는 '법당 보살'에게 설명을 청하면 자세히 이야기해준다.

개암사는 기원전 282년 변한의 문왕이 진한과 마한의 난을 피해 이곳에 도성을 쌓은 뒤 전각을 짓고 동쪽을 묘암, 서쪽을 개암이라고 했다는 데서 유래했다. 보물 제292호로 지정된 대웅보전은 정면 세 칸, 측면 세 칸의 조선 중기 대표적 건물이다. 높이가 13미터가 넘는 영산회괘불탱은 보물 1269호로 지정됐다.

매창은 1573년 부안현의 아전 이탕종의 서녀로 태어났다. 아버지가 일찍 세상을 뜨면서 열여섯에 기적妓籍에 이름을 올렸다. 평범한 기생으로 살다 갔을지도 모를 매창의 일생을 파란만장하게 만든 것은 '사랑'이었다. 기생이 된 지 2년, 열여덟 살 되던 해 한양에서 유희경이라는 이가 부안까지 놀러 온다. 그는 한양에서 이름을 날리는 문인이었다. 매창보다 스물여덟 살 많은 유부남이었지만 그들은 첫눈에 사랑에 빠진다. 꿈 같은 시간을 보내고 유희경이 한양으로 돌아간 뒤 바로 임진왜란이 터졌고, 그는 의병이 되어 전쟁터로 나갔다. 두 사람이 다시 만난 것은 15년 만이었다. 매창은 그사이에 잠시도 유희경을 잊지 못했다. 지금도 남아 있는 구구절절한 시가 바로 그 증거다.

하지만 재회는 짧았다. 부안에 들렀던 유희경이 바로 한양으로 올라간 것이다. 매창은 그 뒤 시름시름 앓기 시작해서 3년 뒤인

1610년, 서른여덟의 나이로 세상을 떴다. 부안의 사당패와 아전들이 외롭게 죽은 그녀의 시신을 수습하여 지금의 매창공원에 묻어주었고, 나무꾼들이 벌초를 하며 돌봤다고 한다. 그 뜻은 계속 이어져서 지금도 부안 사람들이 매창의 제사를 지내고 있다. 개암사에서 발간한 『매창집』은 간송문고와 하버드대 도서관 등에 보관돼 있다.

무엇을 먹고 어디서 잘까

대명리조트 변산(1588-4888)과 바다호텔(063-580-5500), 채석강리조트(063-583-1234) 등이 있다. 해수욕장과 곰소에도 모텔, 펜션이 많다. 내소사 입구의 내소식당, 산촌식당, 전주식당은 산채비빔밥, 젓갈백반 등을 내놓고 곰소젓갈단지의 곰소황금밥상은 젓갈백반과 게장백반, 소문난집은 백합죽, 바지락죽, 바지락칼국수를 전문으로 한다. 싱싱한 회를 맛보고 싶으면 채석강이 있는 격포로 가면 된다.

동화의 나라에는 눈의 요정들이 산다

강원 인제 원대리 자작나무 숲 + 곰배령

어느 때인들 그 아름다움이 덜할까만, 자작나무와 가장 잘 어울리는 계절은 겨울이다. 세파에 얼룩진 마음을 하얗게 빨아 널고 싶은 사람은 곰배령으로 갈 일이다.

비로봉 동쪽은 아낙네의 살결보다도 흰 자작나무의 수해樹海였다. 설 자리를 삼가, 구중심처九重深處가 아니면 살지 않는 자작나무는 무슨 수중공주樹中公主이던가!

정비석은 기행수필 「산정무한山情無限」에서 자작나무를 나무 중의 공주로 표현했다. 하나의 나무에 보내는 찬사가 이보다 더 극진할 수 있을까. 그뿐 아니다. 자작나무는 순수의 상징으로, 신목神木으로, 숲의 여왕으로 불리며 귀한 대접을 받아왔다.

한반도에서는 금강산 이북의 고지대에서 주로 자란다. 하지만 남한에서도 그리 낯선 나무는 아니다. 강원도 사람들이 나무를 하러 갈 때 불렀다는 '나무 타령'에도 자작나무가 등장한다. 그를 뒷받침하듯 태백, 횡성, 인제 등 강원도 산간 지방에는 곳곳에 자작나무 군락지가 있다. 물론 상당수는 인공조림 한 것이다. 그중에서도 인제군 인제읍 원대리는 국내 최고의 자작나무 군락지로 꼽힌다.

원대리 자작나무 숲

원대리 자작나무 숲으로 가기 위해서는 '원대산림감시초소'를 찾으면 된다. 주소로는 '인제읍 원대리 원남로 760(산75-22번지)'이다. 초소에서 방명록을 작성한 뒤 3킬로미터 남짓한 임도를 따라 걸어 올라간다. 길은 비교적 평평하고 부드럽게 이어져서 누구나 무리 없이 올라갈 수 있다.

어느 때인들 그 아름다움이 덜할까만, 자작나무와 가장 잘 어울리는 계절은 역시 겨울이다. 눈길을 따라 올라가다 보면 자작나무들의 흰 자태가 드문드문 나타나기 시작한다. 위로 올라갈수록 자작나무와 흰 눈은 서로를 닮아간다. 같은 색끼리 이뤄지는 오묘한 조화라니. 길은 오른쪽으로 왼쪽으로 구불구불 이어진다. 조금 단조롭지만 길가의 나무들과 나누는 대화로 심심할 틈이 없다. 가

자작나무는 25m까지 자란다.

파른 길을 지나 언덕 위로 올라서니 바람이 거세다. 거대한 숲이 파도처럼 '쏴아 쏴아' 소리를 내며 흔들린다.

숨이 조금 가빠질 무렵, 하얀 물결이 안길 듯 다가선다. 드디어 자작나무 숲이다. 아! 이 풍경 앞에서 누군들 감탄사를 아낄 수 있으랴. 수해라더니 말 그대로 나무의 바다다. 뭐라고 표현해야 할까. 청순? 고결? 신비? 뭔가 미흡해 보이는 단어들만 머릿속을 빠르게 스친다. 숲이 환하게 불을 켜 들고 먼 길을 걸어온 사람을 반긴다. 늘씬한 자태로 서 있는 나신裸身들. 세상에 가장 강렬한 색이 흰색이라는 사실을 처음으로 배운다.

천천히 숲으로 들어간다. 그 한가운데 서니 영화 〈닥터 지바고〉의 장면들이, 누군가 준비해둔 영상처럼 하나씩 스치고 지나간다. 끊임없이 펼쳐진 설원 위의 자작나무들. 순백으로 그려지는 주인공들의 애절한 사랑. 장면 하나하나는 여전히 강렬하게 남아 있다. 잠시 서서 주인공들이 감내해야 했던 유배의 시간을 생각해본다. 이곳에서는 유배라는 단어조차도 그리움이 된다.

숲길을 걷다 보면 동화의 나라에 들어선 것 같은 느낌이 든다. 어디선가 하얀 요정이 튀어나와도 별로 놀라지 않을 것 같지 않다. 이곳에는 자작나무 코스(0.9킬로미터), 치유 코스(1.5킬로미터), 탐험 코스(1.1킬로미터) 등 세 개의 산책코스가 마련돼 있다. 어느 길을 택해도 나무들의 향연이다. 먼저 지나간 사람이 내놓은 길로만 다닐 건 없다. 널따랗게 펼쳐진 숲은 발길의 방향에 제약을 주지 않는다. 눈에 푹푹 빠지기도 하면서 걷다 보면, 어느 순간

하늘에 닿을 듯 뻗어 있는 자작나무.

속세는 아득히 멀고 낯선 공간에서 혼자 누리는 행복이 온몸을 감싼다.

자작나무 숲을 벗어나면 산뽕나무, 들메나무, 신갈나무 등 활엽수들이 기다리고 있다. 한쪽에는 소나무 숲도 있다. 나무라고 영역 다툼을 하지 않는 건 아니지만 숲의 질서와 평화는 견고하다. 걸음이 가벼워진다. 하얀 나무와 눈이 지우개가 되어 잡념들을 쓱쓱 지워나간다.

곰배령

곰배령이라고 하면 대개 '천상의 화원'이라는 말부터 떠올린다. 하지만 꽃 피는 곰배령만 아름다운 것은 아니다. 눈이 쌓인 겨울에는 또 다른 깊은 맛이 있다. 세파에 얼룩진 마음을 하얗게 빨아 널고 싶은 사람은 곰배령으로 갈 일이다.

산행은 설피밭 삼거리에서 시작한다. 생태탐방안내소에서 신분을 확인하고 조금 올라가면 눈길이 시작된다. 곰배령까지는 왕복 10킬로미터. 네 시간 정도 잡으면 된다. 강선마을까지는 오르막이 거의 느껴지지 않을 정도로 완만하다. 하지만 눈이 많아서 반드시 아이젠을 해야 한다.

어디를 둘러봐도 눈, 눈이다. 눈 속에서는 이곳과 저곳의 분별이 얼마나 무의미한지. 어쩌면 우리가 지고 가는 고통의 상당량은 스스로 그어놓은 경계 때문에 생겼는지도 모른다. 너와 나, 네것 내 것, 잉여조차도 나누는 데 인색한 소유욕…. 곱게 늙은 활엽수 빈 가지 사이로 겨울 햇살이 비껴 내린다. 20분쯤 지나면 화전민들이 살았다는 강선마을이 나온다.

길은 머리나 꼬리를 완전히 감추는 법이 없이 완만하게 이어진다. 이런 길에서는 시계가 아닌 나만의 시간과 함께 걸어야 한다. 자신이 시간을 지휘하지 못하고 시계에 쫓겨 다니는 삶은 불행하다. 속도를 내려놓는 순간 온전한 모습의 풍경이 나타난다. 지나가는 바람에 원시림처럼 깊은 숲이 뭉툭하게 운다. 얼음이 두꺼운 내에는 중간중간 구멍이 뚫려 냇물이 숨을 쉬고 있다. 생명의 숨구멍이고 생명의 물이다. 숲에서 그곳까지 발자국이 점, 점, 점 찍혀 있다. 눈이 그친 새벽, 숲에 깃들어 사는 누군가가 물을 마시러 다녀간 것이다.

나무들은 죽은 듯 고요하게 서 있지만 생명의 기운은 여전히 생생하다. 갈무리해둔 숨결을 잎으로 혹은 꽃으로 힘차게 내밀 순간을 기다리고 있는 것이다. 오래지 않아 쌓인 눈을 밀어제치고 새싹들이 솟아오를 것이다.

정상이 가까워지면서 길은 조금씩 가팔라진다. 기온 역시 급격하게 떨어진다. 빈 나뭇가지마다 상고대가 피어나 환상적인 풍경을 연출한다. 어느 순간 파란 하늘이 활짝 열린다. 곰배령이다. 꽃을 지천으로 품었던 화원은 바람의 영지가 되었다. 바람이 달려오는 방향을 향해 선다. 가슴이 활짝 열리면서 청량한 기운이 쏟아져 들어온다. 그 기운에 샤워라도 하듯 나를 씻어낸다. 저만치 설악의 봉우리들이 도열해 있다. 워낙 춥고 바람이 거세 오래 서 있을 수 없다. 장갑을 벗으니 손이 금세 꽁꽁 언다. 어쩌면 이곳은 인간에게 오래 허락된 영역이 아닐지 모른다. 못 이기는 척 걸음을 돌린다.

조금 내려오니 언제 얼었느냐는 듯 몸이 풀린다. 터무니없는 행복감이 밀려온다. 아파보지 않은 자는 건강한 날의 고마움을 모른다는 말을 실감한다. 무엇을 찾기라도 하듯 여기저기 자꾸 둘러본다. 저 아래에서 지고 올라왔던 번뇌는 어디로 간 것일까.

그 밖에 가볼 만한 곳

인제에는 곳곳에 박물관, 문학관 등이 있다. 대표적인 곳이 만해마을에 있는 한국시집박물관. 우리나라 시의 이력을 한눈에 볼 수 있는 이곳은 시인과 소장가들이 기증한 시집 1만여 권을 소장하고 있다. 1950년대 이전에 간행된 희귀 시집도 100여 권 있다.

인제산촌민속박물관은 사라져가는 산골 마을의 풍습과 농가의 세시 풍습 등을 체계적으로 전시해놓았다. 특히, 뗏목 만들기, 목기구 제작, 목청 채취, 지당 모시기, 숯 굽기 등은 산골의 특징을 잘 나타내고 있다. 산촌민속박물관 바로 곁에 있는 박인환문학관은 인제가 고향인 박인환 시인의 행적에 맞춰 과거 명동거리를 재

현해놓았다. 시인들의 아지트였던 '마리서사', 선술집 '유명옥'과 '봉선화 다방' 등을 돌아보며 옛 문인들의 자취를 되새겨볼 수 있다.

곰배령에 가면

하루 300명 입산 허용… 미리 허가받아야

자작나무는 박달나무처럼 단단한 데다 썩거나 벌레를 먹지 않아서 건축재, 조각재 등으로 많이 쓰인다. 생장이 빠르고 최고 25미터까지 자란다. 희고 윤이 나는 껍질은 불이 잘 붙기 때문에 불쏘시개로 인기가 좋았다. 자작나무라는 이름도 '자작자작' 소리를 내며 탄다고 해서 붙여진 것이라고 한다. 옛날에는 얇은 표피를 종이 대용으로 썼다.

원대리 자작나무 숲에는 138헥타르에 총 5만 그루의 자작나무가 자라고 있다. 이곳을 찾은 사람들은 언제부터, 왜 이곳에 자작나무 군락지가 형성됐는지 궁금해한다. 원대리에 자작나무를 심은 것은 1993년이었다. 산림청 인제국유림관리소에 따르면 원래는 경제림 단지로 조성했다고 한다. 즉, 다른 나무보다 단단한 재질의 목재를 생산하기 위해 자작나무를 심었다는 것이다. 이 일대는 소나무들이 자생하던 천연림이었는데 소나무 재선충이 크게 번지면서 소나무들을 베어내고 자작나무를 심었다. 20년 넘는 시간이 세상에서 가장 아름다운 숲 중 하나를 만들어내면서, 경제림보다는 관광자원으로 더 주목받고 있다.

곰배령은 인제군 귀둔리 곰배골 마을에서 진동리 설피밭으로 넘어가는 고개다. 곰이 배를 보이며 누워 있는 형상 같다고 해서 그렇게 불렀다고 한다. 이곳에는 3월 말 혹은 4월 초부터 노루귀, 홀아비바람꽃, 메제비꽃, 중의무릇, 고깔제비꽃, 애기나리, 은방울꽃 등 미처 손으로 꼽지 못할 정도로 많은 야생화가 피고 진다.

곰배령으로 오르기 위해 거쳐야 하는 곳이 '설피밭'이라고 부르는 진동마을이다. 이곳의 겨울은 춥고도 길다. 설피밭이란 이름에서 알 수 있듯이 눈도 무척 많이 내린다. 진동마을은 세상에 알려지기 전에는 오지 중의 오지였다. 원래는 화전민들이 살던 곳으로, 단목령을 넘어가던 소금 장수들이 지나다니던 길목이었다고 한다. 양양 양수발전소 상부댐이 조성되고 길이 넓어지면서 사람들이 드나들기 시작했다.

지금은 오지라고 부르기에는 민망할 정도로 길도 넓어졌고 많은 사람이 들어와서 살고 있다. 방송 등 매스컴의 영향이 가장 컸다. 주민 구성도 외지에서 들어온 사람들이 원주민보다 훨씬 많아졌다. 곰배령 바로 아랫동네인 진동2리의 경우, 전입만 해놓고 살지 않는 가구를 뺀 순수 주민만 해도 70호나 된다. 과거처럼 농사를 짓는 사람은 극소수이고 대개 민박이나 음식점 등을 한다.

진동마을에서 펜션을 운영하는 장영목 씨도 외지에서 들어온 주민이다. 서울에서 직장 생활을 하던 그는, 20년 전에 이 마을에 우연하게 들렀다가 마음을 빼앗기는 바람에 몇 년 뒤 땅을 샀다.

2004년부터는 주말마다 오가며 손수 집을 짓기 시작해서 10년 뒤인 2014년에 완공했다. 펜션에서 나오는 수입만으로 아이들을 가르치기에는 역부족이라 생활 자체는 적자다. 하지만 워낙 오래 오지 생활을 꿈꿨기 때문에, 개발 속도가 너무 빠르다는 것 외에 특별한 불만은 없다고 한다. 겨울이면 아예 도시로 나가서 살다 봄이 오면 돌아오는 사람들도 있다. 장 씨는 집을 짓기 위해 배운 목공 일을 하며 겨울을 난다.

곰배령은 하루 300명까지만 입산을 허용하기 때문에 미리 허가를 받아야 한다. 산림청 누리집(www.forest.go.kr) '점봉산곰배령예약'에 들어가 신청하면 된다. 진동마을의 민박이나 펜션을 통해 예약하는 방법도 있다.

무엇을 먹고 어디서 잘까

원대리에는 숙박할 곳이 마땅치 않지만 인제 읍내에는 모텔이 여러 곳 있다. 음식점은 닭볶음탕이나 산채비빔밥 등을 내놓는 자작나무식당, 승마식당이 있다. 곰배령으로 가는 길에는 금강초롱(010-4737-7909), 꽃별하얀(010-8878-4242), 산수갑산(033-462-3108) 등 민박, 펜션이 이어진다. 황토로 지은 고메똥골(033-463-3907)에서는 장작을 때는 구들방에서 묵을 수 있다. 음식점은 토속 된장 음식을 주로 하는 산골밥상 등이 있고 강선마을 맨 끝의 곰배령 끝집에서는 곰취전, 감자전 등을 푸짐하게 내놓는다.

가슴 답답한 날 찾아가는 육지 속의 섬

경북 예천 회룡포 + 삼강주막

내성천이 휘돌아가며 만들어놓은 절묘한 풍경 속에
시름 한 자락 내려놓고, 이 땅의 마지막 주막이었던
삼강주막에 들러 삶의 쉼표를 찍어본다.

이중환은 『택리지』에 '예천은 태백산과 소백산의 남쪽에 위치한 복된 지역'이라고 썼다. 무엇이 이곳을 복되게 했을까. 우선 경북 예천군은 낙동강과 내성천이 휘돌아 나가는, 전형적인 배산임수背山臨水 지형을 갖추고 있다. 그러다 보니 물이 흔하다. 물도 그냥 물이 아니다.

예천醴泉의 '예醴'는 단술이라는 뜻을 갖고 있다. 결국 물이 감주처럼 달다는 뜻이다. 그렇게 다디단 물은 들판을 적시며 흘러 풍요를 선물했다. 풍요는 그만한 문화를 낳기 마련. 예천에는 숱한 문화유산이 남아 있다. 용문사, 보문사, 장안사 등의 사찰과 석조 비로나자불상, 개심사지오층석탑, 와룡리석조여래입상 등의 불교 유적이 산재해 있다. 또 예천향교, 용궁향교, 도정서원, 옥천서원 등이 있으며 정자와 누각은 헤아리기 어려울 정도다.

하지만 예천하면 회룡포를 빼놓고 말할 수 없다. 내성천이 휘돌아가며 만들어놓은 절묘한 풍경 속에 시름 한 자락 내려놓고, 이 땅의 마지막 주막이었던 삼강주막에 들러 삶의 쉼표를 찍어본다.

회룡포

회룡포를 한눈에 보기 위해서는 회룡대로 가야 한다. 회룡대는 비룡산에 만들어놓은 전망대를 말한다. 장안사 주차장에 차를 세우고 300미터쯤 걸어 올라가면 된다. 나무 계단으로 오르는 길 중간중간에 시를 적어놓았다. 반가운 마음에 하나씩 읽으며 천천히 오른다. 나뭇가지 사이로 하얀 모래밭과 느리게 흐르는 강물이 언뜻언뜻 다가섰다 물러선다.

문득 올려다본 하늘엔 새 한 마리가 힘차게 날아간다. 그 뒤에 한 마리, 또 한 마리…. 먼 길을 떠나는 모양이다. 부러운 시선을 빈 하늘에 던진다. 날 수 있는 게 부러운 게 아니라, 날기 위해서 뼛속까지 비워내는 결단이 부럽다. 대개의 고통은 버리기보다 싸안으려 하는 데서 시작된다. 버리지 않고는 자유로워질 수 없다는

경북 예천군 용궁면의 회룡포.
낙동강 상류인 내성천이 350도 돌아 흐른다.

것을 알면서, 비우는 데 늘 인색하다. 많이 비울수록 높고 멀리 나는 법인데.

조금 더 올라가니 회룡대가 나타난다. 기다리고 있었다는 듯, 저 아래로 들판과 강물이 너른 품을 활짝 열어젖힌다. 자연 앞에 서면 사람도 닮아가기 마련. 가슴이 뻥 뚫린다는 느낌이 이런 것이구나. 내 안에 응어리졌던 것들이 쑥 빠져나가는 것 같다. 그 속에는 미움도 원망도 한탄도 섞여 있을 것이다. 원래의 나는 지금처럼 텅 비어 있는 상태였겠지. 이곳에서는 바람조차 순정純正한 몸짓으로 분다.

돌아 흐르는 강과 그 강이 시간의 손을 빌려 만들어놓은 섬, 그 안의 마을이 손에 잡힐 듯 펼쳐져 있다. 강물은 무슨 까닭으로 저곳에서 한 바퀴를 휘돌았을까. 자연의 섭리에 따랐겠지만 그 섭리가 얼마나 오묘한지 감탄사가 절로 나온다.

원에서 딱 10도가 부족한 350도를 돌았다니, 한 삽만 더 떠내면 완전한 섬이다. 섬이 되려다 만 곳은, 호리병? 표주박? 아니 잘 빚은 항아리 모양이다. 이 땅의 강들이 만들어놓은 '물돌이동'이 여럿 있지만 회룡포야말로 가장 빼어난 곳이라고 장담할 수 있겠다.

'섬' 안의 마을에는 사람들이 살고 있다. 빨간지붕, 파란지붕 들이 머리를 맞댄 모습이 정겹다. 나머지는 너른 논과 밭이다. 밭에는 눈과 보리가 어우러져 있다. 저 눈이 다 녹으면 봄이 오겠지.

저렇게 아름다운 마을엔 누가 사는 것일까. 산에서 내려와 '뿅뿅다리'를 찾아간다. 섬으로 들어가는 차도가 뚫린 지 오래지만 여행 삼아 온 사람들은 뿅뿅다리를 건너 마을로 들어간다. 뿅뿅다리라는 이름에는 사연이 있다. 1997년에 외나무다리를 철거하고 공사장에서 쓰는 철 발판으로 새 다리를 놓았는데, 건널 때마다 발판의 동그란 구멍에서 물이 퐁퐁 솟는다고 해서 퐁퐁다리라고 불렀다고 한다. 그런데 한 언론에서 뿅뿅다리라고 소개하는 바람에 그리 굳어지고 말았다는 것이다.

다리는 기분 좋게 출렁거린다. 몸도 출렁거리고 산과 강도 출렁거린다. 앞에서 건너던 여학생들이 재미있어 못 견디겠다는 듯, 까르르 웃음을 터트린다. 마을은 잠이라도 든 것처럼 고즈넉하다. 감나무 우듬지에 앉은 까치만 까악까악 손을 맞는다. 바람을 따라 이리저리 걷는다. 돌담길, 오래된 집들, 세월을 이고 진 소나무…. 마음이 푸근해진다. 이런 풍경 속에서는 그 누구도 고요가 된다. 노인이 대부분인 주민들은 깊숙한 곳에서 한겨울을 견디고 있을 것이다.

마을 끝의 자연체험학습공원을 지나 '회룡포 올레길'로 접어든다. 강변을 따라 섬을 도는 3.41킬로미터의 아름다운 길이다. 병풍 같은 산이 마을을 감싸고 산과 마을 사이에 강물이 흐르고, 그 강을 따라가는 길로 사람이 걷는다. 잠시 벤치에 앉아 강에 시선을 둔다. 강물은 서두르는 법 없이 느긋하게 흐른다. 그렇게 천천히 흘러도 돌고 돌아 결국은 바다에 닿는다. 그에 비하면 우리는 얼마나 조급증에 빠져 있는지. 그러면서도 바다에 이르지 못하는 경우는 또 얼마나 많은지. 이곳에서는 그 무엇도 서로를 재촉하지

뿅뿅다리.

않는다. 물도 바람도 시간도 묵묵히 자신의 길을 갈 뿐이다.

삼강주막

이른 아침의 강변은 조용하다. 주막 마당으로 들어서니 늙은 회화나무가 먼저 반긴다. 긴 세월 이곳을 지나간 숱한 사람과 그들의 애환을 지켜본 나무다. 그 앞에 초가집들이 낮게 엎드려 있다.

삼강주막은 이 땅의 '마지막 주막'으로 알려져 있다. 삼강은 낙동강, 내성천, 금천 세 개의 강이 합쳐지는 곳이라 해서 붙여진 이름이다. 1900년 전후에 세워진 이 주막은 삼강나루를 거쳐 가는 길손과 낙동강을 타고 오르내리는 소금 배, 보부상 들이 먹고 자는 곳이었다. 삼강은 영남에서 한양으로 가는 길목이었기 때문에 새재를 넘기 위해선 반드시 이곳을 지나야 했다.

삼강주막은 1960년대까지만 해도 성황을 이뤘다. 하지만 세월을 따라 조금씩 뒷전으로 밀리다가 2004년 바로 곁에 다리가 놓이면서, 나룻배도 사라지고 삼강주막 역시 기능을 완전히 잃게 됐다. 삼강주막의 마지막 주인이자 이 땅의 마지막 주모였던 유옥연 할머니는 반세기 넘게 주막을 지키다가, 다리가 놓인 다음 해인 2005년에 타계했다. 주막은 유 할머니가 떠난 뒤 방치돼 폐가처럼 퇴락했었는데, 예천군이 지금의 모습으로 복원했다.

주막의 규모는 처음 복원할 때보다 많이 커졌다. 초기에는 볼 수 없었던 보부상 숙소와 사공 숙소도 들어섰다. 갑술년(1934년) 대홍수 때 떠내려간 것들을 하나씩 복원한 것이라고 한다.

전체 규모가 커지는 만큼 원래 주막은 자꾸 작아져간다. 주막이야 애당초 그리 큰 규모는 아니었다. 조금 큰 방 하나에 작은 방 하나, 부엌과 서넛 앉으면 꽉 차 보이는 뒷마루가 전부. 이 작은 곳에 얼마나 많은 사연이 배어 있을지.

집집마다 한 번씩 둘러본 뒤 늙은 회화나무 곁을 지나 강둑으로 올라선다. 강가에는 나룻배 한 척이 봄을 기다리고 있다. 이 길을 지난 옛사람들의 사연이라도 들어볼까 싶어 바람 소리에 귀를 기울여본다. 과거를 보러 가던 유생, 가족의 생계를 위해 팔도를 누비던 장사꾼… 전쟁 끝에 집도 가족도 잃고 떠돌던 유민은 왜 없었으랴. 누구는 생존의 지푸라기라도 잡으려고 걸어갔을 것이다. 돌부리에 차이는 짚신, 찬 바람이 숭숭 드나드는 옷으로도 이 길을 걸을 수밖에 없었으리라.

두툼한 신발과 점퍼 속에서도 안온보다 불만을 더 자주 느끼는 나 자신을 돌아본다. 대체 무엇이 문제일까. 여유로워진 삶이 몸에 잉여의 살을 만들 듯, 마음도 잉여의 근심을 생산해내는 것은 아닐까. 걸음걸음 돌아보고 자꾸 낮출 일이다. 강변을 지나는 바람이 전하는 말이다. 여행이 가르쳐주는 말이다.

예천군 풍양면에 있는 삼강주막 전경.
1900년 전후에 세워진 것으로 알려져 있다.

그 밖에 가볼 만한 곳

사라진 우리의 옛 정취와 만나고 싶으면 용문면 소재지에 있는 금당실 전통 마을을 찾아가면 된다. 『정감록』에 기록된 십승지 중 하나로 조선 시대 전통 가옥이 고스란히 보존돼 있다. 반송재, 우천재, 유천초옥, 최종민 가옥 등을 둘러보며 돌담길 사이를 걷다 보면 어느덧 아득한 과거로 돌아간 것 같은 기분이 든다. 아름드리 소나무들이 하늘에 닿을 듯 솟아 있는 금당실 송림도 아름답다. 감천면 천향리에 있는 석송령石松靈은 가지를 우산처럼 펼치고 있는 반송이다. 수령이 600년쯤 된 것으로 추정되는데, 1930년경 이 마을에 살던 이수목이란 사람이 토지 6,600제곱미터를 상속해 주는 바람에 세금을 내는 부자 나무가 됐다고 한다.

삼강주막에 가면

까막눈 주모의 외상 장부에 담긴 사연

회룡포 마을은 내성천 물이 휘돌아가면서 만들어놓은 '육지 속 섬마을'이다. 120년 전부터 이곳에 사람이 들어와 살기 시작했다고 한다. 대대로 농사를 지었지만, 최근 생태체험관광지로 개발하면서 주목받고 있다. 특히 TV드라마와 오락프로그램을 이곳에서 촬영한 뒤로 찾는 사람들이 많아졌다.

관광지로 변모한 뒤에도 마을 사람들의 삶이 특별히 달라진 것은 없다. 음식점을 겸하는 민박이 두 곳 들어섰지만 대부분의 주민은 여전히 농사를 짓고 있다. 아홉 가구가 살고 있는데 주민은 통틀어 열 명에 불과하다. 1980년대 초까지만 해도 스물세 가구가 살았다. 주민 중 네 분이 혼자 사는 할아버지다. 노인이 많다 보니 겨울이면 사람 그림자조차 구경하기 어렵다.

올해 환갑을 맞은 김찬수 씨는 자신이 마을의 막내라고 씁쓸하게 웃는다. 그가 어릴 적만 해도 이 마을은 섬과 조금도 다르지 않았다고 한다. 학교에 가려면 산과 강 사이에 실낱처럼 이어진 '토끼길'을 따라서 시오 리를 걸어야 했다. 비가 많이 와서 강물이 불면 등교는 아예 포기했다. 외지 사람이 드나드는 일도 없었다.

관광지가 되면서 번거로운 일도 생기고 여름에는 노래방 기기까지 틀어놓아서 시끄럽지만, 주민들은 그게 사람 사는 일이려니 한다. 김 씨는 내성천이 옛날 같지 않다고 볼멘소리를 한다. 4대강 사업으로 하류인 낙동강을 파내면서 모래가 떠내려가는 바람에 바닥이 무척 낮아졌다. 물고기는 안 보이고 강바닥에 풀만 무성하게 자란단다.

삼강주막은 회룡포에서 멀지 않은 곳에 있다. 주막의 관리 주체는 예천군이지만 운영은 삼강마을 주민들이 맡고 있다. 녹색농촌체험마을 회원들이 힘을 합쳐 음식도 만들어 팔고 공연도 준비하고 축제도 연다.

삼강주막에 가면 꼭 들러볼 곳이 있다. 바로 유옥연 할머니가 쓰던 부엌이다. 무척 좁아 보이는 부엌은 여느 시골 살림과 크게 다르지 않다. 솥이 두 개 걸려 있고, 바닥에 묻어놓은 술독 하나와 나무로 만든 찬장 하나. 그런데 자세히 보면 벽에 그어져 있는 숱한 눈금을 발견할 수 있다. 바로 유 할머니의 외상 장부다. 한글을 몰랐던 주모는 누가 막걸리를 먹고 외상을 하면 벽에 '누구, 얼마'라고 금을 그었다. 일반 사람이 보기에는 그저 아래위로 그어놓은 금에 불과하지만, 그것만으로 사람과 액수를 구분할 수 있었다고 한다. 즉, 자신만 아는 암호가 있었던 것이다.

생전에 유 할머니를 자주 봤다는 마을 주민 권모 씨는, "키도 크고 전형적인 미인이었다"고 기억한다. 유 할머니는 남편을 일찍 여의고 주막을 운영하면서 아들 둘, 딸 둘을 키웠다. 주막이 강 옆에 있는데도 샘이 없어서 먹을 물은 안동네에 가서 길어다 먹었다고 한다. 말년에 몸이 안 좋아지면서 아들이 있는 점촌으로 가 1년쯤 살다가 그곳에서 타계했다.

주인을 잃고 퇴락해가던 주막은 2005년 12월 경상북도 민속자료 제134호로 지정된 데 이어 2007년부터 예천군에서 복원을 시작하면서 지금의 모습을 갖췄다.

무엇을 먹고 어디서 잘까

예천읍과 지보면 등에 모텔이 여러 곳 있다. 회룡포 마을에는 회룡포펜션(054-655-8118)과 회룡포황토민박(054-655-3973)이 있다. 겨울에는 문의하고 가는 것이 좋다. 회룡포 마을로 들어가는 입구의 뿅뿅다리 쉼터는 파전 등으로 허기를 달래기에 좋다.

예천읍 백수식당의 육회와 육회비빔밥은 도회지 사람들이 일부러 찾아갈 정도로 잘 알려져 있다. 용궁면에는 용궁단골식당, 대를 잇는 용궁순대, 대박식당 등 순대를 전문으로 하는 집이 여럿 있다. 삼강주막에서도 국밥과 떡국, 국수 등의 식사와 배추전, 두부 등을 내놓는다.

선사인들이 전하는 말에 귀 기울여보면

울산 반구대 암각화 + 천전리 각석

태화강 바위에 숱한 동물과 사람 사는 모습을 새겨놓은
반구대 암각화와 천전리 각석, 그리고 아름다운 십리대밭은
먼 길을 찾아간 보답을 충분히 해준다.

바위 절벽이 국보란다. 깎아서 쌓은 탑도 아닌 자연석이 말이다. 그것도 한 지역에 비슷한 게 두 곳이나 있단다. 그 바위들을 만나기 위해 400킬로미터 가까운 길을 달려갔다.

이 땅에 볼거리가 얼마나 많은데 바위나 보러 가느냐는 말 정도는 무시하면 그만. 진짜 소중한 것은 화려한 곳에만 있는 게 아니다. 그중 한 곳은 자칫 마른 계절을 놓치면 물속에 잠길 수도 있다고 해서 서둘러야 했다. 그렇게 찾아간 곳이 울산 울주군 언양읍 대곡리 반구대 암각화와 두동면 천전리 각석이다.

태화강 상류의 바위에 숱한 동물과 사람 사는 모습을 새겨놓은 자연 속 박물관, 반구대 암각화와 천전리 각석은 먼 길을 찾아간 보답을 충분히 해줬다. 신석기시대나 청동기시대를 살았던 사람도, 말을 달리던 신라의 화랑도 거기 있었다.

반구대 암각화

태화강 상류의 반구대 암각화(국보 285호)를 찾아가는 길은 감탄사로 시작한다. 거북이가 엎드려 있는 모양의 반구대盤龜臺, 한겨울의 계곡을 힘차게 달려가는 물소리…. 아직은 나무들이 앙상한 계절인데도 풍경은 삭막하지 않다.

간이 주차장에서 암각화까지 거리는 600미터밖에 안 되지만, 경치에 사로잡힌 발길은 자꾸 느려진다. 바람은 봄노래라도 들려줄 듯 부드럽다. 길가에 서 있는 산수유나무에 벌써 작은 꽃망울들이 맺혔다. 저 속에는 노란 색깔의 봄들이 꼭꼭 숨어, 팝콘처럼 우르르 터질 날을 기다리고 있을 것이다. 왕버들이 우쭐우쭐 키를 재는 늪지대를 지나고, '청청靑靑' 소리라도 들릴 것 같은 대숲 사이를 걸어간다. 잠시 걸음을 멈추고 도시에서 묻히고 온 먼지를 털어낸다. 가장 오래 남아 있는 것은 역시 마음에 묻혀온 먼지다.

황톳길을 돌고 돌아가니, 산허리가 뭉툭 잘린 곳에 스크린처럼 걸린 바위 절벽이 나타난다. 반구대 암각화다. 반구대 암각화는 너

(위)울산 울주군 언양읍 대곡리에 있는 반구대 암각화.
(아래)동물·물고기·사람 얼굴 등이 새겨져 있다.

비 10미터, 높이 3미터의 바위 면에 새겨진 그림이다. 고래, 거북, 물고기 등의 바다 동물과 늑대, 호랑이, 멧돼지, 곰, 여우 등의 육지 동물, 사람과 배 그림, 어로나 수렵 장면 등 300여 점이 새겨져 있다. 대부분 신석기시대 작품으로 추정하고 있다.

바위와 멀리 떨어진 곳에 울타리를 설치해놓았기 때문에 그림들을 가까이서 볼 수는 없다. 대신 실물을 뚜렷하게 확인할 수 있는 사진과 망원경을 설치해놓았다. 망원경 속에서 멧돼지, 호랑이 같은 동물들을 발견할 때마다 탄성이 터진다. 직접 들여다볼 수 없다는 게 끝내 아쉽지만, 그 또한 생각하기 나름이다. 그림 하나하나에 집착할 필요는 없다. 이럴 땐 육신의 눈보다는 마음의 눈으로 보면 된다. 마음속에 공간을 만들고 시간을 거슬러 올라가다 보면 어느 순간 그림들이 하나씩 살아 움직이기 시작한다.

보면 볼수록 신기하다. 아득한 옛날, 사람들은 왜 이 깊은 산속에 저런 그림을 새겨놓았을까. 더구나 도구라고는 기껏 돌밖에 없는 시대에. 바다는 물론 들판과도 멀리 떨어진 곳인데도 그림에는 고래나 물고기가 등장한다. 옛사람들이 남긴 흔적 앞에서 이런저런 질문을 하고 나름대로 답을 찾아보는 것도 여행이 주는 즐거움이다. 이곳은 아마 선사시대 사람들의 신성한 곳이었을 것이다. 흐르는 물로써 사람의 영역과 성역을 가른 것도 그렇고 남다르게 느껴지는 장엄한 기운도 그렇다. 사람들은 부족의 안녕과 풍요, 다산을 기원하기 위해 제를 지내고 바위 절벽에 그들의 소망을 새겼을 것이다. 동물이 교미하는 모양을 그리고, 임신한 것처럼 배를 불룩하게 표현한 것들이 그 증거가 아닐까?

어차피 감상은 보는 사람의 몫이다. 눈을 가늘게 뜨고 바위 절벽을 한참 바라본다. 환상처럼 새로운 풍경이 나타난다. 아랫도리만 가린 사람들이 강을 거슬러 올라온다. 산과 바다에서 잡아온 동물들을 놓고 제를 지낸 뒤 음식을 만들어 나눠 먹는다. 잔치가 끝나자 사다리를 올리고, 석공은 단단하고 날카로운 돌로 바위를 쪼기 시작한다. 그의 손에서 고래가 물을 뿜어 올리고 호랑이가 포효한다.

천전리 각석

반구대 암각화에서 대곡천을 따라 조금 올라가면 천전리 각석(국보 147호)과 만난다. 15도 정도 경사진 바위면 상반부에는 각종 동물 문양과 동심원, 나선형, 마름모 등이 새겨져 있다. 하반부에서는 신라 시대의 행렬, 돛단배, 말 등의 세선화와 명문銘文 등이 있다.

천전리 각석이 반구대 암각화와 구별되는 것은, 선사시대부터 신라 시대까지 시대별 궤적을 생생하게 들여다볼 수 있다는 점이다. 가까운 곳에서 그림들을 확인할 수 있기 때문에 느낌 역시 남다르다. 시간과 공간을 조합해서 나만의 영상을 만들어보는 것도 재미있다. 왼쪽에서부터 오른쪽으로, 위에서 아래로 찬찬히 들여

울주군 두동면 천전리에 있는 각석.
선사시대부터 신라 시대까지 다양한 그림 및 문양이 새겨져 있다

다보면 잘 짜인 시대극을 보는 것 같다. 신석기시대 사람들이 문을 닫고 들어가면 청동기 사람들이 나오고 그들이 떠나간 자리에 신라 왕족이 찾아오고 젊은 화랑들이 등장하기도 한다.

주변에 펼쳐진 풍경은 반구대 암각화보다 더 아름답다. 각석 앞 너럭바위에 앉아 콸콸 소리를 내며 흘러가는 냇물에 마음을 맡긴다. 신라의 화랑들도 이곳을 즐겨 찾았다지? 옛사람들과 만남이 준 뿌듯함 때문일까. 겨울답지 않게 포근하다.

태화강 십리대밭

반구대 암각화와 천전리 각석을 품은 대곡천은 가지산에서 내려오는 물과 합쳐 태화강을 이룬다. 태화강에는 아름답고 특별한 대밭이 있다. 이름하여 십리대밭. 이곳은 안으로 들어가는 순간 그 진가를 확인할 수 있다. 구불구불 끝없이 이어지는 오솔길. 바람을 타고 흐르는 대나무들의 노래. 잎 사이로 명주실처럼 가늘게 풀어져 내리는 햇살…. 마치 영화 속으로 걸어 들어간 것 같다.

그 길을 울산 시민들이 걷는다. 자진모리장단으로 씩씩하게 걷는 젊은 여성도, 맛있는 음식을 음미하듯 천천히 걷는 노인도, 숲에서 나올 무렵이면 얼굴이 가을 하늘처럼 맑아진다. 세상 한가운데 있는데도 세상은 아득히 멀게 느껴진다. 무릉도원이 이랬을까?

까마귀 군무와 만난 것은 해가 질 무렵이었다. 어느 순간 하늘

을 올려다보니 까만 점이 하나둘 모여든다. 조금 지나자 먼 산에서도 숲에서도 건물 사이에서도 쉴 새 없이 나타난다. 사람들이 일터에서 돌아오듯, 먹이를 찾아 멀리 나갔던 까마귀들이 돌아오는 것이다. 하늘이 온통 까맣게 물들더니 달빛마저 까맣게 흐른다. 이 광경을 어떻게 표현해야 하나. 그저 입만 떡 벌어질 뿐이다. 어떻게 저렇게 한꺼번에 모여들지? 어떻게 저 많은 새들이 한 번도 부딪히지 않지? 저희끼리의 언어가 있는 게 틀림없다. 울음소리도 특이하다. 여름밤 무논에서 들려오는 개구리 울음소리를 닮았다. 어둠이 짙어지면서 까마귀 떼도 서서히 대밭 속으로 가라앉는다. 그곳에서 함께 밤을 지낸 뒤 아침이면 다시 뿔뿔이 흩어질 것이다.

그 밖에 가볼 만한 곳

산과 바다를 함께 껴안고 있는 울산에는 명승지가 많다. 그중에서 단 한 곳만 추천하라면 단연코 석남사다. 해발 1,240미터의 가지산 자락에 터를 잡은 석남사는 청도 운문사, 계룡산 동학사와 더불어 비구니 도량으로 이름이 높다. 특히 일주문을 지나 계곡을 끼고 절까지 올라가는 길은 한눈을 팔지 못할 정도로 아름답다. 시간을 머금은 아름드리 소나무, 굴참나무와 이야기를 나누며 올라가다 보면 700미터의 거리가 짧고도 아쉽다.

반구대 암각화에 가면

침수, 노출 반복… 여름에 가면 못 볼 수도

반구대 암각화는 아무 때나 찾아가면 볼 수 있는 것은 아니다. 1965년 대곡천 하류에 사연댐이 완공된 이후 침수와 노출이 반복되고 있기 때문이다. 침수, 노출은 불규칙적이다. 2013년에는 가뭄으로 침수되지 않았지만, 2014년에는 사연댐 유역에 많은 비가 내리는 바람에 8월부터 약 2개월간 침수됐다가 10월 중순에 다시 모습을 드러냈다. 그나마 전보다 나아진 게 그렇다. 과거에는 8~9개월 정도 잠겨 있었는데 상류에 대곡댐을 쌓은 뒤로 침수기간이 크게 줄었다. 댐을 없애거나 수위를 대폭 낮추면 되지만 문제는 사연댐이 울산 시민들의 식수원이라는 데 있다.

유네스코 세계문화유산 잠정 목록에 등재돼 있는 문화유산이 물에 잠겨 있으니 논란이 그치지 않고 있다. 2013년에는 울산시와 문화재청이 가변형 투명 물막이 시설(키네틱 댐)을 설치하기로 합의했지만 안전성 문제 등을 이유로 시행이 미뤄지고 있다. 반대론자들은 영구적 조치가 아니라는 점과 주변 경관을 해친다는 점, 물막이가 암각화를 우리 안에 가두고 옥죄는 것 같은 인상을 준다는 점도 지적하고 있다. 문화재위원회는 2014년 투명 물막이 시설에 대한 타당성 검토를 한 결과 심의를 '보류'하기로 한 바 있다. 이에 따라 논의의 원점 회귀 가능성이 높아지고 있다. 대체 상수원 확보가 최대 관건이다.

천전리 각석은 댐의 영향을 거의 받지 않기 때문에 큰 논란은 없다. 다만 명칭과 관련해서 갑론을박이 계속되고 있다. 각석刻石이라는 말은 글자나 무늬 따위를 돌에 새긴다는 뜻이다. 천전리 각석에 그림이 있는데도 암각화라고 하지 않고 각석이라고 부르는 이유는 신라 시대 명문銘文 등이 함께 새겨져 있기 때문이다. 하지만 일부에서는 '천전리 각석'보다는 '천전리 서석' 또는 '천전리 암각화'라는 명칭을 써야 한다고 주장하고 있다.

보호 문제도 제기되고 있다. 지난 2011년에는 '이상현'이란 이름을 몰래 새겨놓아서 논란이 되기도 했다. 각석에서 100미터가량 떨어진 곳에 문화유산 해설사가 상주하는 부스와 안내소가 있지만 훼손을 막기에는 시야가 닿지 않는 등의 문제가 있다.

대곡리 반구대 암각화와 천전리 각석에 대해 좀 더 알고 싶으면 인근에 있는 울산암각화박물관을 찾아가면 된다. 다양한 자료와 복제 모형물을 통해 암각화에 대해 상세히 알아볼 수 있다.

태화강에 날아드는 까마귀들은 몽골 북부와 시베리아 동부 등에 서식하다가, 매년 10월 말부터 다음 해 3월 말까지 찾아와 머문다. 밤에는 태화강 대밭에서 잠을 자고, 낮에는 인근 울주군과 경주시의 농경지를 돌아다니며 먹이를 구한다. 떼까마귀와 갈까마귀가 섞여 있는데 매년 약 5만 마리 이상이 찾아온다고 한다.

울산시는 까마귀 군무 체험행사를 열고, 태화강을 찾은 까마귀가 해충, 풀씨 등을 먹어 사람에게 도움을 주는 길조吉鳥라고 홍보하는 등 까마귀를 관광 상품으로 활용하고 있다. 시민들은 해마다 보는 풍경이기 때문에 익숙한 표정이지만, 소음 등 불편을 호소하기도 한다.

무엇을 먹고 어디서 잘까

울산에서는 롯데호텔울산(052-960-1000), 호텔현대 울산(052-251-2233) 등 특급호텔과 올림피아호텔(052-271-8401) 등 관광호텔이 여러 곳 있다. 시내 곳곳에 모텔이 있으며 울주군 진하해수욕장에 진하호텔리조트(052-900-8888)가 있다. 언양읍 일대는 한우 불고기 요리로 유명하다. 별다른 양념 없이 구워서 소금에 찍어 먹는 맛이 일품이다. 언양한우불고기특구나 인근 두동면에 있는 봉계한우불고기특구를 찾아가면 된다. 울산 시내의 삼산 농수산물센터나 울산중앙시장에 가면 고래 고기를 맛볼 수 있다.

시간을 거슬러 올라 마음을 헹구는 곳

강원 원주 흥원창+거돈사지+용소막성당

쌀을 보관하던 창고인 흥원창과 거돈사지,
법천사지 등의 폐사지, 그리고 용소막성당은 과거를 찾아 걸어가는
시간 여행자들에게 무척 매력적인 곳이다.

꽃 소식은 아직 소문 속에서만 무성하다. 성급한 사람들은 혹시나 하며 남쪽으로 마중을 가지만, 굳이 그럴 것까지 있을까. 가슴속에 꽃 한 송이 피워내면 거기서 봄이 시작되는 법. 급한 마음 잠시 접어두고 한적한 강변이나 옛 절터를 걸으며 사색을 즐겨보는 건 어떨까. 강원도 원주로 떠난다.

원주 하면 많은 사람들이 먼저 치악산국립공원을 떠올린다. 아홉 마리 용이 살던 자리에 지었다는 구룡사, 꿩이 선비에게 은혜를 갚았다는 전설을 지닌 상원사 등과 함께 주봉인 비로봉은 얼마나 많은 사람들을 손짓해 부르는지. 하지만 원주에는 치악산이 아니더라도 가볼 만한 곳이 많다. 특히 과거를 찾아 걸어가는 시간 여행자들에게는 매력적인 곳이다.

그중 하나가 원주시가 정한 '역사문화순례길'. 세미稅米를 보관했다가 뱃길로 한양까지 수송하던 흥원창을 거쳐 거돈사지, 법천사지 등 폐사지를 찾아간다. 마지막으로 용소막성당에 들러 100년을 흘러온 시간에 마음을 헹군다.

흥원창

강원도 원주시 부론면 흥호리. 두 강이 몸을 합치는 곳이다. 태백에서 발원해 충청북도를 거쳐 내려온 남한강. 그리고 횡성에서 출발, 원주 땅을 적시며 내려온 섬강. 강이 만나는 곳이라고 특별한 건 없다. 겨울 강에는 고요가 주인이다. 하지만 이곳도 저잣거리 못지않게 흥성한 시절이 있었다. 큰 나루가 있었고, 세稅로 걷은 쌀을 보관하는 창고가 있었다. 바로 흥원창興原倉이다.

흥원창은 원주, 평창, 영월, 정선, 횡성 등에서 걷은 세곡을 보관했다가 경창京倉으로 운송하는 기능을 담당했다. 하지만 지금은 흔적조차 사라지고 돌에 새긴 이름만 바람을 안고 서 있다. 제방을 쌓으면서 모든 게 변했을 테니 지형도 많이 달라졌을 것이다. 산천은 무심해서 더 아름답다고 했던가. 오른쪽에서 내려오는

세곡을 보관했다가 운송하는 흥원창이 있던 곳.
남한강과 섬강이 합류하는 지점이다.

섬강은 깎아지른 '뚝바위'와 어울려 절경을 연출한다. 송강 정철은 「관동별곡」에서 이곳을 일러, "평구역 말을 가라 흑슈로 도라드니, 셤강蟾江은 어듸메오, 티악雉岳이 여긔로다"라고 읊은 적이 있다.

옛날부터 이 지역은 풍요로웠다. 자연 조건이 박하지 않으니 물산이 풍부했고, 육로와 수로가 발달돼 있어 교통의 요지이기도 했다. 그런 요충지를 차지하기 위해 백제, 고구려, 신라는 물론 후백제와 고려까지 각축전이 이어졌다. 고려 창업의 시발점이었으며 임진왜란의 전화도 비켜 갈 수 없었다.

오래 바라보아도 강물은 말이 없다. 말이 없으니 더 많은 것을 전한다. 빛은 그림자를 만들기 마련. 흥청거리는 만큼 눈물도 있었을 것이다. 세곡이라는 말 뒤에 수탈이라는 단어가 떠오르는 게 어찌 감상 탓이기만 할까. 먹을 것마저 빼앗긴 이들의 통곡이 왜 없었으랴. 쌀이 있는 곳이니 부패 또한 심했을 것이다. 잦은 전쟁은 또 얼마나 많은 이들의 목숨을 앗아갔을까. 민초들의 고통은 금세 흔적을 지우는 눈물로만 기록되기 마련. 영화도 오욕도 자취를 남기지 않았다.

바람을 안고 강변을 걷는다. 영남대로의 길목이었으며 소년 왕 단종이 울며 지났다는 길. 천주교 박해를 피해 온 신자들과 한양에서 좌절한 서얼들이 모여들던 곳. 그러고 보니 기쁨보다는 슬픔이 더 많은 길이었다. 강물이 느리니 시간 역시 느리게 흐른다. 사람도 느리게 걷는다.

거돈사지, 법천사지

흥원창에서 멀지 않은 곳에 거돈사지와 법천사지가 있다. 법천사지는 걸어가도 될 만큼 지척이다. 강을 따라 개치나루 쪽으로 걷다가 중간에 왼쪽으로 난 길을 따라 들어가면 닿는다. 거돈사지에 가면 느티나무가 가장 먼저 눈에 띈다. '돌을 먹고 사는 나무'라고 부른다던가. 축대 틈에 뿌리를 박고 천 년 넘게 살아왔다고 한다. 나무가 지켜본 시간이 곧 이 절의 역사다.

거돈사는 신라 왕실이 창건한 절이다. 고려는 나라를 세운 뒤 왕권을 강화하고 신라 잔존 세력을 누르기 위해 이 절에 왕사를 보낸다. 그가 바로 거돈사를 꽃피운 원공국사다. 임진왜란 때 전소된 뒤로는 폐사지가 됐다. 왜병이 거돈사와 법천사에 불을 지른 까닭은, 조선·명나라 연합군에 쫓겨 물러나면서 흥원창의 배후에 있는 절들이 군사기지가 되는 것을 막기 위해서였다.

거돈사지는 넓고 정갈하다. 그 너른 땅에 남아 있는 것이라고는 삼층석탑과 좌대만 남은 금당 터. 그들에게 내주고 난 빈터를 늦겨울의 햇살이 고스란히 차지하고 있다. 비어 있기 때문에 더 많은 것이 보인다고 하면 억지일까? 하지만 분명 그렇다. 잔디 위를 걷다 보면 보이지 않던 것들이 하나둘씩 툭툭 나타나 옛이야기를 들려준다. 금당 터 위의 그을고 깨진 좌대가 그렇고 아직도 물이 흐르는 우물이 그렇다. 아기를 잃은 어미가 흐르는 젖을 주체하지 못하듯, 절을 잃은 이 우물도 밤마다 물을 흘려보내며 울었던 것은

거돈사지. 삼층석탑과 좌대만 남아 있다.

아닐까? 역사의 아픔이야 어떻든 또 한 번의 봄이 오려나 보다. 벌써 짝을 찾는지, 멧비둘기의 울음소리가 유난히 촉촉하다. 발아래서도 풀뿌리가 꿈틀거리는 기운이 느껴진다. 폭력이 만들어놓은 폐허에서 너희는 이렇게 어울리며 살아왔구나.

법천사 역시 신라 시대에 창건돼 고려 때 번성을 누렸다. 절의 규모가 얼마나 컸던지 부지가 경주 황룡사지와 익산 미륵사지에 이어 국내 세 번째라고 한다. 우물터만 해도 아홉 개나 된다. 법천사를 법천사로 만든 것은 지광국사였다. 그의 큰 공덕이 지광국사 현묘탑비(국보 제59호)에 고스란히 남아 있다. 이 탑비는 11세기 석비石碑를 대표하는 걸작으로 평가받고 있다.

폐사지 언덕에 서서 저만치 떨어진 사람 사는 곳을 바라본다. 시선 닿는 곳 모두 숱한 곡절과 전쟁의 참화를 겪었겠지만, 지금은 고요와 평화만 깔려 있을 뿐이다. 서로 빼앗기 위해 창칼을 들고 싸우던 이들은 모두 어디에 있을까. 돌 틈마다 스며들어 있는 시간이, 욕심을 버려 행복해지는 법을 가르쳐준다.

용소막성당

용소막성당은 풍수원성당과 원동성당에 이어 강원도에서 세 번째로 설립된 성당이다. 1898년 초가집에서 예배를 보는 공소로 시작해 1904년에 독립 성당이 됐다. 성당 건물은 1915년에 준공했으니 100년이 넘었다.

진입로에서부터 풍경은 범상치 않다. 첨탑이 우뚝한 성당과 그를 둘러싼 느티나무들이 들판 속에 앉은 마을과 어울려 그림처럼 조화롭다. 높지 않은 언덕에 자리 잡은 고딕 양식의 붉은 벽돌 건물은 명동성당을 닮았다. 성당 건물을 천천히 돌아본다. 굳강하게 서 있는 다섯 그루의 느티나무와도 인사를 나눈다. 나무 밑에 있는 의자에 앉으니, 들썩거리던 생각들이 슬그머니 고개를 접는다. 가벼워진 마음속으로 따뜻한 기운이 스며든다. 이곳에서는 앉아 있다만 가도 마음의 상처가 치유될 것 같다.

성당 문을 슬그머니 밀어보니 아무 경계 없이 부드럽게 열린다. 성당 내부는 크지 않으면서도 오랜 시간이 준 장엄한 기운이 가득하다. 맨 앞에 조촐한 제단이 있고 천장은 아치형으로 되어 있다. 모든 것이 평화롭다. 저절로 두 손이 모아진다. 맨 뒷자리에 앉아 스테인드글라스를 지나온 빛을 온 마음에 들인다.

그 밖에 가볼 만한 곳

원주에는 일일이 소개하기 벅찰 정도로 문화재와 명승지가 많다. 용소막성당이 있는 신림에도 명소가 많다. 그중에서도 한국, 중국, 일본, 몽골 등의 고판화를 수집해 전시하고 있는 고판화박물관과 천연기념물 제93호인 성남리 성황림은 권할 만하다. 다만

원주시 신림면에 있는 용소막성당.
강원도에서 세 번째로 설립된 성당이다.

성황림은 원주시청 문화재계에 사전에 방문 신청을 해야 입장할 수 있다.

거돈사지, 법천사지에 가면

고려 시대 탑·조각의 발달 과정이 한눈에

흥원창은 고려 열세 개 조창의 하나로 한강에 세운 대표적인 창고였다. 조선에서도 흥원창을 계승하여 운영했다. 전년에 거두어 저장한 세미稅米를 이듬해 2월부터 4월까지 경창으로 운송하였는데, 흥원창에는 200석을 적재할 수 있는 평저선平底船 21척이 배치되어 있었다고 한다. 조운이 없어진 이후에도 두물머리보다 배가 많았는데 1940년 중앙선 철도가 생기면서 자취를 감춰버리고 나루는 흔적조차 찾아보기 어렵게 됐다.

흥원창의 옛 모습은 1796년 정수영이 그렸다는 「한·임강명승도권」으로 확인할 수 있다. 이 그림을 보면 산과 강 사이에 여러 채의 초가들이 그려져 있다. 지금 강가에는 흥원창 쉼터라는 정자가 하나 서 있는데, 안에 그 그림이 걸려 있다. 원주시는 흥원창을 관광 명소로 만들기 위해 복원을 추진하고 있다. 나루와 배, 창고 등을 옛 모습대로 살린다는 계획으로, 2017년부터 공사를 시작할 예정이다.

거돈사지와 법천사지는 두 곳을 비교하면서 관람하면 훨씬 흥미롭다. 특히 거돈사지의 원공국사승묘탑비(보물 제78호)와 법천사지의 지광국사현묘탑비(국보 제59호)를 유심히 살펴보면 고려 시대 탑이나 조각 예술의 발달 과정을 어렵지 않게 확인할 수 있다. 참고로 지광국사탑(국보 제101호)과 원공국사탑(보물 제190호)은 현재 국립중앙박물관 경내에 있다.

거돈사지의 원공국사승묘탑비는 형식적으로 신라 양식을 보이지만 세부적인 수법과 모습은 고려 시대 양식이다. 비석의 머리 부분인 이수에는 용들이 여의주를 다투고 있는 모습이 새겨져 있는데 몸통인 비신에 비해 큰 편이어서 안정감은 좀 떨어진다. 받침돌인 귀부는 용의 머리 모양을 하고 있으며, 거북 등에는 육각형에 만卍 자와 연꽃무늬가 교대로 새겨져 있다. 자세히 들여다보면 거북의 오른쪽 발톱 부분이 깨져 있는 것을 발견할 수 있다. 일제강점기에 일본인들이 정기를 막는다는 명목으로 저지른 소행이라고 한다.

법천사지의 지광국사현묘탑비는 원공국사승묘탑비에 비해 훨씬 정교하고 진전된 탑 양식을 보여준다. 육안으로 잘 보이지는 않지만 비신 윗부분에는 하늘을 나는 천녀天女, 해, 달 등과 함께 수미산이 섬세하게 조각돼 있다. 머릿돌, 즉 이수는 건물 추녀가 하늘로 활짝 벌려 있는 것처럼 보인다. 특히 조금 떨어진 곳에서 이수를 바라보면 연꽃이나 꽃상여 혹은 왕의 모자, 꽃배 등 다양한 모습으로 비쳐진다. 불가佛家에서 피안彼岸으로 중생들을 건네주는 배를 반야용선이라고 하는데, 거북이 입적한 지광국사를 싣고 극락세계로 향하는 것을 표현한 것으로 보인다. 귀부를 이루고 있는 거북 조각도 원공국사승묘탑비보다 훨씬 세련돼 있다.

용소막성당에 가면 '사제 선종완 라우렌시오 유물관'을 들러볼 필요가 있다. 이곳은 천주교 성서사에서 아주 기념비적인 장소다. 용소막성당은 이 마을 출신인 성서학자 선종완 사제가 평생을 보낸 곳이다. 선 사제는 1960년 성모영보수녀회를 설립하고 한국 교회에서는 처음으로 구약성서를 번역하는 데 혼신의 힘을 쏟았다. 번역 원고본이 유물관에 고스란히 보관되어 있다. 또 고인이 사용하던 낡은 책상을 비롯한 유품 380점과 서적 300여 권도 남아 있어 한평생을 하느님께 바친 선종완 사제의 삶을 살펴볼 수 있다.

무엇을 먹고 어디서 잘까

치악산자연휴양림(033-762-8288), 백운산자연휴양림(033-766-1063)과 호텔인터불고 원주(033-769-8114), 치악산호텔(033-731-7931), 오크밸리(033-730-3500) 등이 있다. 치악산국립공원 권역에 펜션이 많다. 원주 시내 박경리문학공원 인근의 한정식집 청정고을명가에서는 돌솥밥정식 등 다양한 한식을 맛볼 수 있다. 문막읍에는 담백한 국물이 일품인 장터추어탕과 보리밥집인 대감집이 유명하다. 토속 음식점 록야에서는 정갈한 한정식을 내놓는다.

온달과 평강공주가 이별한 현장에는

충북 단양 온달산성

성에는 옛사람의 흔적이 스며들어 있기 마련이다.
바보가 아닌 장군, 전설이 아닌 역사 속의 인물 온달은
어떤 궤적을 남겼을까.

지도를 펴놓고 충청북도를 찾아보면 한반도 남쪽의 한가운데를 차지하고 있는 것을 확인할 수 있다. 충북은 그런 지리적 위치 때문에 삼국시대부터 군사적 요충지로 주목받았다. 남으로 세력을 확장하려는 고구려와 동북으로 진출하기 위해 호시탐탐 기회를 엿보는 백제, 그리고 그곳을 지키려는 신라가 팽팽하게 대립했다. 전쟁이 잦을 수밖에 없었다.

전쟁의 흔적은 시간의 지우개로 지워도 어딘가 흔적이 남게 되는 법. 그중에서도 가장 오랫동안 남는 것이 성이다. 충청북도에는

성, 특히 산성山城이 많다. 상당산성, 삼년산성, 온달산성, 적성산성, 충주산성…. 성에는 옛사람의 흔적이 스며들어 있기 마련이다. 낯선 땅에서 만나는 옛이야기 역시 여행이 주는 선물이다. 단양의 온달산성으로 온달을 만나러 간다. 바보가 아닌 장군, 전설이 아닌 역사 속의 그는 어떤 궤적을 남겼을까.

온달산성

이 땅 위의 산성 중 조망이 가장 좋다는 온달산성은 단양군 영춘면에 있다. 온달산성과 온달동굴을 배경으로 조성한 테마파크 온달관광지를 찾아가면 된다. SBS 〈연개소문〉과 MBC 〈태왕사신기〉, KBS의 〈바람의 나라〉와 〈천추태후〉까지 대작 드라마들을 이곳에서 찍었다. 온달장군이 수련을 하고 평강공주와 사랑을 나눴다는 전설을 지닌 온달동굴도 그 안에 있다. 온달관광지에서 온달산성까지는 850미터. 시간으로는 30분 남짓 걸린다.

산은 높지 않지만 산세는 제법 가파르다. 계단을 하나씩 오르면서 혼자 묻고 대답한다. 그 옛날 이 길을 먼저 오른 사람들은 무슨 생각을 했을까. 세상의 모든 길에는 걸어간 사람의 숨결이 각인되기 마련이다. 그 속에는 기쁨도 있지만 눈물도 있다. 그래서 길은 인생이다. 물음은, 장군이 되어 이 산을 올라갔을 온달로 이어진다. 그는 이 길에서 무슨 생각을 했을까. 죽음을 예감했을까. 온달의 행적은 『삼국사기』 제45권 열전 제5三國史記 卷第四十五 列傳 第五에서 확인된다. 기록은 이렇게 시작된다.

> 온달溫達은 고구려 평강왕平岡王 때 사람이다. 용모는 구부정하고 우스꽝스럽게 생겼지만 마음씨는 빛이 났다. 집안이 몹시 가난하여 항상 밥을 빌어 어머니를 봉양하였다. 떨어진 옷과 해진 신발을 걸치고 시정市井 사이를 왕래하니, 당시 사람들이 그를 '바보온달'이라고 불렀다.

저잣거리의 '바보'온달과 궁궐을 나온 '울보' 평강공주가 만나 부부가 되는 과정을 모르는 사람은 거의 없을 것이다. 온달은 평강공주에 의해 다시 태어나고 고구려의 장군이 된다. 어쩌면 그는 애초부터 바보가 아니었을지도 모른다. 착한 사람들이 바보 취급을 받는 것은 예나 지금이나 다르지 않을 테니.

산에도 겨울과 봄이 교대 의식을 치르고 있다. 병아리 닮은 햇살들이 비탈마다 종종걸음을 친다. 숨 가쁘게 한 고비 오르고 나니 전망대가 나타나고 저만치 강이 보인다. 남한강이다. 푸른 강물은 백사장을 끼고 굽이굽이 흐른다. 강물은 산의 높음을 탐하지 않아 발치를 낮게 흐르고, 산은 강물의 흐름을 욕심내지 않아 그윽한 시선으로 맞이하고 보낸다.

스스로 지어낸 욕심과 질시로 고통받는 건 오로지 사람이다. 소나무 아래 놓인 벤치에 앉아 다시 옛사람을 생각한다. 장군이 된

온달산성의 외벽. 점판암을 쌓은 것으로
벽의 두께는 3~4m정도.

온달 역시 이곳에 서서 강을 바라봤을까? 사랑하는 아내 평강을 그리워했을까? 그가 전쟁터로 떠난 것은 스스로 청한 일이었다.

> 양강왕陽岡王(영양왕의 잘못된 표기)이 즉위하자 온달이 아뢰었다. "지금 신라가 우리의 한수 이북의 땅을 차지하여 자기들의 군현으로 삼으니, 그곳의 백성들이 애통하고 한스럽게 여겨 한시도 부모의 나라를 잊은 적이 없사옵니다. (…중략…) 온달이 길을 떠날 때 맹세하며 말했다. "계립현鷄立峴과 죽령竹嶺 서쪽의 땅을 우리에게 되돌리지 못한다면 돌아오지 않으리라!"

결연한 목소리가 들리는 것 같아 괜스레 두리번거리다가, 그를 따르는 병사라도 되는 양 걸음을 재촉한다. 어느 순간 잔설 끝으로 성곽이 우뚝 솟아오른다. 온달산성이다. 성벽은 납작납작한 점판암을 가로로 촘촘히 쌓아 올렸다. 벽의 두께는 3~4미터 정도. 지형을 따라 감겨 돌아가는 성의 곡면에 조형미가 차고 넘친다. 성은 세월을 따라 고스란히 자연 속에 동화돼 있다.

동문을 통해 안으로 들어간다. 이곳은 아직 동장군의 영역, 그가 지휘하는 바람이 매섭다. 모자를 눌러쓰고 성안을 한 바퀴 돌아본다. 그리 크지 않은 성은 조금 가파른 비탈을 에워싸고 있는 형태다. 입구의 안내판에 온달장군이 쌓은 성이라고 적혀 있지만 확실하지는 않다. 온달이 신라군을 막기 위해 이 성을 쌓았는지 신라군이 쌓은 성을 빼앗으려다가 전사했는지 명확한 기록이 없기 때문이다. 이 성을 차지하기 위한 전투는 치열했던 게 틀림없다. 온달의 마지막을 『삼국사기』는 이렇게 기록하고 있다.

> 마침내 떠나가 아단성阿旦城 밑에서 신라군과 싸우다가 날아오는 화살에 맞아서 죽고 말았다. 장사를 지내려 하는데 관이 움직이지 않았다. 공주가 와서 관을 어루만지면서 말했다.
>
> "죽고 사는 것이 이미 결정되었으니, 아아! 돌아가십시다."
>
> 드디어 관을 들어 묻을 수 있었다. 대왕이 이를 듣고 비통해하였다.

죽음과 이별은 애달프고 비통하다. 하지만 비통한 것이 어찌 장군의 죽음뿐이랴. 이름 없는 고구려 병사도, 그에 맞서 싸우다 눈을 감은 신라 병사도 죽음 앞에서 애달픈 건 마찬가지다. 그 슬픔이 성벽의 돌 틈마다 절절하게 박혀 있는 것 같아 자꾸 손으로 쓰다듬어본다. 어떤 이유를 갖다 붙여도 사람이 사람을 죽이는 전쟁에 박수를 칠 수는 없다. 하물며 미화하는 것이야…. 양지바른 성벽 아래 옹기종기 모여 있는 호박돌을 깔고 앉아, '여행은 과거라는 거울에 현재를 비춰 보는 일'이라고 수첩에 쓴다.

성벽을 한 바퀴 돌다가 언덕으로 올라간다. 중간쯤에서 뒤를 돌아보는 순간, 아! 감탄사가 절로 터진다. 청자색 하늘 아래 소백산 봉우리들이 어깨를 나란히 하고 줄달음친다. 마치 말들이 경주를 하는 것 같다. 시선을 조금 내리면 시리도록 푸른 북한강이 들어온다. 그리고 풍경에 점안點眼이라도 하듯 들어서 있는 사람의 집

들과 논밭. '조망이 가장 아름다운 산성'이라는 말이 결코 허튼소리가 아니었구나. 이 순간만큼은 세상이 꽃밭인 듯 아름답다.

강은 참혹했던 싸움을 기억하지 못한다는 듯 묵묵히 흐른다. 혹시 감춰두었던 온달의 이야기라도 들려줄까 싶어 귀를 기울이지만 끝내 아무 말 없다. 사람이 얼마나 어리석은 존재인지. 마음의 문을 열고 인생이 흐르는 소리나 들을 일이지. 나는 지금 제대로 흘러가고 있는지. 늦겨울 햇살이 홑이불처럼 걸린 성벽에 젖은 영혼을 걸어놓고 말린다.

그 밖에 가볼 만한 곳

온달관광지에서 조금 가면 구인사가 있다. 소백산 수리봉 아래 자리 잡고 있는 이 절은 대한불교 천태종의 총 본산이다. 골짜기를 따라가며 건물들이 끝없이 배치돼 있다. 1966년에 창건됐기 때문에 문화재적 가치가 있는 것은 아니지만 웅장한 규모와 경건한 분위기는 절집 중 으뜸이다.

단양에 가면 단양8경의 하나인 도담삼봉을 그냥 지나칠 수 없다. 도담삼봉은 남한강 상류 한가운데에 들어앉아 있는 세 개의 큰 바위에 붙은 이름이다. 조선의 개국공신 정도전은 자신의 호를 삼봉으로 할 정도로 이곳을 사랑했다고 한다. 가운데 바위에 그가 풍월을 읊었다는 정자가 있다. 바위 셋 중 가운데 있는 것이 장군

온달산성으로 가는 길에 거치게 되는
테마파크 온달관광지.

봉(남편봉)이고 왼쪽이 첩봉, 오른쪽이 처봉이다. 처봉은 첩에 대한 시샘으로 돌아앉아 있다는 이야기가 전해 내려온다.

온달산성에 가면

온달이 전사한 곳은? 그치지 않는 논란

온달산성은 남한강변 해발 427미터의 성산 위에 쌓은 석축산성이다. 삼국시대에 한강을 차지하기 위한 전초기지로서, 고구려와 신라 사이에 전투가 치열하였던 곳이라고 전해진다. 길이 682미터, 높이 3미터의 반월형으로 원형이 잘 보존돼 있다. 동남북 3문門과 수구水口가 남아 있다. 옛 기록에 성안에 우물이 있었다고 하는데 지금은 흔적을 찾을 수 없다. 일부러 메웠거나 매몰된 것으로 보인다.

온달 장군이 신라에 빼앗긴 한강 이북을 탈환하기 위해 출정했다가 전사한 것은 590년(영양왕 1년)이었다. 가장 관심을 모으는 것은, 그가 어느 곳에서 전사했느냐 하는 것이다.

서울 광진구 광장동과 구의동에 걸쳐 있는 아차산성으로 보는 견해와 단양 영춘의 온달산성으로 보는 견해가 맞서고 있는 가운데, 최근에는 온달산성이라는 주장에 무게가 실리고 있다. 결론을 내리기 쉽지 않은 것은 역사서의 기록이 명확하지 않기 때문이다.

온달 장군의 전사와 관련, 『삼국사기』에는 '與羅軍戰於阿旦城

之下 爲流矢所中 路而死(아단성 밑에서 신라군과 싸우다가 날아오는 화살에 맞아서 죽고 말았다)'라고만 쓰여 있다. 결국 '아단성'이 어느 곳이냐가 결정적 열쇠인데, 이에 대한 해석이 크게 엇갈린다. 아차산성이라는 쪽은 성 이름이 아단성阿旦城에서 아차성阿且城으로 다시 아차성峨嵯城으로 바뀌었다고 주장한다.

또 온달이 남긴 말 가운데 "신라가 우리의 한수 이북의 땅을 차지하여 자기들의 군현으로 삼으니, 그곳의 백성들이 애통하고 한스럽게 여겨 한시도 부모의 나라를 잊은 적이 없사옵니다"라는 대목을 근거로 마지막 싸움터를 서울의 한강 북쪽 아차산성으로 본다.

하지만 온달산성이라고 주장하는 쪽에서는, 고구려 때 영춘의 지명이 을아단이었므로 아단성이 곧 지금의 영춘이라고 해석한다. 을아단의 '을'은 위(上)를 뜻하는 말이므로 '한강 상류의 아단'이라는 뜻이고, 거기서 을이 빠졌다는 것이다. 더구나 계립현과 죽령 서쪽의 땅을 되찾겠다고 출정한 온달이 지금의 서울에서 싸우다 죽었다는 것은 앞뒤가 맞지 않는다고 주장한다.

영춘에 온달 장군·평강공주와 관련이 있거나 전쟁에서 유래된 지명 등이 수없이 많은 것 역시 온달 장군과의 관련성을 뒷받침한다. 온달이 수련했다는 '온달동굴' 외에도 기마병을 막기 위해 진을 치던 곳이라고 전해지는 '꼭두방터'가 있다. '은포동'은 돌포가 있던 곳이며, '쉬는 돌'은 온달이 후퇴하다가 윷을 놀던 곳이라고 한다. 하류의 '군간軍看나루'는 온달의 군사들이 파수를 보던 곳이었다고 알려져 있다.

군간나루 북쪽에 있는 '선돌'은 성 쌓기를 돕던 마고할미가 온달이 죽었다는 소식을 듣고 팽개친 것이라고도 하고, 온달을 도우려 달려오던 누이동생이 패전 소식에 그 자리에서 굳어 돌이 된 것이라고도 한다. '피바위골'은 싸우면서 흘린 피가 바위에 많이 묻었기 때문에 붙은 이름이라고 한다. 집단 화장실이었던 '통쉬골', 싸우다 죽은 사람을 일일이 흙에 묻을 수 없어 돌로 무덤을 만들었다는 '돌무지골'도 있다.

온달동굴은 약 4억 5천만 년 전부터 생성되어온 것으로 추정된다. 석회암 지대에 형성된 천연동굴로 주굴과 지굴의 길이를 합쳐 800미터 정도이며 내부에는 다채로운 종유석과 석순이 있다. 1979년 천연기념물 제261호로 지정되었다.

무엇을 먹고 어디서 잘까

단양 읍내에 단양관광호텔(043-423-7070)과 대명리조트 단양(1588-4888)이 있으며 관광펜션으로, 티파니펜션(043-422-2002) 등이 있다. 온달관광지에는 식당이 여러 곳 있다. 그중 복천가든은 산채도토리묵밥, 산채정식 등을 내놓는다. 구인사 입구의 장미식당은 사찰한정식으로 유명한데 향토음식경연대회에서 1등을 차지한 경력을 자랑한다.

다산에게 이 시대의 처방전을 묻다

전남 강진 다산초당~백련사

강진은, 역경 속으로 던져졌지만 결코 무너지지 않은 사람
그리고 고난 속에서 더욱 화려한 꽃을 피워낸 사람,
다산 정약용의 자취가 남아 있는 땅이다.

경칩을 코앞에 두고 봄이 간절하게 그리웠다. 남쪽에서 연일 타전되는 꽃 소식에 엉덩이가 들썩거리지 않았다면 목석이나 다름없을 터. 해토머리 부드러운 바람에 심신을 헹구고 마음 가난한 이들에게 남녘의 봄을 배달하고 싶었다.

아래로 내려갈수록 바람의 칼날은 무뎌진다. 얼었던 땅도 옷고름을 풀어헤치고 붉은 속살을 흔연하게 내놓았다. 마음을 걸었던 빗장이 스르르 열린다. 딱히 기다리는 사람도 없이 겨우내 숭어뜀 뛰듯 하던 가슴도 차분하게 가라앉는다. 황토색 풍경 앞에 잠시 차를 세운다. 어쩌면 저 색깔을 찾아왔을지도 모른다. 심성 고운 아낙처럼 푸근한 색. 황토는 그 무엇도 밀어내지 않는다. 생명을 품은 땅이다. 봄은 벌써 그 위에 드문드문 꽃자리를 마련해놓았다.

봄을 만났으니 이제 한 사람을 찾아간다. 역경 속으로 던져졌지만 결코 무너지지 않은 사람. 고난 속에서 더욱 화려한 꽃을 피워낸 사람. 그는 이 척박한 시대를 어떻게 진단할까. 한 줄기 빛 같은 처방전을 기대하며 남쪽으로 달린다. 다산 정약용의 자취가 남아 있는 땅 강진으로.

사의재, 다산초당

다산초당을 뒤로 미루고 먼저 강진 읍내에 있는 '사의재四宜齋'로 향한다. 이곳은 다산이 유배 생활을 시작한 곳이다. 사의재는 다산이 거처하던 방에 스스로 붙인 이름이고, 그를 거뒀던 주막의 이름은 '동문매반가東門賣飯家'였다. 초가집 두 채가 약간 비켜서서 마주 보고 있다. 주막으로 쓰던 안채와 다산이 머물렀다는 바깥채. '四宜齋'라고 쓴 현판 앞에서 옛사람의 고뇌를 읽어보려 서성거린다.

1801년 겨울, 다산이 누릿재(황치)를 넘어 강진에 도착했을 때는 그야말로 오갈 데 없는 신세였다. 중범죄자인 '천주학쟁이'를 도왔다가는 경을 칠 수도 있기 때문에 모두 외면하기 바빴다. 관에서도 거처를 정해주지 않았다. 다산은 가족에게 띄운 편지에 "사

강진 읍내에 있는 사의재.
다산 정약용이 맨 먼저 유배 생활을 한 곳이다.

람들은 나를 역병에 걸린 환자를 보듯 피했다"고 썼다. 심지어 백성들이 겁을 먹고 문을 부수고 담을 무너뜨리고 달아나기까지 했다. 그런 다산에게 거처를 내준 이가 동문 앞에서 술과 밥을 팔던 주막의 주모였다. 그녀의 보살핌 속에서 다산은 지친 몸과 마음을 추스른다.

안채를 기웃거리다 보니 벽에 붙은 차림표가 눈에 띈다. 아욱국 5천 원, 추어탕, 매생이전…. 다산은 주모가 끓여주는 아욱국을 즐겨 먹었다고 한다. 출출한 김에 아욱국 한 그릇 청해볼까 주인을 불러보지만 기척이 없다. 하긴 지금이 어느 철인데 아욱국을…. 이 주막은 '다산 실학 성지 조성사업'의 하나로 옛터로 추정되는 곳에 2007년 복원됐다.

다산초당으로 오르는 길은 대숲의 서걱거리는 소리로부터 시작한다. 새들을 품에 안은 숲이 통째로 지저귄다. 편백나무와 소나무가 도열한 길에는 나무뿌리가 이리저리 얽혀 있다. 땅속에 있어야 할 몸을 지상에 드러낸 뿌리들은 생채기투성이 손을 뻗어 땅을 움켜쥐고 있다. 그들이 쥐고 있는 것은 흙이 아니라 생을 향한 열망이다. 저 경건한 모습 앞에서 누가 목숨을 가볍게 여기랴. 삶의 멱살을 쥐고 흔드는 장애물을 이기는 방법은 좌절하고 원망하고 울부짖는 게 아니라 꿋꿋이 일어서서 걸어가는 것이다. 치유는 거기서부터 시작된다.

다산이 그랬다. 그는 평생 500권이 넘는 책을 썼다. 그중 많은 것들이 가장 불행했던 18년 동안의 강진 유배 시절에 쓴 것이다.

서, 예, 악, 춘추, 주역, 천문, 지리, 산술, 의술, 금석학을 섭렵했던 다산을 말하기에는 그가 너무 크다. 200여 년 전 그가 걸었던 길을 묵묵히 따라 걷는 것만으로도 가슴은 벅차고 숨이 가쁘다. 길가 도랑에는 겨울이 녹은 물이 졸졸거리며 흐른다. 다산도 봄마다 이 소리를 들었겠지. 원래는 어둡고 습한 길인데 오늘은 햇살이 따사롭다.

다산초당은 체로 친 듯 곱게 내리는 햇살 아래 묵묵하게 서 있다. 새들도 햇살을 한 가닥씩 물고 이 나무 저 나무 옮아 다닌다. 초당은 여전히 와당瓦堂이다. 원래 작은 초가였는데, 허물어진 것을 1957년 다시 지으면서 기와를 얹은 것이다. 관리의 편의를 위해서였겠지만, 이름과는 영 남남이 되고 말았다. 다산이 거주하기 전에는 해남 윤씨 가문에서 산정山亭으로 쓰던 곳이다. 윤선도를 배출한 해남 윤씨와 다산은 특별한 인연이 있다. 그의 모친이 바로 그 집안 출신이다. 그러니 비록 유배 중이라 하더라도 알게 모르게 도움을 줬으리라 짐작할 수 있다. 다산은 이곳에 자리를 잡고서야 안정된 생활을 할 수 있었다.

초당에서 유난히 눈길을 끄는 것이 마당 한가운데를 차지하고 있는 넓은 돌이다. 다산이 찻물을 끓였다는 다조茶俎(차 부뚜막)다. 뒤뜰에는 가뭄에도 좀처럼 마르지 않는다는 샘 약천藥泉이 있다. 다산이 차를 끓이던 물이다. 하지만 지금은 마실 수 없다는 안내판이 붙어 있다. 왼편 산비탈로 올라가면 다산이 바위에 손수 쓰고 새겼다는 '정석丁石'이라는 글자를 볼 수 있다. 글씨의 한 획 한

다산초당.

획에서 옛사람의 고독을 읽는다. 마지막으로 오른쪽에 있는 연못 '연지석가산蓮池石假山'에 들른다. 연못 한가운데 돌로 산을 쌓고 대롱으로 폭포도 만들어놓았다. 이들 네 가지가 이른바 다산사경茶山四景이다.

동암을 지나 천일각으로 간다. 다산이 초당에 거주할 때는 없었던 정자다. 이곳에서는 강진만이 훤하게 내려다보인다. 다산 역시 이 언덕에서 바다를 자주 바라보았을 것이다. 바닷물은 가장 따르는 형이자 지기였던 정약전丁若銓이 있는 흑산도를 쉽게 오갈 수 있었을 테니. 형제는 의금부를 출발해서 나주까지 유배 길을 함께했다. 하지만 나주 율정주막에서 눈물을 흘리며 이별을 해야 했다. 음력 11월이었으니 바람이 매서웠을 것이다. 유난히 정이 깊었던 형제건만, 그들은 그 후 다시 만나지 못했다. 바닷물은 손에 잡힐 듯 가까이 엎드려 있고 봄을 싣고 오는 바람은 부드럽다. 눈앞의 늙은 낙락장송이 숨겨진 이야기라도 들려줄 듯 가지를 흔든다.

백련사

천일각을 뒤로하고 백련사로 가는 산길로 접어든다. 다산은 이 길을 넘어 혜장선사惠藏禪師를 만나러 다녔다. 혜장선사 역시 이 길을 걸어 다산을 만나러 왔다. 벗이자 스승이요, 제자였던 두 사람을 이어주는 통로였다. 길은 온갖 형용사가 부끄러울 만큼 아름답다. 편백나무 숲을 지나 대밭이 이어지고 언덕 위에서는 저만치 있는 바다와 다시 만난다. 길옆에는 겨울을 견딘 야생 차나무들이 봄맞이 준비에 분주하다. 흙은 밟기 미안할 정도로 부드럽다.

다산이 이 길을 걸어간 것은 그 끝에 절이 있기 때문이 아니라 벗 혜장선사가 있기 때문이었다. 마음에 머무는 사람을 찾아가는 걸음은 얼마나 행복했을까. 마지막 언덕에 오르니 저만치 어깨를 맞대고 있는 절집들이 보인다. 백련사다. 걸음을 재촉해보지만 내처 절까지 이르지 못하고 멈추고 만다. 느닷없이 팔을 벌려 앞을 가로막는 동백나무 숲. 아! 벌어진 입을 다물 수 없다. 1,500그루가 넘는 동백나무의 바다. 아름답다기보다는 장엄하다는 표현이 더 어울릴 것 같다. 300년이 넘었다는 나무들에게서 신령한 기운을 읽는다. 다산 역시 봄이면 이 숲에 들어 시름을 내려놓았으리라. 양지쪽은 온통 붉은빛이다.

눈을 낮추니 길섶에 손톱보다 작은 꽃들이 점, 점, 점 피어 있다. 쪼그리고 앉아 작은 생명과 두런두런 이야기를 나눈다. 정말 봄이 오긴 왔나 보다. 그 어떤 꽃도 시련 없이는 피어나기 어려운 법. 숙연한 마음으로 오랫동안 꽃들 사이를 서성거린다.

통일신라 시대 말기 무염無染 스님이 창건한 백련사는 고려 때 8국사를 배출하고 신앙결사운동이자 불교정화운동인 '백련결사'의 본거지가 되면서 이름이 알려진 절이다. 다산과의 인연도 깊다. 그가 강진으로 유배를 올 당시 백련사에는 혜장선사가 주석하고 있었는데, 그는 대흥사의 12대 강사로 기록될 만큼 큰스님이었다.

(위)백련사 동백 숲. 1,500그루가 넘는 동백나무가 있다.
(아래)혜장선사가 주석했던 백련사.

첫눈에 서로를 알아본 다산과 혜장선사가 나눈 우정은 깊고도 아름다웠다.

하지만 지금은 다산도 혜장도 없다. 절 마당에 서서, 늙은 배롱나무 가지 사이에 동백 숲과 강진만을 얹어놓고 하염없이 바라본다. 그들도 그랬을까? 이 나무 앞에 나란히 서서 저 바다를 바라봤을까? 나라 걱정도 했을까? 그 어느 때보다 『목민심서』와 『경세유표』가 절실한 시대, 옛사람의 혜안이 한없이 그리운데 오늘 이곳은 바람조차 침묵한다.

그 밖에 가볼 만한 곳

'남도답사 일번지'라는 말이 무색하지 않게 강진에는 문화유산이 산재해 있다. 그중에서도 월출산 자락에 자리 잡고 있는 무위사를 빼놓을 수 없다. 10세기 이전에 창건된 이 절은 소박한 아름다움이 매력이다. 특히 국보 13호 극락보전은 조선 초기 건축양식을 연구하는 데 귀중한 자료다. 극락보전에 31점의 벽화가 있었는데 그중 29점은 분리하여 성보박물관에 보존하고 있다.

강진군청 옆에 있는 영랑 생가에는 시인 김윤식의 자취가 곳곳에 남아 있다. 안채, 문간채, 사랑채 등으로 구성돼 있으며 시의 소재가 됐던 샘, 장독대, 감나무 등이 있다. 특히 안채 뒤편에는 수령 300년이 넘은 동백나무 다섯 그루가 있는데 꽃이 절정을 이루는

3월이면 장관을 연출한다.

다산초당에 가면

주모와 혜장선사가 다산에게 가장 큰 힘

다산이 강진에서 만난 이들 중 가장 관심을 끄는 사람은 주막 '동문매반가東門賣飯家'의 주모였다. 모두가 외면할 때 방을 내주고 밥을 끓여낸 그녀는 다산이 심신을 추스르는 데도 큰 역할을 했다. 다산은 유배 초기 정신적 충격으로 석 달이나 두문불출했다고 한다. 날마다 우두커니 앉아 있는 그에게 아이들에게 글을 가르쳐보라고 권한 사람도 주모였다. 그녀는 보통 여인은 아니었던 것 같다. 다산이 형 약전에게 보낸 편지에는 이런 내용이 있다.

> 어느 날 저녁 주인 노파가 제 곁에서 한담閑談을 나누다가 갑자기 물었습니다.
> "영공令公께서는 글을 읽었으니 이 뜻을 아시는지요? 부모의 은혜는 다 같은데 어찌 아버지만 소중히 여기게 하고 어머니는 가볍게 여기는지요. 아버지 성씨를 따르게 하고, 상복도 어머니는 낮출 뿐 아니라 친족도 아버지 쪽은 일가를 이루게 하면서 어머니 쪽은 안중에 두지 않으니 너무 치우친 것이 아닌지요?"
> 그래서 제가 노파에게 대답했습니다.

"아버지는 나를 낳아준 시초라 하였소. 어머니 은혜가 깊기는 하나 하늘이 만물을 내는 것과 같은 큰 은혜를 더 소중하게 여긴 때문인 것 같소."

그랬더니 노파가 또 말했습니다.

"영공의 대답은 흡족하지 않습니다. 내 그 뜻을 짚어보니 풀과 나무에 비교하면 아버지는 종자요, 어머니는 토양이라고 할 수 있습니다. 종자를 땅에 뿌리면 지극히 보잘것없지만 토양이 길러내는 그 공은 매우 큽니다. (…하략…)"

저는 이에 뜻밖에도 저도 모르게 크게 깨달았고, 삼가 공경하는 마음이 일어났습니다. 천지간의 지극히 정밀하고 지극히 미묘한 의미를 바로 밥 파는 노파가 말할 줄이야 누가 알았겠습니까? 매우 기이하고도 기이합니다.

다산의 말대로 기이한 일이다. 주모에게 '가르침'을 받은 다산도 그렇고, 엄격한 남존여비 시대에 남녀 관계에 대해 일갈한 주모의 당당함도 놀랍다.

주막에서 4년을 지낸 다산은 강진읍 고성사에 있는 보은산방寶恩山房에서 1년 가까이, 제자 이학래의 집에서도 2년 가까이 머문다. 1808년 봄에는 다산초당으로 거처를 옮겨 유배가 풀린 1818년까지 10년을 지낸다.

다산이 유배 시절에 가장 깊이 교류한 이는 혜장선사다. 둘 사이에 이런 일화가 전해진다. 백련사를 찾아간 다산은 혜장에게 자신의 신분을 밝히지 않고 우연히 들른 객인 양 이런저런 이야기를 나누다 돌아섰다. 뒤늦게 다산을 알아본 혜장선사가 부리나케 쫓아가 손을 잡아끌었다. 두 사람은 밤늦게까지 차를 마시며 주역을 논했다. 이날 사자후를 토하듯 주역을 풀어가던 혜장은 다산의 질문 하나에 "20년 공부가 물거품입니다. 깨우침을 내려주십시오"라며 무릎을 꿇었다고 한다. 다산은 혜장과의 만남을 계기로 불교 서적을 읽고 배우게 됐고, 차를 즐겨 마시면서 앓고 있던 속병도 차츰 낫게 되었다.

다산에게 혜장은 삭막한 유배 생활에 빛과 같은 벗이었을 테고 혜장에게 다산은 배움의 갈증을 풀어준 스승과 같은 존재였을 것이다. 얼마나 정이 깊었으면 다산은 비가 내리는 밤에도 찾아올 혜장을 생각해 문을 열어두었다고 한다. 깊은 우정을 쌓아가던 두 사람은 뜻밖의 이별을 맞이하게 된다. 다산보다 열 살이나 어렸던 혜장선사가 1811년 39세의 나이로 요절했기 때문이다.

무엇을 먹고 어디서 잘까

한옥 펜션, 민박형 펜션, 단체실 등을 갖추고 있는 덕룡산관광농원(061-434-7907)과 강진스포츠파크&리조트(061-433-6262), 가우도한옥펜션(061-432-0407) 등 여러 곳의 펜션, 민박이 있다. 강진 읍내와 마량 등에는 곳곳에 모텔이 있다. 강진은 청정 해역에서 생산되는 어패류 등으로 푸짐하게 차려내는 한정식이 유명하다. 명동식당, 남문식당, 청자골종가집, 강진만한정식 등이 있으며, 버스터미널 근처의 해태식당은 푸짐한 밑반찬과 정갈한 요리로 널리 알려져 있다.

부처의 땅에서 백제의 미소를 만나다

충남 서산 용현리 마애여래삼존상 + 개심사

마애여래삼존상은 피붙이같이 친근한 느낌이 들며,
개심사는 여느 절처럼 웅장하거나 화려함을 자랑하지 않는다.
대신 고졸한 맛이 특별하다.

좋기야 벚꽃 잎 난분분하는 봄날이 좋을 것이다. 개심사 늙은 벚나무가 피워내는 왕벚꽃이나 국내에 유일하다는 청벚꽃은 봄이 날라다 주는 최고의 선물이기 때문이다. 하긴 꽃 피는 계절에 어딘들 아름답지 않으랴. 하지만 그때는 가는 곳마다 꽃보다 사람이 더 많다. 이름 좀 알려졌다는 곳에서는 자칫 사람에 치이기 일쑤다. 진짜 보고 싶은 곳은 조금 한적할 때 찾아가는 게 좋다. 그런 이유로 꽃들이 흐드러지기 전에 서둘러 나선 길이다.

이번에 찾아가는 길은 숨겨놓고 조금씩 아껴가며 걷는 길이다.

서산 용현리 마애여래삼존상에서 보원사 터를 지나 개심사로 넘어가는 길. 이곳에는 천 년 넘는 역사가 고스란히 배어 있다. 경주가 신라의 불국토佛國土였다면 이 일대는 백제의 불국토였기 때문이다. 골짜기를 따라가다 보면 백제의 이름 없는 석공을 만나기도 하고 저 멀리 서라벌에서 걸어온 젊은 승려들을 만나기도 한다.

봄이 오는 길목, 얼어 있던 마음을 푸근하게 녹여주는 백제의 미소와 개심사 심검당의 구부러진 기둥을 만나러 서산시 운산면으로 간다.

서산 용현리 마애여래삼존상

부처의 거처를 찾아가는 길은 다리를 건너는 것으로 시작한다. 티끌 가득한 속세에서 고요한 부처의 땅으로, 차안此岸에서 피안彼岸으로 건너가는 다리이기도 하다. 다시 한 번 옷깃을 여민다. 내에는 물이 제법 많다. 거기 추웠던 날들도 녹아 흐른다. 길은 가파르되 멀지 않다. 계단의 끝에 관리소가 있고 불이문不二門을 지나면 저만치 세 분의 부처가 서거나 앉아 있다. 처음 온 것도 아닌데 가슴이 쿵쾅거리며 뛴다.

가운데에는 본존인 석가여래입상이, 여래입상을 기준으로 오른쪽에 제화갈라보살입상, 왼쪽에 미륵반가사유상이 나란히 있다. 아래쪽이 파인 바위벽에 부처들을 새겼기 때문에 마치 우산을 쓴

충남 서산시 운산면 용현리에 있는
마애여래삼존상. 백제의 미소로 불린다.

것 같다. 백제 후기 작품이 지금까지 잘 보존된 이유이기도 하다. 세 부처는 여전히 웃는 얼굴로 속세의 중생을 맞이한다. 미소도 형태로 표현할 수 있다면 이곳 부처들의 미소는 둥글다. 자비慈悲를 그림으로 그린다면 바로 이 모양일 것이다. 그래서 각진 마음으로 올라와도 금세 눅지근하게 풀어지고 만다.

세 부처의 미소를 일러 오전에는 온화한 미소, 정오에는 근엄한 미소, 저녁에는 넉넉한 미소라고 말한다. 빛의 방향에 따라 미소가 달라지기 때문이다. 계절에 따라서도 달라진다. 하지만 가장 중요한 것은 보는 사람의 마음일 것이다. 부처의 얼굴이 사나워 보이는 사람이 있으면 스스로 뾰족한 마음을 갖고 있기 때문이다. 어찌 부처뿐이랴. 꽃조차도 마음 따라 달리 보이는 것을.

아무리 들여다봐도 이곳 부처들은 그냥 부처가 아니다. 피붙이라도 되는 듯 친근한 느낌이 든다. 그러고 보면 어릴 적 나를 유난히 예뻐하던 오촌 당숙이다. 날마다 나를 업고 동네방네 마실 다니던 고모다. 백제의 시간을 살았던, 아니 지금도 여전히 살고 있는 민초들의 얼굴이다. 그가, 그녀가 벙긋벙긋 웃으며 손짓한다. 따뜻한 품에 부드럽게 안아줄 것 같다. 돌 위에 앉아 유난히 느리게 흘러가는 시간에 고단을 부려놓는다.

보원사 터

마애여래삼존상과 작별하고 내려와 다시 걷는다. 용현 계곡을 따라 보원사 터로 가는 길이다. 보통 차를 타고 올라가지만, 시간만 있다면 걸어가는 것이 좋다. 냇물 소리가 졸졸거리며 따라 걷는다. 걷는 시간은 행복하다. 마음의 얼룩을 하나씩 지울 수 있어서 좋다. 끝내는 백지 같은 마음에 순정純正한 자연을 담는다. 사람들 사이에서 흐려졌던 내가 다시 또렷하게 윤곽을 드러낸다. 현대인의 고통은 '흐려지는 나'로부터 시작할지도 모른다. 대중 속에서 작은 존재로 전락한 나는 본래의 내가 아니다. 자연 속을 걷는 것은 진짜의 나를 찾는 길이기도 하다.

이 길도 옛날부터 많은 사람들이 걸었을 것이다. 백제 때 태안반도를 통해 중국과 부여를 오가는 길목이었기 때문이다. 가까운 재야 연구가 한 분은 이 길이 원효와 의상이 걸었던 길이었다고 주장한다. 당나라로 가기 위해 요동 지방을 거치는 길을 택했다가 첩자로 몰려 실패했던 그들이 다시 잡은 길이 해로였고, 그렇다면 이 길밖에 없다는 것이다. 승려들이 먼 여행을 하려면 호환虎患과 도적을 피해야 하고 또 절에 들러 숙식을 해결해야 하니 길의 선택이 제한적일 수밖에 없다. 이 일대는 불교의 중심지였기 때문에 곳곳에 절들이 자리 잡고 있었다.

그렇다면 원효가 해골에 든 물을 마시고 '내 마음이 모든 것의 근본'이라고 깨달았다는 토굴(무덤)도 멀지 않을 터. 그런 가설이

보원사 오층석탑.

사실인지 밝혀낼 능력도 없고 내 몫도 아니다. 다만 괘도로 걸려 있는 역사 속에 심장이 뛰는 사람을 대입시키는 순간 여행이 얼마나 윤택해지는지. 사실史實에 얽매이지 않고 묻고 대답하고 가설을 세우고 무너뜨리는 과정이야말로 길을 걷는 자가 누릴 수 있는 재미다. 이 순간만은 까마득한 과거가 바로 어제 같다.

얼마 걷지 않아 항아리 모양의 개활지가 펼쳐진다. 보원사 터다. 어지간하면 폐사와 관련된 역사가 전해지기 마련인데, 이 절은 백제 때 창건되어 조선 시대에 사라졌다고 알려졌을 뿐 구체적인 기록이 없다. 이 일대에 아흔아홉 개의 암자가 있었는데, 100개를 채운다고 백암사라는 절을 짓는 순간 불이 나서 모두 태우고 폐사가 되었다는 전설만 전해올 뿐이다.

당당하게 서 있는 당간지주와 석조(돌확) 앞에서 이 절이 누렸던 영화를 가늠해본다. 석조는 국내에 남아 있는 것 중에 가장 크다고 한다. 봄기운은 이 골짜기에도 그득하다. 비단처럼 고운 햇살이, 비어 있어서 더욱 넓어 보이는 절터를 흠뻑 적신다. 어느 순간 손뼉이라도 짝! 하고 치면 풀마다 나무마다 우르르 꽃을 피워낼 것 같다. 내를 건너 중후한 모습으로 하늘을 받치고 있는 오층석탑, 법인국사 부도와 부도비를 지나 산길로 접어든다. 개심사로 가는 길이다. 서산시에서 조성한 '아라메길'의 한 구간이기도 하다.

개심사

능선을 타고 오르는 길, 봄바람을 한껏 들이켠 흙은 부드럽게 발을 감싸고 소나무 사이를 지나온 햇살은 비단결처럼 곱다. 온 산이 봄을 맞이하느라 몸을 뒤챈다. 개심사까지는 1.8킬로미터. 가까운 길은 아니다. 산길은 평지와 다르기 때문이다. 비교적 넓은 능선 길이 내리막으로 바뀔 무렵 개심사로 가는 작은 길이 나타난다. 경사가 제법 급하다. 지난가을의 낙엽이 그대로 쌓여 있는 이 길은, 누군가 양탄자를 깔아놓은 것처럼 푹신하다. 어느 순간부터 냇물과 동행한다. 졸졸거리며 흐르는 소리가 바로 천상의 노래다. 한참 내려가다가 마지막 갈림길에서 언덕으로 올라가니 저만치 개심사가 나타난다.

개심사로 들 때는 연못 위에 놓인 나무다리를 거쳐야 한다. 거기서 속진을 씻은 뒤 마음의 문을 활짝 열고(開心) 부처의 거처로 들어야 한다. 보통은 다리를 건너 누각을 끼고 오른쪽 해탈문으로 들어가지만, 왼쪽의 범종각을 거쳐 심검당尋劍堂으로 간다. 개심사에 올 때마다 선택하는 코스다. 특별한 기둥을 먼저 만나기 위해서다. 두 곳 모두 심하게 구부러진 나무로 기둥을 삼았다. 구부러진 나무도 훌륭한 기둥이 될 수 있다는 것을 보여주기 위해 일부러 고른 것 같다. 그 가르침은 늘 무겁게 가슴에 얹힌다. 혹시 곧은 나무만 보려 하지는 않았을까? 굽고 옹이진 나무를 경시하는 눈을 가진 적은 없었을까? 구부러진 나무 앞에 서서 마음을 씻는다.

(위)개심사 입구 연못에 놓인 나무다리.
(아래)개심사 심검당의 구부러진 기둥.

개심사는 여느 절처럼 웅장하거나 화려함을 자랑하지 않는다. 대신 고졸한 맛이 특별하다. 산벚나무, 느티나무, 배롱나무…. 그들도 허리가 굽어 하늘보다는 땅에 가깝다. 마지막으로 심중에 감춰둔 절집을 내놓으라고 한다면 두말할 것도 없이, 이곳 개심사를 선택할 수밖에 없다. 다른 절들이 중창불사라는 이름으로 들썩거릴 때도 이 절은 고요하다.

대웅보전을 보고 내려오는데 스님 한 분이 공양간 앞에 걸린 목탁을 몇 번 두드린다. 저녁 공양을 알리는 소리다. 밑도 끝도 없이 어린 시절의 한 장면이 영상처럼 스친다. 석양이 질 무렵 탱자나무 울타리를 넘고 고샅길을 지나 은행나무 마당까지 달려오던 어머니의 목소리. 울컥 눈물이 날 것 같다. 그리움은 모두 여기 숨어 있었구나. 목탁 소리가 산을 넘는 순간 해가 설핏 서쪽으로 기운다. 속세로 내려갈 시간이다.

그 밖에 가볼 만한 곳

개심사와 가까운 곳에, 현존하는 읍성으로는 가장 잘 보존돼 있는 해미읍성이 있다. 왜구를 막기 위해 1417년(태종 17년)부터 1421년까지 축성했다. 남문인 진남문과 동문, 서문이 있고, 성내에 동헌, 옥사獄舍 등의 건물이 남아 있다. 1578년(선조 11년)에 이순신 장군이 군관으로 10개월간 근무한 적이 있다. 해미읍성은 특히 천주교와 연관이 깊은 곳이다. 1790년부터 100여 년간 수많은 천주교 신자들을 국사범으로 규정하여 이곳에서 처형했는데, 김대건 신부의 증조부도 이곳에서 옥고를 치르고 순교했다고 전해진다.

개심사에 가면

심검당의 구부러진 기둥에 담긴 뜻은

국보 제84호 서산 용현리 마애여래삼존상은 지금까지 발견된 마애불 중 가장 뛰어나다는 평가를 받고 있다. 6세기 말에서 7세기 초에 조성한 것으로 추정된다. 서산 마애삼존불로 불려왔는데 2010년 문화재청의 '국보지정 명칭 통일방안'에 의해 서산 용현리 마애여래삼존상으로 이름을 바꿨다.

'백제의 미소'로 잘 알려진 삼존상은 암벽을 약간 파고 들어가 불상을 조각했다. 가운데 연꽃 대좌臺座 위에 서 있는 여래입상은 통통한 얼굴에 큰 눈과 두툼한 입술을 하고 있다. 얼굴의 전체 윤곽이 둥글고 풍만하여 백제 특유의 자비로운 상을 보여준다. 몸의 윤곽이 드러나지 않으며, 앞면에 U 자형 주름이 반복되어 있다. 광배의 중심에 연꽃을 둥글게 새기고, 둘레에 불꽃무늬를 새겼다. 대좌로부터 광배까지 2.8미터다.

여래입상을 기준으로 왼쪽에 있는 보살입상은 한 다리를 반대편 무릎에 올려 반가부좌를 하고 한 손으로 턱을 받치고 뭔가 생각하는 자세로 앉아 있다. 여래입상처럼 얼굴이 통통하고 만면에 미소를 띠고 있다. 상체는 목걸이 장식만 있고, 하체는 치마가 발등까지 늘어져 있다. 여래입상의 오른쪽 보살은 키가 자그마한데 역시 연꽃대좌에 서 있고 두 손을 가슴께 모아 보주寶珠 같은 것을 쥐고 있다. 얼굴은 볼이 두툼한 데다 천진한 웃음을 머금고 있다.

마을 사람들만 알고 있던 이 삼존상이 공식적으로 세상에 알려진 것은 1959년이었다. 유홍준 교수의 『나의 문화유산답사기』 3편을 보면, 발견될 당시의 재미있는 일화가 소개돼 있다. 당시 부여박물관장을 맡고 있던 홍사준 선생은 보원사 터를 조사하러 갈 때마다 나무꾼을 만나면 부처님 새긴 것이나 석탑 무너진 것을 본 일이 없느냐고 물었다고 한다. 하루는 한 나이 많은 나무꾼이 이렇게 말하더라는 것이다.

"부처님이나 탑 같은 것은 못 봤지만유, 저 인바위에 가믄 환하게 웃는 산신령님이 한 분 새겨져 있는디유. 양옆에 본마누라와 작은마누라도 있시유. 근데 작은마누라가 의자에 다리 꼬고 앉아서 손가락으로 볼따구를 찌르고 슬슬 웃으면서 용용 죽겠지 하고 놀리니까 본마누라가 장돌을 쥐고 집어 던질 채비를 하고 있시유."

개심사開心寺는 충남 서산시 운산면 상왕산象王山 기슭에 자리 잡고 있다. 덕숭산 수덕사修德寺의 말사이다. 사적기에 따르면, 651년(의자왕 11년) 혜감국사가 창건하고 개원사라 부르던 것을 1350년 처능이 중창하며 개심사로 고쳤다고 한다. 보물 제143호로 지정된 대웅전과 명부전 등이 있다. '지혜의 칼을 날카롭게 갈아 무명無明의 풀을 벤다'는 뜻의 심검당은 개심사에서 가장 오래된 건물이다. 자연스럽게 휘어진 나무를 기둥으로 삼아 자연미를 그대로 보여준다. 개심사에서는 많은 고승들이 머물러 수행했는데, 특히 한국 선종의 중흥조라 불리는 경허스님이 이곳에서 정진했다고 한다. 이 절은 조금 떨어진 위치에서 봐야 더욱 돋보인다. 산신각쯤에 올라가서 내려다보면, 적송들 사이로 이마를 맞대고 있는 전각들의 모습이 한 폭의 그림처럼 아름답다.

보원사 터에서 개심사로 넘어가는 길은 어지간한 체력이면 걷기에 무리가 없을 뿐 아니라, 서산한우목장과 내포평야 등이 내려다보여 전망이 무척 좋다. 차를 갖고 간 경우에는 개심사에서 다시 보원사 터로 넘어오거나, 절 입구 마을까지 내려가서 택시를 타고 원위치로 가야 한다. 마을 입구 슈퍼마켓에서 물어보면 택시회사 전화번호를 알려준다.

무엇을 먹고 어디서 잘까

보원사 터 인근에 용현자연휴양림(041-664-1971)이 있다. 음암면의 김기현 가옥(041-688-1182)과 운산면의 유기방 가옥(041-663-4326)에서 고택 체험을 할 수 있다. 그 밖에도 모텔, 펜션, 민박 등 다양한 숙박 시설이 있다. 마애여래삼존상으로 올라가기 직전에 있는 용현집은 어죽으로 유명해서 외지에서 일부러 찾아오는 사람도 많다. 해미읍성 진남문 바로 앞에는 음식점 밀집 지역이 있다. 가정식백반을 하는 보글보글식당에서는 밴댕이찌개를 맛볼 수 있다.

의병들이 스러져간 용문산 골짜기에는

경기 양평 사나사 + 용문사

용문산은 골마다 절을 품고 있다.
절들은 모두 최고의 경치를 찾아 깃들어 있다.
어찌 풍경뿐이랴. 골골이 품은 이야기도 많다.

양평을 흔히 '물의 고장'이라고 부른다. 들판을 적시며 흐른 남한강이 두물머리에서 북한강과 만나는, 말 그대로 물이 풍성한 지역이기 때문이다. 물뿐 아니다. 한가운데에는 1,157미터의 명산 용문산이 자리 잡고 있다. 조선 초기의 문인 이적李迹은 양평을 일러 "왼쪽으로는 용문산에 의지하고 오른쪽으론 호수를 베개 베었다"고 읊었다. 양평은 가볼 곳도 많다. 두물머리, 세미원, 소나기마을, 중미산천문대, 들꽃수목원….

물론 용문산을 빼놓고 양평을 말할 수는 없다. 대개의 명산이 그렇듯 용문산은 골마다 절을 품고 있다. 용문사, 사나사, 상원사…. 절들은 모두 최고의 경치를 찾아 깃들어 있다. 어찌 풍경뿐이랴. 골골이 품은 이야기도 많다. 이 사찰들은 1907년에 일어난 정미의병(후기의병)의 근거지였다. 그 결과 일본군에 의해 불타는 아픔을 겪었다. 그래서 양평을 찾아가는 것은 역사의 흉터를 찾아가는 여행이기도 하다.

습자지에 먹물 스미듯 대지가 온기를 머금는 계절, 아침 일찍 길을 달린다. 옅은 물안개가 강에서 몸을 일으키고, 산들을 원근으로 줄 세워 수묵화 한 장 그려내는 그 길이다.

사나사

옥천에서 큰길을 버리고 사나사 계곡 쪽으로 방향을 잡는다. 사나사는 사하촌인 용천리에 차를 두고 계곡을 따라 걸어 올라가는 것이 좋다. 여름에는 피서 인파로 몸살을 앓지만, 이 계절만큼은 자연의 품을 독차지할 수 있다. 차를 타고 지나갈 땐 아무리 아름다운 풍경도 나와는 떨어진 객관일 수밖에 없다. 즉, 남이다. 내 두 발을 통해 그 안으로 들어갈 때에야 비로소 내 것이 된다. 아니 내 것이라는 생각 역시 오만이다. 내가 그 안으로 스며드는 것이다. 그때서야 진짜 행복이 내게 깃든다. 봄기운은 골짜기를 가득 채우고 능선을 타고 오르며 온 산을 술렁거리게 한다. 냇가에 탐스럽게 핀 버들가지가 그 증거다.

걸어서 올라가야 하는 이유가 또 하나 있다. 전설의 현장을 만나기 위해서다. 중간쯤 길가에 '함왕혈咸王穴'이라고 쓴 비석 하나가 서 있다. 거기서 내려가면 바위에 뚫린 구멍을 볼 수 있다. 삼한 초 함왕이 태어났다는 곳이다. 바위에서 태어난 왕이라니. 하긴 알에서 태어난 왕도 있으니 특별할 것은 없다. 길에서 마주치는 전설은 여행자의 걸음을 얼마나 풍요롭게 해주는지. 상상은 벌써 아득한 옛날로 거슬러 올라가, 냇가 바위 사이에서 태어난 아이를 만난다. 큰 바위를 에돌아 흐르는 물소리가 아기 탄생을 축복한다.

하지만 세상은 빛과 그림자의 직조물로 이뤄지는 법. 이 골짜기라고 어두운 날이 없었을까. 상상은 외연을 넓혀 일본군에게 쫓겨 산을 오르던 의병들과 만난다. 얼마나 원통했을까. 일제의 폭력에 맞서 분연히 떨치고 일어났지만 힘이 부족했다. 쫓기고 쫓기다 이 골짜기에 차가운 몸을 묻은 이들도 많을 것이다. 그들이 비통과 고단을 지고 오르던 길을 배낭 하나 메고 설렁설렁 걷자니 자꾸 미안해진다. 과거에 나를 비춰보며 오늘의 안위를 확인하는 일은 행복과 죄의식을 함께 주기 마련이다.

일주문을 지나 걸음이 조금 무거워질 무렵 아담한 절 하나가 나타난다. 사나사다. 완만하게 흘러내린 용문산은 치맛자락을 넉넉하게 펼쳐 절집들을 품었다. 사나사는 923년 고려 태조의 국정을 자문한 대경국사 여엄이 제자 융천과 함께 세웠다고 전해진다. 임진왜란과 정미의병, 6·25전쟁을 거치면서 여러 번 소실됐기 때문

사나사 원증국사탑.
고려 말 고승 태고 보우의 석종 부도다.

에 대부분 건물은 근래에 지은 것들이다. 하지만 그런 시련 속에서도 오랜 시간을 견뎌온 것들이 있다.

마당 한쪽에서 작은 석탑을 발견하고 바투 다가선다. 고려 때 세워진 사나사 삼층석탑이다. 기단부와 탑신부가 온전하게 남아 있는 탑은 긴 세월을 이고, 우쭐대지 않는 모습으로 서 있다. 그 뒤의 원증국사탑은 더욱 반갑다. 고려 말의 고승 태고 보우太古 普愚의 석종 부도다. 고려의 왕사와 국사를 지낸 보우 스님은 1367년(공민왕 16년) 사나사를 140여 칸 규모로 중창한 뒤 1382년 용문산 북쪽 기슭 소설암小雪庵에서 입적했다.

원증국사탑은 종 모양의 몸돌과 연꽃 모양의 받침으로 이뤄져 있다. 특별히 꾸미지 않아 더욱 정감 있게 눈에 들어온다. 오랫동안 탑 앞을 서성인다. 그리 뛰어날 것도 없어 보이는 부도 하나가 왜 이렇게 마음을 끌어당기는지. 햇살이 내려 비단보처럼 마당을 덮는다. 특별히 챙겨봐야 할 유적이 있는 것도 아니니, 그야말로 무위無爲의 한나절을 보낸다. 사나사는 찾는 사람이 많지 않은 조용한 절이다. 특별히 날 좀 봐달라고 조르지 않는다. 시골 아낙처럼 슬그머니 웃으며 쉴 자리 하나 내어줄 뿐이다. 그러니 아무 곳이나 주저앉아도 편안하기 그지없다.

비로나자불이 주불로 모셔진 대적광전을 지나 극락전, 함씨각, 삼성각, 조사전을 차례로 돌아본다. 도란도란 이야기를 나누듯 낮게 드리운 처마들이 정겹다. 어느 순간 세상의 모든 소리가 멈추고 고요가 내 안으로 흘러들어온다. 단청이 흐려진 처마 사이를 오가며 새 봄을 칠하는 새들만 분주하다. 오래 머물고 싶은 절이다.

용문사

사나사의 반대쪽 자락에 용문사가 깃들어 있다. 오를 때마다 드는 생각이지만 용문사로 가는 길은 무척 매력적이다. 특히 길가에 도열하듯 서 있는 아름드리 소나무들은 앞으로 가려는 걸음을 자꾸 방해한다. 제멋대로 구부러진 모양이 마냥 자유롭다. 꿈틀거리며 하늘로 오르려는 몸짓과 거칠게 돋은 '비늘'은 용의 비상을 연상시킨다. 용이 드나드는 문이라 용문龍門이라는 이름이 붙었다더니, 혹시 이 소나무들을 이른 건 아닐까.

이곳의 계곡도 사나사 계곡 못지않게 장엄하다. 이 산은 얼마나 많은 것을 품었기에 골마다 이렇게 풍요를 나눠줬을까. 물소리에 속진 묻은 나를 씻고 또 씻는다. 길의 끝에서 거대한 은행나무와 만난다. 그 유명한 용문사 은행나무다. 여러 해 만에 보는데도 위용은 조금도 줄어들지 않았다. 벌어진 입이 다물어지지 않는다. 높이가 40미터, 줄기의 둘레가 11미터. 아무리 애를 써봐도 장엄까지는 카메라에 담을 수 없다. 수령이 1100년에서 1500년으로 추정된다는 이 나무는 유실수로는 동양에서 가장 큰 나무라고 한다.

거듭된 전란 속에서도 불타지 않고 살아남은 나무. 그래서 천왕목天王木이라고 부른다던가. 그 긴 세월 동안 얼마나 많은 것들을

용문사 은행나무. 수령이 1100~1500년으로 추정된다.

보았을까. 가슴이 찢어질 정도로 아픈 일들은 얼마나 많았을까. 특히 일본군에게 하나둘 쓰러져가는 의병들을 보는 심사는 얼마나 고통스러웠을까. 나무라고 하지만 그만한 삶을 살았는데 어찌 영혼이 없으랴.

은행나무에서 꿈틀거리는 생명의 기운이 느껴진다. 땅속 깊은 곳에서 길어 올린 수액이 내 손발까지 전해질 것 같다. 이 계절은 가감 없이 본질에 가까이 다가설 수 있어 좋다. 잎이 없는 나목裸木에서 천년의 시간을 읽는다. 용문사에서는 이 은행나무만 보고 가도 아쉬울 게 없다.

절 마당에 올라 이곳저곳을 둘러본다. 용문사는 신라 신덕왕 때 대경선사가 창건했다고 한다. 경순왕이 친히 행차하여 창사했다고도 전해진다. 고려 우왕 때에는 지천대사가 개풍 경천사의 대장경을 옮겨 봉안했고, 조선 세종 29년에는 수양대군이 모후 소헌왕후를 위하여 보전을 다시 지었다. 영광도 많았지만 시련도 많았다. 정미의병 때 일본군이 불태운 데 이어 6·25전쟁 때는 치열한 용문산 전투를 치르면서 큰 피해를 입었다. 근래에 지은 건물들이 많을 수밖에 없는 이유다.

봄바람이 뺨을 스친다. 눈을 들어보니 은행나무 가지 사이에 저녁 해가 잠시 머물러 있다. 관세음보살의 보주寶珠처럼 장엄하다. 바람이 불 때마다 처마 끝 풍경風磬이 흔들린다. 풍경이 흔들리는 대로 소리도 흔들린다. 무엇 하나 거스름이 없으니 가슴 가득 평화가 깃든다. 바람과 풍경 소리에서 부처의 가르침을 듣는다.

용문사 경내 풍경.

그 밖에 가볼 만한 곳

양평의 을미의병과 그 뒤 일어난 정미의병에 대해 조금 더 알고 싶으면 양동면으로 찾아가면 된다. 당시 지평현 상동면이었던 양동 지역은 일제가 명성황후를 시해하고 단발령을 선포하자 퇴앙 안종응, 괴은 이춘영 등이 주도하여 의병을 일으킨 곳이다. 양동면 석곡리에 을미의병 묘역이, 쌍학리에는 택풍당澤風堂이 있다.

을미의병 묘역은 일본군과 싸우다 산화한 양평 출신 의병들을 기리기 위해 조성했다. 추모비, 기념비, 어록비 등이 있다. 택풍당은 조선 인조 때 문신이며 한문 4대가의 한 사람으로 꼽히는 택당 이식李植이 1619년에 제자와 자손들을 교육하고 학문을 연구하기 위하여 지었다. 현지에서 만난 향토문학가 이복재 씨에 의하면 택당의 사상인 '의義'가 이 지역에서 의병 운동이 일어나는 데 정신적 뿌리가 되었다고 한다. 택풍당 맞은편에는 택당의 묘가 있다.

용문산에 가면

원주, 제천, 단양 등 의병 활동에 큰 영향

사나사는 '함씨'와 관련이 많은 절이다. 올라가는 길의 함왕혈, 경내에 있는 함씨각 그리고 절 뒤편의 함왕성지가 그 사실을 뒷받침해준다. 함왕혈은 삼한 초기 함왕 주악이 태어난 곳이라고 전해진다. 먼 옛날 함씨 일족이 지도자를 내려달라고 하늘에 제사를 올렸다. 어느 날 계곡 바위 사이의 구멍, 즉 함왕혈에서 아이가 태어났고 함씨들은 그 아이를 왕으로 추대했다. 왕의 통치 아래 성을 쌓고 번창하게 되지만 결국 외부의 침입을 받아 성은 무너지고 왕은 죽고 만다.

나라가 망한 뒤 과객이 지나다가 "어머니를 저렇게 버려두었으니 나라가 망할 수밖에 없구나"라고 한탄했다고 한다. 그때야 함씨들은 왕이 태어난 바위를 밖에 두고 성을 쌓았다는 것을 깨닫게 된다. 부랴부랴 다시 성을 쌓았으나 결국 나라를 다시 세울 지도자는 나타나지 않았다고 한다.

조금 더 역사적 사실에 근접한 이야기도 있다. 통일신라 말기의 함규 장군이 함왕이라는 것이다. 신라의 세력이 약해지며 각지에서 토호土豪 세력이 할거하던 끝에 왕건과 견훤, 신라의 후삼국 시대가 펼쳐지게 된다. 함규는 그 무렵 양근(지금의 양평) 지역에 기반을 둔 호족이었다. 그는 일대에서 강력한 세력을 구축했지만 훗날 태조 왕건을 도와 고려 건국에 이바지함으로써 공신의 반열에 오르게 된다.

사실이 어떻든 간에 함왕은 '함왕성'의 주인이었다. 함왕성은 용문산 남서쪽에 쌓은 성으로 전략적 요충지였다. 길이가 약 8,800미터였던 것으로 전해지나 지금은 석축 일부만 남아 있다. 고려 후기 몽골의 침입 때 주민들이 이곳으로 피난했으나, 포위를 당하자 방호별감 윤춘이 나와서 항복했다는 기록이 있다.

용문사의 전설은 역시 은행나무로 모아진다. 특히 누가 심었는지에 대해서 설이 엇갈린다. 신라의 마지막 임금인 경순왕의 아들 마의태자가 나라 잃은 비통한 마음을 안고 금강산으로 가다가 심었다는 설과, 의상대사가 짚고 다니던 지팡이를 꽂고 갔는데 그것이 자랐다는 설이 함께 전해진다. 그 밖에 나무를 베려고 톱을 대니 피가 나오고 맑던 하늘이 흐려지면서 천둥이 치는 바람에 중단했다는 이야기도 전해 내려온다. 고종이 승하했을 때는 큰 가지가 부러졌으며 전쟁 등 나라에 변고나 변화가 있을 때마다 알려주는 영험이 있다고 한다.

을미의병은 1895년(고종 32년) 8월 20일 명성황후가 시해되고 황후폐위조칙이 나오면서 일본에 맞서 일어난 의병 운동이다. 그해 11월 발표된 단발령 역시 유생들과 일반 백성의 반일·반정부 분위기를 더욱 고조시켰다. 다음 해 1월 중순 경기, 충청, 강원도 등에서 불붙은 의병 항쟁은 경상도 북부와 강원도, 함경도까지 확산됐다. 그중 이춘영, 김백선, 안승우 등을 중심으로 양평에서 일어난 의병 운동은 원주, 제천, 단양, 영월, 충주 등지의 의병 활동에 큰 영향을 끼친 것으로 알려졌다.

후기의병이라고도 부르는 정미의병은 1907년 고종황제의 강제 퇴위와 군대 해산에 반발한 군인들의 항전에서 촉발됐다. 이때 일어난 양평의병은 용문사, 상원사, 사나사를 근거지로 삼아 활동했다.

무엇을 먹고 어디서 잘까

양평에는 용문산자연휴양림(031-775-4005), 중미산자연휴양림(031-771-7166), 산음자연휴양림(031-774-8133) 등이 있다. 청운골생태마을(031-775-5353)에 가면 너와집, 굴피집에서 쉴 수 있다. 한화리조트 양평(031-772-3811), 대명리조트 양평(1588-4888) 등 콘도와 펜션도 곳곳에 있다. 사나사로 들어갈 때 거치는 옥천에는 옥천면옥, 옥천냉면황해식당, 옥천할머니냉면 등 냉면으로 유명한 집이 여럿 있다. 강하면에 있는 용화산방은 깔끔한 한정식을 내놓고 양평읍의 하누만에 가면 질 좋은 양평한우를 맛볼 수 있다.

지상에서 가장 아름다운 길을 걷다

경남 거제 지심도+포로수용소 유적공원

쉬엄쉬엄 걸어 두 시간이면 너끈하게 돌아볼 수 있는 지심도와
역사에 새겨진 눈물을 보여주는 거제도 포로수용소 유적공원.
거제에 가면 꼭 들러봐야 할 곳들이다.

그 섬을 동백섬이라 부른단다. 이 계절에는 거제 자체가 동백꽃으로 타오르거늘 거기서 다시 동백섬이라는 이름을 얻었다니, 그곳엔 어떤 특별한 게 있는 것일까. 남쪽 여행을 계획하면서 큰 고민 없이 선택한 곳이 지심도였다. 그곳에 가지 않고 이 계절을 보내기에는 너무 아까웠다. 이름이 너무 알려졌거나 사람이 많이 모이는 곳은 가급적 피한다는 나름대로의 원칙도 접을 수밖에 없었다.

지심도의 동백꽃은 12월 초순부터 피기 시작해 4월 하순에 자취를 감춘다. 절정기는 3월 중순부터 4월 초순이다. 나무에 매달린 꽃보다는, 미련 없이 고개를 꺾고 땅 위에서 또 한 번 피어나는 꽃을 보고 싶었다. 가슴속에 영원히 지지 않는 꽃 한 송이를 간직하고 싶었다.

거제에 가면 꼭 들러볼 데가 또 한 곳 있다. 바로 거제도 포로수용소 유적공원. 지심도가 눈앞에서 뚝뚝 지는 꽃을 보여주는 곳이라면 포로수용소 유적공원은 역사에 새겨진 눈물을 보여주는 곳이다. 같은 비극을 막으려면 오늘의 모습을 어제라는 거울에 자꾸 비춰 봐야 하는 법. 남쪽 끝, 아름답고 슬픈 꽃들이 피는 땅, 거제로 간다.

지심도

장승포에서 지심도로 가는 배는 설렘을 싣고 출항한다. 봄은 벌써 바다 깊은 곳까지 채색을 마쳤다. 눈길 닿는 곳마다 쪽빛 물결이 출렁거린다. 바람은 부드러운 손길로 바다의 현을 연주한다. 뱃전에 부딪친 파도가 하얗게 부서질 때마다 배도 승객의 마음도 출렁거린다.

배를 타는 시간은 15분 안팎으로 길지 않다. 섬에 내리면서 곧바로 언덕길을 오른다. 잠깐 돌아보니 떠나온 곳도 머리 아픈 일도 아득하게 멀다. 저만치 파도가 오가며 "내려놓아라, 내려놓아라" 노래한다. 이 섬에서는 모든 것을 내려놓고 걸어도 될 것 같다. 조금 올라가면 동백나무들이 가지 끝마다 붉은 등을 내걸고 어서 오라고 손짓한다. 바닥에도 점, 점, 점 주단을 깔아놓았다. 밤에 내린 비로 꽃들은 물방울 보석을 가득 머금었다.

첫 번째 만나는 건물인 동백하우스에서 왼쪽 길을 택한다. 관광객들은 대개 오른쪽 길로 접어들어 마끝→국방과학연구소→탄약고→활주로 코스로 걷는다. 지심도에서는 길이나 방향에 연연할 필요가 없다. 어느 길을 택해도 하나로 연결되기 때문이다. 아니, 길을 잃어도 괜찮다. 길은 잃은 사람만이 다시 찾을 수 있는 법. 잃었다 싶으면 저만치서 기다려주는 게 길이다. 이 섬에서는 또 안내문에 있는 볼거리 한둘쯤 놓쳐도 괜찮다. 어디를 가도 볼거리가 지천이기 때문이다.

조붓한 길은 부드럽고 원만하게 이어진다. 아무리 생각해봐도 '지상에서 가장 아름다운 길'이라는 말 외에 떠오르는 문장이 없다. 숲에는 태초의 기운이 그득하다. 그 숲에서 새들이 노래한다. 푸른 나무와 그들이 피워낸 꽃, 그리고 그 꽃을 찾아드는 새들. 원래 이 섬의 주인들이다. 잠시 빌려 쓸 수 있으니 고맙고, 고요를 방해했으니 미안하다. 노래는 들리는데 동박새는 끝내 모습을 보여주지 않는다. 눈이 어두워 못 보는지도 모른다. 꽃과 꽃 사이를 옮겨 다니며 수정을 해주는 그들이 있어 숲은 더욱 풍성해진다. 우리 주변에도 보이지 않는 곳에서 세상을 빛내는 사람들이 얼마나 많은지.

지심도 트레킹이 시작되는 동백나무 터널.

천천히 걷는 것만으로도 긁히고 얽힌 마음이 치유된다. 어지러운 생각을 내려놓은 자리에 고요와 평온이 고인다. 세상을 향한 심통도 절로 녹는다. 하늘에서 보면 마음심心 자를 닮았다고 해서 지심도只心島로 부른다는 섬이, 지금 이 순간에는 다른 의미의 지심도知心島가 된다. 마음을 알아주고 평화를 선물하는 섬.

지심도의 동백꽃은 되바라지듯 자신을 드러내지 않는다. 잎 사이에 숨어 수줍게 꽃잎을 연다. 한꺼번에 우르르 왔다 가지도 않는다. 1년의 반 가까이를 피었다 지고 또 피었다 져서 섬 하나를 온전한 동백섬으로 만든다. 동백꽃만 아름다운 것은 아니다. 아름드리나무와 장정 팔뚝만큼이나 굵은 대나무들이 울울한 숲을 이뤘다. 중간에 만나는 작은 매실밭에는 매화가 만발했다. 바람에 날린 꽃잎들이 길 위에서 동백과 만났다. 흰색과 붉은색의 조화는 또 얼마나 환상적인지.

일본군이 만든 방향 지시석을 지나 해안선 전망대로 간다. 해식절벽 아래로 바다가 아득하게 멀다. 섬을 연모하여 달려온 파도는 단 한 번의 포옹 끝에 거품을 남기고 소멸한다. 비장한 종말이다. 인간의 감탄사가 얼마나 볼품없고 내가 가진 언어가 얼마나 가난한지. 조금 더 가면 지심도의 동쪽 끝인 샛끝이 나온다. 샛끝에서 걸음을 돌려 올라가다 아름드리 소나무 길로 접어든다.

언덕을 오르니 잔디밭으로 된 활주로가 나온다. 여기가 섬의 정상인 셈이다. 그 끝에 해맞이 터가 있다. 오른쪽에도 왼쪽에도 바다가 훤히 열려 있다. 아침에 일출을 보고 저녁때 돌아앉으면 일

해식절벽 아래로 펼쳐진 바다.

몰을 볼 수 있겠다. 바닥에는 봄풀들이 양탄자처럼 깔렸다. 이곳에서는 봄이 오고 감을 이야기하는 것 자체가 우습다. 어디를 둘러봐도 푸른색, 겨울의 흔적은 없다. 이 섬에 겨울이 다녀가기는 한 것일까? 어쩌면 꿈에 그리던 상춘常春의 땅은 아닐까? 배 안에서 잠깐 눈을 마주쳤던 부부가 반대쪽에서 오다가 반갑게 인사를 한다. 서로 다른 길을 택한 모양이다. 얼굴 가득 그려진 미소가 그 어느 꽃보다 화사하다. 마음이 넉넉해진 까닭이다.

작은 언덕을 지나 국방과학연구소에서 왼쪽으로 내려가면 마지막 목적지인 포진지와 탄약고가 나온다. 역시 일본군이 남긴 흉터들이다. 동백꽃은 이곳에서조차 환하게 피었다. 애써 피워낸 꽃을 뚝뚝 떨어트려 흉물스러운 구조물을 덮어주었다. 먼저 다녀간 누군가가 동백꽃들을 모아 포진지 한가운데에 하트 모양으로 꾸며 놓았다. 아름다운 곳에서는 미움마저도 녹여버리자는 뜻일까? 그렇다 해도 눈에 거슬리는 건 어쩔 수 없다. 없애달라고 조르기라도 하고 싶지만 오욕조차도 역사인 것을, 함부로 지울 일은 아니라는 생각에 하릴없이 걸음을 돌린다.

나무와 꽃과 새에 빠져 너무 많은 시간을 보냈나 보다. 돌아가는 배 시간에 늦을 것 같아 조금 서둘러 내려오는 길, 걸음은 앞으로 가자고 재촉하는데 눈은 자꾸 뒤로 향한다. 어느 순간 가슴 속 깊은 곳에서 봉우리 하나가 톡, 하고 꽃잎을 연다. 아! 동백꽃이 세 번 핀다는 뜻을 이제야 알겠다. 나무에서, 땅 위에서 두 번 피었던 꽃이 가슴 속에서 다시 한 번 활짝 피었다. 봄이 가도 지지 않을 꽃이 되었다. 기껏해야 너비 500미터에 길이 1.5킬로미터에 불과한 섬, 쉬엄쉬엄 걸어도 두 시간이면 너끈하게 돌아볼 수 있는 작은 섬에 마음을 통째로 빼앗기고 말았다.

거제도 포로수용소 유적공원

거제는 역시 '동백의 나라'다. 포로수용소 유적공원에도 곳곳에 동백꽃이 피었다. 하지만 지심도의 동백과는 색깔도 의미도 달라 보인다. 기쁨이나 행복보다 슬픔이나 고통을 먼저 읽는다. 아픈 역사가 박제돼 걸려 있는 곳이기 때문이다.

거제도 포로수용소 유적공원은 그 어느 전쟁기념관보다 전쟁의 참혹한 뒷모습을 적나라하게 보여주는 곳이다. 이곳에는 6·25전쟁 중에 17만 3천 명의 포로들이 수용됐다. 반공포로와 친공포로 사이에 유혈 살상이 자주 발생해서, 이념 앞에서 민족이라는 이름이 얼마나 허약한지 낱낱이 보여주기도 했다.

전시관에는 그 당시의 상황을 생생하게 재현해놓았다. 모형이나 그림을 적절히 배치하고 사이렌 등 음향효과를 잘 활용했다. 특히 영상을 통해서 포로수용소 생활을 실감할 수 있도록 했다. 반공포로 학살사건 등 끔찍한 모습도 있지만, 권투 시합이나 릴레이 등 게임을 하고 빨래하고 목욕하는 장면은 여느 사람 사는 곳과 다르지 않다는 것을 보여준다.

포로사상대립관, 포로폭동체험관, 야외막사 등 스무 곳이 넘는 전시관들을 지나면 마지막으로 잔존유적지가 나타난다. 미처 지워지지 않은 수용소의 잔해들이, 현재에도 과거에도 편입되지 못한 채 어정쩡한 몰골로 서 있다.

무너진 콘크리트 담장에서 전쟁으로 부서진 민족의 꿈을 읽는다. 아득한 과거가 아니라 불과 60여 년 전에 있었던 비극이다. 그래서 더욱 발길을 돌리기가 어렵다. 비극은 비극이 있었다는 기록으로 끝나면 안 된다. 함께 기억하고 다시는 그런 일이 일어나지 않도록 힘써야 한다. 거제도 포로수용소 유적공원이 전시장이나 박물관으로 그쳐서는 안 되는 이유다.

그 밖에 가볼 만한 곳

거제는 별도의 소개가 필요 없을 만큼, 발길 닿는 곳 모두가 명소다. 그중에서도 장승포에서 남쪽으로 내려가는 40킬로미터가량의 해안도로는 최고의 드라이브 코스다. 중간중간에 만나는 구조라해수욕장, 학동흑진주몽돌해변, 바람의 언덕은 꼭 들러봐야 할 곳들이다. 특히 파도에 밀려 구르는 몽돌 소리는 한국의 아름다운 소리 100선에 선정될 정도로 환상적이다. 또 중간중간에 있는 부두에서 유람선을 타고 돌아보는 해금강, 외도 등도 기억에 오래 남을 곳들이다.

지심도에 가면

동백나무가 숲의 60~70%… 주민 20여 명

지심도는 장승포항에서 남동쪽으로 5킬로미터 정도 떨어져 있는 섬으로 거제 8경 중 하나다. 남북으로 길게 뻗어 있으며 면적이 0.36제곱킬로미터, 최고높이는 97미터다. 해안은 대부분 가파른 절벽이지만 민가와 밭이 있는 곳들은 비교적 평평하다.

지심도는 각종 수목이 빽빽하게 우거진 원시림으로 많이 알려져 있다. 남해안 특유의 상록활엽수림이 잘 보존돼 있으며 후박나무, 소나무, 동백나무, 거제 풍란 등 37종의 식물이 자생한다. 그중 동백나무가 전체 숲의 60~70퍼센트를 차지하고 있다. 또한 희귀식물인 개가시나무와 멸종 위기종인 팔색조, 솔개, 흑비둘기 등이 서식한다.

이 섬에도 아픈 역사가 새겨져 있다. 기록에 의하면 지심도에 사람이 들어와 살기 시작한 것은 1704년(현종 45년)부터라고 한다. 평화롭던 섬에 먹구름이 덮인 것은 일제강점기부터였다. 일제는 이 섬에 해군기지를 건설하기 위해 1936년 주민들을 강제로 이주시켰다. 그리고 막사, 병원, 배급소, 포대, 포진지, 탄약 창고 등을 지어 섬 전체를 요새화했다.

지금도 그 잔해가 곳곳에 남아 있다. 펜션으로 쓰는 동백하우스는 주둔군을 지휘하던 책임자의 관사였다. 또 일본군배급소, 서치라이트 보관소, 대마도 쪽의 바다를 향해 구축돼 있는 포진지와

동백꽃이 비를 맞고 함초롬하게 피어 있다.

탄약고, 남쪽(해금강), 북쪽(부산, 진해), 동쪽(대마도) 등이 적혀 있는 방향 지시석도 볼 수 있다.

해방이 된 뒤 주민들이 다시 들어와 거주하기 시작하면서, 현재는 서쪽 사면 열한 가구, 섬 중간 한 가구, 북쪽 모서리 세 가구 등에 20여 명이 살고 있다. 대개는 민박집을 운영하거나 밭농사 등을 짓는다.

거제도 포로수용소는 1951년 초부터 공사가 시작되었다. 처음 구상은 6만 명 정도를 수용한다는 것이었지만 최종적으로 인민군 15만 명과 중공군 2만 명 등 17만 3천 명의 포로가 수용됐다. 여자 포로 300명도 포함돼 있었다. 여기에 경비를 위한 병력과 행정 인원 등이 합쳐지면서, 약 10만 명이었던 거제도 인구가 금세 세 배 이상으로 늘어나게 되었다.

포로수용소 내의 갈등은 1951년 6월부터 시작됐다. 친공포로들은 수용소 내에 소위 '해방동맹'이라는 비밀 조직체를 만드는 것은 물론 인공기를 게양하고 인민군 복장을 만들어 입기도 했다. 친공포로에 의한 대표적 반공포로 학살은 1951년 9월 17일에 일어났다. 이날 밤 친공포로 측 해방동맹본부에서는 "부산이 북한 공산군 수중에 들어왔으며, 그중 선봉대 1개 대대가 거제도에 상륙하여 포로들을 해방시키려고 전진 중에 있다"고 선전했다. 이와 같은 선동에 자극된 친공포로들 중 일부가 반공포로들을 운동장으로 끌어내어 타살하기 시작했다. 이 사태로 희생된 숫자는 무려 300명에 달했다.

휴전협정에 따라 본격적인 포로 송환이 시작된 것은 1953년 8월 5일부터였다. 북으로 송환을 희망하는 친공포로는 대부분 거제도와 제주도에 수용되어 있었으므로, 해로와 육로를 통한 수송 작전이 전개됐다. 이 송환 작전은 한 달 넘게 계속돼 9월 6일 완료됐다.

거제도 포로수용소는 포로 수송이 끝나면서 폐쇄되었는데 1983년에 경상남도 문화재자료 제99호로 지정, 보호하고 있다.

무엇을 먹고 어디서 잘까

콘도, 방갈로 등을 갖춘 거제자연휴양림(055-639-8115)을 이용해볼 만하다. 관광, 가족호텔 및 펜션으로 거제관광호텔(055-632-7002), 도야가족호텔(051-681-5877), 거제도 노루귀펜션(010-9999-9461) 등이 있다. 거제삼성호텔(055-631-2114)은 거제시청이 선정한 최우수 숙박 시설이다. 지심도에도 동백섬민박(010-3655-2411) 등 펜션, 민박집이 여러 곳 있다.

거제를 찾은 관광객들은 멍게나 성게비빔밥을 많이 찾는다. 봄에는 도다리쑥국과 제철 물회도 인기다. 지심도로 들어가는 장승포에는 간장게장집이 많은데 싱싱간장게장이 유명하다. 원조해물나라는 해물뚝배기로 많이 알려져 있다.

꺽지가 되었다는 임꺽정을 찾아가다

강원 철원 고석정+도피안사

한탄강이 흐르고, 겨울이면 먼 곳에서 찾아온 두루미,
독수리, 청둥오리를 품어주는 땅 철원에는 고석정이 있고,
피안으로 끌어줄 것 같은 도피안사가 있다.

철원鐵原! 하고 소리 내 불러보면 뭔지 모를 묵지근한 느낌이 든다. 태봉泰封의 도읍지로 궁예가 꿈을 심었던 곳, 세상을 훔치려 했던 임꺽정의 전설이 살아 있는 땅…. 그런 배경만으로는 그 무게를 모두 설명할 수 없다.

결국 '민통선' '철의 삼각지대' '백마고지 전투' 같은 말들이 떠오르고서야 무게의 근원을 가늠할 수 있다. 철원은 전쟁과 분단을 상징하는 땅이다. 1만 7천여 명의 사상자를 내고 수없이 주인이 바뀌었다는 백마고지 전투 이야기가 여전히 진행형처럼 떠돈다.

북에서 파 내려온 땅굴이 있고 환청처럼 포성이나 총소리가 들리는 땅. 그래서 더욱 통일의 염원이 간절한 곳이기도 하다.

하지만 철원이 마냥 무거운 것만은 아니다. 어머니와 이어진 탯줄 같은 한탄강이 흐르고, 겨울이면 먼 곳에서 찾아온 두루미, 독수리, 청둥오리를 품어주는 땅이기도 하다. 전설을 간직한 고석정이 있고, 손을 잡고 피안으로 끌어줄 것 같은 도피안사가 있다.

고석정

언덕 위에서 내려다본 강이 아득하다. 한탄강 특유의 협곡 지형 때문이다. 계단을 한참 내려가서야 고석정에 닿는다. 이 정자는 신라의 진평왕과 고려의 충숙왕이 놀고 갔다는 곳이다. 왕들이 찾았다니 그만큼 풍경이 뛰어나다는 방증이기도 하다. 하지만 이곳에도 비극이 있었다. 원래 나무로 지은 정자였는데 6·25전쟁 때 불타는 바람에 지금의 시멘트 정자로 다시 지었다.

가뭄으로 수량이 줄었는데도 강은 여전히 속내를 드러내지 않는다. 휴전선을 가로질러 오느라 한탄이 깊어진 것일까. 하지만 이 강은 한숨과 탄식의 恨歎이 아니라 큰 여울이라는 뜻의 漢灘이다. 그런 줄 알면서도 자꾸 탄식 쪽으로 마음이 쏠린다. 강가에 우뚝 솟은 10여 미터 높이의 바위가 장엄하다. 이곳의 주인공인 고석孤石이다. 외로운 돌이라니, 무엇이 그리 외로웠을까. 바위는 발을 물에 담그고 머리에는 소나무들을 이고 있다.

강가를 걷는다. 화산 폭발로 형성된 현무암 지대라 돌마다 구멍이 숭숭 뚫렸다. 현무암은 자신이 태어난 내력을 온몸에 그려놓기 마련이다. 강가에는 아직도 갈대들이 지난 계절을 끌어안고 있는데, 척박한 바위에 뿌리를 내린 갯버들은 허공마다 꽃봉오리를 밀어 올렸다. 협곡 양쪽으로 깎아지른 절벽이 상류를 향해 치닫고 그 사이를 강물이 도도하게 흐른다. 이런 풍경 앞에는 입을 다물고 자연이 전하는 말이나 가슴에 담는 게 상책이다.

이곳에서 듣고 보고 싶었던 것은 강에 뿌리를 두고 누대를 살아온 평범한 사람들의 이야기다. 하지만 어느 시대에도 평범한 사람들의 기록은 남지 않는 법. 다만 고석정을 근거지 삼아 도적질을 했다는 한 사내의 이야기가 전해진다. 다행이라고 해야 하나? 그는 백성들로부터 의적이란 말을 들었다. 바로 조선 명종 때의 도적 임꺽정 이야기다.

한탄강 인근에 전해 내려오는 이야기로는, 임꺽정이 고석 한가운데의 석굴에 은거하며 활동했다고 한다. 대낮에 도둑이 활보하고, 사람의 등을 치고 죽이는 걸 예사로 아는 세상에, 의적이란 말은 은근한 희망을 내포한다. 철원에서 활약했다는 임꺽정은 역사에 등장하는 그 임꺽정이 아닐지도 모른다. 가난하고 핍박받는 민중이 희망 삼아 만들어낸 인물일 가능성이 높다. 허구의 도적까지 만들어 위안을 받으려고 했던 옛사람들의 부박한 삶을 생각하면 가슴이 저려온다.

강가 바위에 앉아 흐르는 물에 시선을 준다. 물이 천천히 흐르니 시간도 천천히 흐른다. 강 속에는 갓 부화한 작은 물고기들이 헤엄을 치며 놀고 있다. 처음 맞이하는 봄이 신기한 모양이다. 사람이 가까이 가도 경계할 줄 모른다. 임꺽정은 관군이 쳐들어와 잡힐 것 같으면 꺽지라는 물고기로 변해 몸을 숨겼다지? 그렇다면 혹시 이들이 임꺽정의 후손? 물고기가 답을 해줄 리는 없다.

건너편 강가에는 돌을 쌓아 만든 수백 개의 작은 탑들이 있다. 누구는 정성을 다해, 누구는 장난스럽게 쌓았겠지만 어느 손길인들 소망 한 자락 안 담았으랴. 통일이든 평화든, 개인의 안락이나 부를 빌었든 모두 이뤄지기를. 고석을 돌아 백사장을 걷는다. 잘 버린 햇살이 쏟아져 내려 모래 틈에 촘촘히 박힌다. 모래알 같은 생각들을 털어내 함께 묻는다.

도피안사

이름만으로도 마음을 당기는 곳이 있다. 도피안사가 그렇다. 이름을 듣자마자, 그곳에 가면 번뇌의 고리를 단칼에 끊어낼 수 있을 거라는 생각이 들었다. 도피안到彼岸… 불가에서 완성을 뜻하는 말이다. 해석이야 많겠지만 결국은 강 이쪽 언덕인 차안此岸에서 저쪽 언덕인 피안彼岸으로, 즉 고통의 이 세상에서 고통 없는 저쪽 세상으로 건너간다는 뜻일 게다. 거기에 도달하기 위해서는 죽음이 아니라 깨달음이 필요하다. 도피안사에 가면 그 길을 가르쳐줄 것 같았다.

비무장지대(DMZ)가 지척인 도피안사는 찾는 사람이 많지 않기 때문에, 말 그대로 '절집처럼' 고요하다. 일주문 대신 사천왕문이 맨 먼저 나타난다. 일주문에는 세속의 번뇌를 말끔히 씻고 진리의 세계로 향하라는 가르침이 담겨 있고, 사천왕문은 일심一心의 일주문을 거쳐 수미산 중턱의 청정한 경지에 이르고 있다는 뜻을 내포하고 있다. 일주문이든 사천왕문이든 다를 건 또 무엇이랴. 속세에서 지고 온 먼지를 털어내는 게 중요하지. 마지막 계단을 오르며 차안과 피안을 다시 생각한다. 깨달음의 문제라면 피안의 땅 역시 먼 곳이 아닌 내 안에 있을 것이다. 그러니 스스로 지옥을 짓지 말 일이다.

절 마당에 오르면 방문객의 눈에 가장 먼저 들어오는 것이 느티나무다. 600년을 살았다는 이 나무는 지금 시간을 벗듯 껍질을 벗고 있다. 저 껍질들이야말로 피안으로 가기 위해 벗어던지는 번뇌인지도 모른다. 아니, 느티나무 자체가 피안으로 안내하는 이정표일지도 모른다.

새로 지은 대적광전, 극락보전, 요사채, 삼성각…. 절은 규모가 크지 않다. 그래서 더욱 정이 간다. 대적광전 앞에 삼층석탑이 있다. 보물 제223호인 이 석탑은 조금 특이한 양식을 지녔다. 4각이 아닌 8각의 기단을 이중으로 쌓고 그 위에 불상을 안치하듯 탑신을 올렸다. 다른 곳에서는 찾아보기 어려운 양식이다. 이 석탑이 관심을 끄는 것은 특이한 외양 때문만은 아니다.

탑 속에 '금와보살金蛙菩薩'이 살고 있다고 한다. 금와보살이란 금빛 나는 개구리를 말한다. 날이 따뜻해지면 개구리들이 탑 속에서 모습을 나타내는 것은 물론, 염주까지 굴린다고 해서 티브이에 방영된 적이 있다. 개구리를 보는 것도 불심 따라 달라지는 것일까? 아무리 들여다봐도 나타날 기미가 없다. 지나가는 보살 한 분에게 금와보살을 봤느냐고 물으니 시원하게 고개를 끄덕인다. 하지만 정말 염주를 굴리더냐는 물음에는 흐리게 웃기만 한다.

대적광전에는 국보 제63호 '철조비로자나불좌상'이 모셔져 있다. 비로자나불은 보통 사람의 육안으로는 볼 수 없는 광명의 부처다. 오른손으로 왼손의 검지를 감아쥔 지권인智券印은 이理와 지智, 중생衆生과 부처(佛), 어리석음(迷)과 깨달음(悟)이 본래 하나라는 뜻을 가지고 있다. 법당 안으로 들어가 예를 올린다. 철불의 얼굴에서는 근엄함이나 위세가 거의 느껴지지 않는다. 몸집도 그리 크지 않다.

부처의 얼굴 전반에 어린 은은한 미소는 이웃집 아저씨가 앉아 있는 듯 친근함을 준다. 걱정 같은 건 모두 털어놓고 가라며 편안하게 웃는다. 철퍼덕 주저앉아 사람 사는 이치를 묻고 싶지만, 그 또한 괜한 욕심인 것 같아 돌아서 나온다. 요사채 마루에 앉아서 듣는 독경 소리가 귀에 순하다. 처마 끝에 매달린 풍경도 나뭇가지에 걸린 바람도 괜찮다, 괜찮다, 등을 두드려준다.

도피안사 대적광전과 그 앞의 삼층석탑.
삼층석탑 안에 '금와보살'이 살고 있다고 한다.

노동당사

도피안사에서 조금 더 북쪽으로 올라가면 야트막한 야산에 조선노동당 철원군 당사 건물이 있다. 이 지역이 북한 땅이었던 1946년 철원군 조선노동당에서 지은 것이다. 3층짜리 건물은 6·25전쟁을 거치면서 파손돼 뼈대만 앙상하게 남았다. 외벽에는 전쟁 때 생긴 상흔이 그대로 남아 있다. 지을 때 지역 주민들로부터 강제 모금을 하고 노동력도 동원했다고 한다. 또 비밀 유지를 위해 내부 공사를 할 때는 공산당원 이외에는 동원하지 않았다는 말도 전해진다.

그렇게 심한 상처를 입고, 금방 무너질 것 같은 외양인데도 건물은 비교적 단단하게 시간의 침식을 견디고 있다. 앙상한 시멘트에 뿌리를 내리고 싹트는 풀들에서 아픔과 희망을 동시에 읽는다.

그 밖에 가볼 만한 곳

철원은 최대의 안보관광지이기도 하다. 사전에 신청하면 고석정→제2땅굴→철원평화전망대→철원두루미관→월정역→노동당사를 견학할 수 있다. 인솔견학의 경우 모두 돌아보는 데 3시간 30분 정도 걸린다. 신청은 출발 15분 전까지 고석정 관광안내소(033-450-5559)에서 하면 된다.

전쟁의 상흔이 고스란히 새겨져 있는
조선노동당 철원군 당사.

도피안사에 가면

땅속 부처를 찾아 절을 재건한 15사단장

고석정에는 곳곳에 임꺽정의 전설이 묻혀 있다. 철원 사람들은 지금도 고석을 '꺽정바위'로 부른다. 바위의 형상이 임꺽정이 신고 다니던 신발을 닮았다고도 한다. 또 임꺽정이 바위 한가운데 있는 굴에 은거했다든지, 고석정 건너편에 석성을 쌓고 활동했다든지 하는 등의 이야기들이 전해져온다.

양주 백정 출신인 임꺽정은 조선 중기 명종 때의 큰 도적이었다. 성호 이익이 『성호사설』에서 조선의 3대 도둑으로 홍길동과 임꺽정, 장길산을 꼽을 정도였다. 하지만 임꺽정은 백성들로부터 의적으로 불리기도 했다. 그는 정치 혼란과 흉년으로 민심이 흉흉해지자 황해도 구월산과 서흥, 신계 등의 관청이나 토호, 양반집을 습격해 재물을 빼앗았다. 또 함경도와 황해도 방면에서 올라가는 진상품을 약탈해 백성들에게 나눠주기도 했다.

임꺽정은 관군에 저항하면서 3년 이상을 버텨낸 인물이다. 1559년(명종 14년)에는 포도관 이억근이 소탕하러 갔다가 되레 살해당하는 일도 있었다. 1561년에는 경기도, 강원도, 평안도, 함경도, 황해도의 군졸들을 동원해 소탕 작전을 펼쳤다. 1562년 정월에 토포사 남치근이 부상당한 임꺽정을 추격하여 구월산에서 체포했고, 서울로 압송해 사형했다.

후세는 입장에 따라 임꺽정을 정반대로 평가하고 있다. 『조선왕조실록』이나 『연려실기술』 등에는 포악한 도적으로 묘사했지만, 민중들 사이에는 의협심 많은 인물로 회자됐다. 임꺽정과 관련된 기록에 철원의 고석정을 기반으로 활동했다는 내용은 없다. 벽초碧初 홍명희의 대하소설 「임꺽정林巨正」에도 한탄강이나 고석정이 등장하지 않는다. 하지만 철원 사람들은 임꺽정이 이 고장에서 활동했으며 죽은 것이 아니라 꺽지로 변해 한탄강 물속으로 숨어버렸다고 믿고 있다.

화개산花開山 도피안사는 신라 경문왕 5년(865년)에 창건한 고찰이다. 당대의 고승 도선국사가 1,500여 명의 대중과 함께 철불을 조성하고 삼층석탑을 세웠다고 한다. 그 뒤로 명맥을 이어오다 6·25전쟁 때 불타 완전히 폐허가 된 것을 1959년 육군 제15사단에서 재건했다.

도피안사에도 전해 내려오는 이야기들이 많다. 특히 철불에 관한 이야기가 인상 깊다. 도선국사가 철불을 안양사에 모시기 위해 승려들과 함께 옮기던 중이었다고 한다. 암소에 철불을 싣고 가다 지금의 철원읍 화지리 암소고개에서 잠시 쉬고 있는데, 불상이 감쪽같이 사라졌다. 이리저리 찾아 헤맸으나 행적을 찾을 수 없었다. 낙담하여 돌아온 뒤 한 승려가 지금의 도피안사 터에 이르렀는데, 불상이 그곳에 앉아 있더라는 것이다. 도선국사는 그 뜻을 짐작하고 불상이 앉았던 자리에 절을 지어 모셨다고 한다.

철불과 관련해서 또 하나의 이야기가 전해진다. 전쟁으로 도피안사가 불타버리고 몇 해 지나지 않은 1959년이었다. 하루는 이명

재 15사단장이 꿈을 꾸는데 땅속에 묻힌 불상이 답답하다고 호소하더라는 것이다. 그 꿈을 계기로 땅속에 묻혀 있던 철불을 발견해서 도피안사를 다시 세우게 됐다. 그 뒤 군에서 맡아 관리해오던 도피안사는 1985년에 민간 관리로 넘어와 오늘에 이르고 있다.

무엇을 먹고 어디서 잘까

동송읍에 한탄리버스파호텔(033-455-1234)과 서면에 대명관광호텔(033-458-8168)이 있다. 철원에는 민박과 펜션이 많다. 갈말읍에 승일펜션(033-452-1949), 자연황토방펜션(033-452-9449) 등이 있고, 철원읍에 고석정펜션(033-455-1137), 늘푸른펜션(033-455-9009) 등이 있다. 고석정 주변에는 임꺽정가든, 현무암가든 등 민물매운탕집이 여럿 있다. 고석정회관의 참마자, 어름치, 돌고기, 갈겨니, 꺽지 등을 넣고 끓인 잡어 매운탕은 시원한 맛을 자랑한다.

꽃그늘에 앉아 옛사람의 지혜를 듣는다

경북 봉화 닭실마을 + 띠띠미마을

닭실마을과 산수유가 환호성처럼 피어나는 띠띠미마을은
우리 고유의 풍물과 정신이 살아 있는 전통마을로
마음을 치유하기에 좋은 곳이다.

앉은 자리가 꽃자리고 눈길 닿는 곳이 꽃동산이다. 4월은 그렇다. 오가는 사람들의 얼굴에도 꽃이 활짝 피어 있다. 부드럽게 부는 바람과 향기를 듬뿍 머금은 대기, 연록으로 옷을 갈아입는 산과 들…. 세상은 어깨춤이라도 출 것처럼 들썩거린다.

하지만 빛은 늘 등 뒤에 그림자를 감추고 오는 법. 4월이라고 기쁨만 넘칠 리는 없다. 꽃잎에 가슴이라도 베인 듯 눈물로 밤을 지새우는 이들도 있다. 그럴 땐 문을 박차고 나와 한적한 곳으로 훌쩍 떠나보는 것도 좋다. 특히 우리 고유의 풍물과 정신이 살아 있는 전통 마을은 마음을 치유하기에 좋은 곳이다. 고즈넉한 고샅길을 걸으며 한숨 하나 내려놓고, 옛사람들의 지혜를 빌려 마음의 상처를 꿰매고….

과거와 현재가 한 몸인 듯 만나는 곳, 경북 봉화 닭실마을과 산수유가 환호성처럼 피어나는 띠띠미마을을 찾아간다.

닭실마을

낮은 구름 속에 잠긴 마을은 풍경화 속에 든 듯 고요하다. 마을로 들어가는 다리를 건너자마자 게으른 수탉이 우렁찬 소리로 객을 맞는다. 누군가 느닷없이 시간을 거꾸로 돌려놓은 것 같다. 닭울음 때문만은 아니다. 눈앞에 보이는 풍경이 그렇다. 마을을 안고 있는 안온한 산세가, 도시에서 품고 온 경계를 내려놓아도 된다고 토닥거린다. 전형적인 금계포란金鷄抱卵형 지형이라더니, 그래서 마을 이름도 닭실이던가….

금닭이 알을 품고 있는 지형 덕에, 이 마을을 방문한 사람들은 온화한 느낌을 받는다고 한다. 풍수지리의 문외한이 봐도 쉽사리 고개가 끄덕거려진다. 마을 앞을 흐르는 맑은 내와 넓게 펼쳐진 들판은 풍요의 상징이기도 하다. 택리지를 쓴 이중환은 닭실마을을 경주의 양동, 안동의 내앞, 풍산의 하회마을과 함께 삼남의 4대 길지로 꼽았다.

닭실마을의 중심인 청암정.
바위의 자연미를 그대로 살려 지었다.

마을 앞길을 천천히 걷는다. 다른 곳보다 조금 늦게 도착한 봄 바람이 동네 꼬마들처럼 앞질러 달린다. 바람이 지나간 자리마다 꽃망울들이 우르르 꽃잎을 연다. 냇가에는 버드나무가 힘껏 연초록 잎을 밀어 올리고 있다. 시간의 무게를 머리에 인 기와집 담장 너머로도 희고 붉은 꽃들이 봄을 노래한다. 대체 눈을 어느 한 곳에 고정시킬 수 없다. 이곳이 바로 동요에 나오는 '울긋불긋 꽃 대궐'이 아닐까. 꽃그늘에 잠시 몸을 기대고 앉는다. 날렵한 돌담에서 옛사람들의 삶을 읽고, 키 큰 나무에게서 먼저 살다 간 사람들의 올곧은 기상을 경청한다. 심신이 한껏 가벼워져 결 고운 바람을 따라 훨훨 날아오르기라도 할 것 같다.

이 마을은 오랜 역사를 지니고 있다. 조선 중기의 문신이자 학자였던 충재冲齋 권벌(1478~1548) 선생이 약 500여 년 전에 마을에 든 뒤, 자손들이 대를 이어 살아온 안동 권씨의 집성촌이다. 충재 선생은 선비로서의 강직함과 격조를 몸으로 보여준 충절의 사표師表였다.

마을 가운데의 청암정으로 간다. 이곳이야말로 닭실마을의 중심이자 정체성을 상징하는 곳이다. 청암정은 거북 모양의 바위 위에 지은 정자다. 충재 선생이 기묘사화己卯士禍에 연루되어 파직된 뒤 닭실마을로 내려와 큰아들 권동보와 함께 세웠다. 쪽문을 열고 들어서니 아담한 공간이 나타난다. 건물은 청암정과 충재 선생이 숙소이자 서재로 쓰던 별채가 전부다. 꽃이 만발하기 전인데도 청암정의 풍경은 그린 듯 아름답다.

자연 위에 인공 구조물을 세우면 원 상태가 훼손되거나 빛을 잃는 게 보통이지만 청암정은 그런 상식을 깼다. 바위에 거의 손을 대지 않고 주춧돌과 기둥의 높낮이를 조정해 지었기 때문이다. 바위 주변에는 거북이 좋아하는 물을 담기 위해 인공 연못을 조성했다. 마당에서 정자까지는 돌다리를 걸쳐놓았다. 많이 밟고 다닌 돌은 닳고 달아 시간이 뚜렷하게 새겨져 있다. 바위 역시 푸른 이끼 옷을 입었다. 수백 년 살았음 직한 왕버들은 세월의 무게에 못 이겨 반쯤 누웠다.

청암정은 유원지가 아니다. 풍경이 아름다운 것은 사실이지만, 단순히 풍경을 즐기기 위해 찾아갈 곳은 아니다. 마음으로 먼저 의미를 캐는 사람에게만 진짜 가치가 보이는 곳이다. 돌이 닳도록 먼저 걸어간 선인들이 남긴 이야기에 귀를 기울일 줄 알아야 한다. 그들의 정신을 헤아리고 어제에 오늘을 비춰 내일을 살아갈 지혜를 얻어야 한다.

청암정은 일부는 담장을 쌓고 일부는 나무를 심어 담을 삼았지만 배타성은 느껴지지 않는다. 솟을대문 대신 세 곳에 작은 문을 내었다. 세 개의 문은 은자의 상징이다. 문을 낮게 만든 것은 몸을 낮추고 조심하라는 뜻이다. 충재 선생은 파직된 뒤 이곳으로 내려와 신선 세계를 꿈꾸며 살았다. 앉은 자리를 섬처럼 만들어 스스로를 세상에서 격리했다. 그가 청암정에 앉아 주로 읽은 책은 두고두고 생각한다는 의미의 『근사록近思錄』이었다.

충재 선생이 책을 읽었을 법한 자리에 슬그머니 앉아본다. 그때

석천계곡의 석천정사.

나 지금이나 세상살이의 근본은 다르지 않을 것이다. 답답한 마음도 컸을 것이다. 500년의 시간을 성큼성큼 건너가, 충직하다는 이유로 고난을 겪을 수밖에 없었던 한 선비를 만난다.

닭실마을을 찾은 사람이라면 충재박물관에 꼭 들러봐야 한다. 이곳에는 고려 시대부터 근대까지의 보물 482점을 포함해서 총 1만여 점의 유물이 소장돼 있다. 특히 충재일기(보물 제261호), 근사록(보물 제262호) 등을 통해 그 시대를 가늠해볼 수 있다.

박물관을 돌아본 뒤 마을 중간에 놓인 다리를 건너 석천계곡으로 간다. 석천정사를 찾아가는 길이다. 길은 내를 앞세워 천천히 목적지를 찾아간다. 길옆에는 소나무들이 허리 굽혀 객을 맞이한다. 이곳에서는 냇물도 낭랑한 목소리로 글을 읽는다. 나무들은 초록을 몸에 둘러 봄이 이만치 왔음을 알리고 버들강아지는 까불까불 바람과 어울린다.

석천정사 앞에서 나무다리를 건넌다. 닭실마을의 진짜 아름다운 풍경은 이 골짜기에 숨어 있다. 길의 끝까지 따라가고 싶지만 가끔은 남겨둬야 할 것도 있다. 대신 너럭바위에 앉아 맑은 물속을 들여다본다. 아! 그곳에 내가 있다. 오래전에 잃어버리는 바람에 조금은 낯선…. 도시에 살고 있는 게 난 줄 알았는데, 진짜 나는 골짜기에 숨어 살고 있었다.

띠띠미마을

경북 봉화군 봉성면 산수유길 두동마을. 띠띠미마을의 공식 주소와 이름이다. 하지만 띠띠미라는 명칭으로 더 많이 불린다. 어원에 대해 여러 말이 있지만 뒷마을이라는 뜻의 '뒷듬'이 '뒤뜨미'로, 세월 따라 '띠띠미'로 굳어졌다는 설이 가장 그럴듯하다. 띠띠미마을을 찾아가기는 어렵지 않다. 산수유가 알아서 안내해주기 때문이다. 마을 인근은 가로수까지 산수유다. 그러니 봄에는 별 고민 없이 노란 꽃만 따라가면 된다. 마을은 세상의 모든 길이 끝나는 곳에 있다. 봉화의 진산이라는 문수산 자락 중에서도 마지막 골짜기다.

띠띠미에는 5천 그루 이상의 산수유나무가 있다. 그중 상당수는 100년 이상 된 것들이다. 그러니 꽃무리도 탐스러울 수밖에 없다. 언뜻 보면 꽃이 아니라 구름 같다. 여기저기서 노란 구름이 뭉게뭉게 피어오른다. 누군가 마을을 노란 물감에 넣었다 꺼내놓은 게 틀림없다. 노란색이라도 같은 노란색이 아니다. 개나리가 날 좀 보소, 날 좀 보소 우쭐대는 원색이라면 산수유는 흐린 듯 세상을 적신다. 밭둑도 개울도 고택의 담장도 무너져가는 폐가도 꽃을 흠뻑 뒤집어쓰고 있다. 산수유 마을을 여러 곳 가봤지만 사람의 집과 산수유가 이렇게 잘 어울리는 동네는 처음이다.

밭두렁을 따라 걷다가 과수원으로 접어든다. 곳곳에 달래, 냉이 등 봄나물이 아우성처럼 솟아오른다. 저기 어디쯤에는 '꽃바구니 옆에 끼고 나물 캐는 아가씨'가 있을 법도 하련만 동네는 비어 있는 듯 조용하다. 이곳 역시 노인들만 남은 게 틀림없다. 마을을 이리저리 헤집고 다녀도 눈 마주칠 사람 하나 없다. 마음을 통째로 빼앗아간 이 마을을 쉽사리 떠나기는 어려울 것 같다. 그렇다고 눌러 살 수도 없으니 가지고 있는 시간을 모두 쓰는 수밖에. 마을 안쪽 개울가에 앉아 스스로 노랗게 노랗게 물들어간다.

그 밖에 가볼 만한 곳

닭실마을과 띠띠미마을 외에도 봉화에는 전통 마을이 많다. 바래미마을, 오록마을, 황전마을 등 모두 찾아가볼 만한 곳들이다. 청량산의 청량사 역시 그냥 지나치기는 아쉬운 곳이다. 신라 문무왕 때 원효대사가 창건했다는 이 절은 국내에서 유일하게 종이로 만든 지불紙佛을 모셨다. 올라가는 데 조금 힘들지만, 막상 올라가면 경치가 아름다워 마음이 넉넉해진다.

닭실마을에 가면

청암정 관람을 원하면 사전 예약해야

닭실의 본래 이름은 달실이다. 달실은 경상도 방언으로 '닭 모양의 마을'이라는 뜻이다. 경상도 북부 지방에서는 '닭'을 '달'이라고 부른다. 닭실 역시 수백 년 동안 달실로 불렸고 마을에서는 여전히 그렇게 부르고 있다. 닭실로 표기하게 된 것은 국어표준어법을 적용하면서부터였다. 지금도 닭실마을 자체에서 만드는 안내서나 홈페이지는 달실로 표기하고 있다.

닭실마을을 방문하기 전에 입향조入鄕祖인 충재 권벌 선생에 대해 알고 가면 좀 더 많은 것을 볼 수 있다. 충재 선생의 본관은 안동이다. 연산 2년(1496년) 진사시에 입격하고 중종 2년(1507년) 문과에 급제하여 사관, 삼사三司, 승정원과 각 조曹의 요직을 두루 거쳤다. 강직한 데다 대의를 위해서는 일신의 안위를 돌보지 않는 성품으로 기묘사화와 을사사화 때 연이어 화를 입었다.

기묘사화로 파직된 뒤에는 어머니의 묘소가 있는 닭실마을에서 15년간 은거했다. 1533년 밀양부사로 복직되어 한성부판윤 등을 지냈으나 1545년 명종이 즉위한 뒤 을사사화로 다시 파직됐다. 특히 문정왕후에게 윤원형 등 소윤일파의 전횡을 탄하고 무고하게 화를 입은 윤임 등을 구하는 논지의 주장을 폄에 따라 평안도 삭주로 유배돼 그곳에서 여생을 마쳤다. 명종 21년 관작이 복원되고 선조 때 영의정에 추증돼 삼계서원에 배향됐다.

충재 선생이 은거하던 청암정을 관람하려면 사전에 전화로 예약하고 입장료를 내야 한다. 사진 촬영은 금하고 있다. 유료 입장으로 전환한 것은 올해부터다. 관리 담당자에 따르면 관람 제한은 유적의 보존을 위해 불가피한 조치였다고 한다. 많으면 한 해 10만 명 가까이 찾아오면서 걷잡을 수 없이 훼손됐기 때문이다. 일부

몰지각한 관람객들은 정자에서 술과 음식을 먹고, 사진 촬영을 한다는 명분으로 나무와 꽃을 꺾는 사례가 속출했다고 한다. 마루가 내려앉거나 담장의 기와가 훼손되기도 했다. 입장료는 5천~1만 원(해설, 차, 책자 제공)이고 일요일과 공휴일은 휴관한다.

닭실마을에는 청암정 외에도 볼거리가 많다. 석천계곡은 빼어난 건축물인 석천정사와 어울려 한 폭의 동양화 같은 풍경을 연출한다. 또 선영의 묘소를 돌보고 제사를 지내는 추원재와 충재 선생의 충절과 학덕을 경모하기 위해 유림에서 건립한 삼계서원이 있다. 충재 선생의 제사와 집안사람들의 혼례 등에 사용하기 위하여 전해 내려온 닭실한과도 유명하다.

띠띠미마을은 영화 〈워낭소리〉의 촬영지로도 알려져 있다. 노인이 젊은 소를 길들이는 장면을 이곳에서 촬영했다. 이 마을 역시 오랜 역사를 지닌 마을이다. 마을이 처음 생긴 것은 400여 년 전이었다고 한다. 병자호란 때 인조가 청나라 태종에게 무릎을 꿇었던 삼전도의 치욕을 참지 못한 두곡 홍우정 선생이 은둔을 위해 들어온 게 마을이 생긴 계기가 되었다. 그때는 다래 덤불로 뒤덮인 골짜기였다고 한다. 두곡 선생이 정착하면서 심은 게 바로 산수유였다.

그는 자손들에게 "산수유만 잘 가꾸어도 먹고사는 데 지장이 없을 것이니 공연한 세상일에 욕심을 두지 말고 휘둘리지 마라"고 일렀다고 한다. 그 뒤 대대로 집성촌을 이루며 살아왔다. 두곡 선생이 심은 산수유나무 두 그루가 지금도 마을을 흐르는 개울 옆에 살아 있다고 한다.

무엇을 먹고 어디서 잘까

닭실마을의 추원재 건물에서 고택 체험(054-674-0963)을 할 수 있다. 한옥으로 지은 전통문화 체험장에서도 숙박이 가능하다. 그 밖에도 토향고택(054-673-1112), 소강고택(070-7396-9189), 만산고택(054-672-3206) 등 고택 체험을 할 수 있는 곳이 여럿 있다. 봉화에서는 초가을에 나는 송이를 급랭한 뒤 1년 내내 요리 재료로 쓴다. 용두식당, 솔봉이식당, 인하원 등은 송이돌솥밥으로 잘 알려져 있다. 36번 국도변의 다덕약수탕 인근은 닭백숙 요리로 유명하다.

허상의 틀을 깨고 진짜 나를 찾아간다

경기 여주 파사성+신륵사

멀리서 바라보기 위해 파사성에 오르고
강이 품은 뜻을 읽으려 신륵사로 간다.
강과 절이 이처럼 잘 어울리는 곳이 흔치 않기 때문이다.

시간을 싣고 유유히 흘러가는 강은 아름답다. 능수버들이 긴 머리채 풀어 지난 계절을 헹구고 바람조차 완보하는 강으로 간다. 지금 찾아가는 강의 이름은 여강驪江. 공식적으로 남한강의 한 구간이지만 여강이라는 이름이 더 정겹다. 여강! 가만히 불러보면 가슴이 크게 뛰거나 눈이 감기도록 아련해진다. 여주를 흐르는 강이라는 뜻이 성에 차지 않아 굳이 문자를 풀어내면 '검은 말(驪)을 닮은 강(江)' 정도가 되겠다.

여강은 남한강의 물길 중 여주를 휘감아 도는 40여 킬로미터 구간을 부르는 이름이다. 금강이 부여를 지나면서 백마강이 되듯, 고을마다 자신들의 이름으로 부른 옛사람들 덕분에 걸음걸음 여러 강을 만날 수 있어서 좋다. 여강은 서울에서 멀지 않고 풍경이 아름다워 예로부터 많은 시인 묵객들을 불러들였다. 또 풍요롭고 사납지 않아 백성들은 기름진 농토를 얻고 고기를 잡거나 배를 부리며 살아왔다.

오늘은 그 강과 함께 흐른다. 멀리서 바라보기 위해 파사성에 오르고 강이 품은 뜻을 읽으려 신륵사로 간다.

파사성

성으로 오르는 산길에는 봄볕이 농염하게 누웠다. 바람은 부드럽고 대기는 향기롭다. 몇 걸음 가지도 못하고 지천으로 핀 진달래꽃에 발목을 잡힌다. 반가운 마음에 손을 내밀다 주춤한다. 갑작스레 머리를 울리는 옛사람의 한마디. "그 꽃 한 송이 피우기 위해 그대가 한 일이 무엇인가." 나는 참 많이 얻고 많이 누리며 살고 있구나. 생각해보면 내가 할 수 있는 일이 별로 없다. 그런데도 늘 뭔가 불만스럽다. 염치없는 짓이다.

주차장에서 성城 정상까지는 860미터. 보통 걸음으로 30분이 채 안 걸린다. 가족들끼리 두런두런 이야기를 나누며 가벼운 등산을 하기에는 최적의 코스다. 새소리에 장단 맞추며 걷다 보니 어느

덧 성곽의 첫머리가 나온다. 무너진 성곽은 일부 정비되고 일부는 그대로다. 파사성은 신라 파사왕 때 쌓았다고 전해진다. 고대 파사국이라는 나라가 있었던 터라는 전설도 있다.

중간부터는 성곽이 제대로 복원돼 있다. 성이라기보다는 잘 닦인 대로를 걷는 느낌이다. 참 기분 좋은 길이다. 문득 돌아보니 성벽이 저 아래 세상을 향해 줄달음쳐 내려가고 있다. 꽃 피는 계절, 무엇인들 그리움 한 자락 없으랴. 한 나무에서 두 줄기가 자란 소나무를 그대로 둔 채 성곽을 쌓은 곳이 나온다. 이름하여 '연인소나무'다. 이 나무 밑에서 고백을 하면 사랑이 이뤄지고 부부애가 좋아진단다. 한때 피를 흘리며 싸웠던 곳이 사랑을 고백하는 장소로 바뀐 게 아이러니하다. 누가 뭐래도 전쟁보다는 사랑이 훨씬 좋다.

오래지 않아 정상에 이른다. 밭은 숨부터 내려놓고 사방을 둘러본다. 막히는 곳 하나 없이 사방이 탁 트였다. 저 아래, 세상이 엎드려 있고 여강이 유장하게 흐른다. '4대강 사업'이라는 이름으로 쌓은 보가 가시처럼 눈에 거슬리지만 속 깊은 강은 묵묵히 갈 길을 갈 뿐이다. 다리 위로는 차들이 빠르게 달린다. 세상은 여전히 바빠 보인다. 저곳과 이곳을 흐르는 시간이 다른 게 틀림없다.

정상은 그리 넓지 않다. 병사들은 이 좁은 공간에서 물을 길어 밥을 해 먹고 배설을 하고 어머니를 그리워하며 적들을 맞았을 것이다. 하지만 어찌 공간이 그뿐이랴. 한 사람의 공간은 발밑이 아니라 시야가 닿는 곳까지여야 한다. 눈을 멀리 둘 때야 세상이 제

경기도 여주시 대신면에 있는 파사성으로 오르는 길.
남한강이 한눈에 들어온다.

대로 읽힌다. 넓지 않은 잔디밭에서는 새로 돋은 풀들이 키를 재고 있다. 불현듯 '왕국은 간데없고 성터에 봄풀만 수북이 자랐다'고 쓴 옛 시가 떠오른다.

누군가 돌멩이들을 모아 탑을 쌓아놓았다. 그 옆에 앉아 강물을 바라본다. 온갖 생각들이 스쳐 지난다. 파사왕 때 쌓은 파사성婆娑城이 아니라 나쁘고 그릇된 것을 깨뜨린다는 뜻의 파사성破邪城이었으면 좋겠다는 생각도 든다. 그래서 흐린 세상이 조금이라도 맑아질 수 있다면. 멀리서 흐르는 강물이 꿈틀, 손짓한다. 이제 그만 내려가란 뜻일까? 가까이 오라는 뜻일까? 툭툭 털고 일어나 아래로 향한다.

신륵사

이 땅의 아름다운 절집을 꼽으라면 신륵사를 빼놓을 수 없다. 강과 절이 이처럼 잘 어울리는 곳이 흔치 않기 때문이다. 여주시를 지나 여주대교를 건너면 높지 않은 봉미산鳳尾山이 나오고 그 기슭 너른 터에 깃든 고찰이 신륵사다. 신륵사를 아름답게 하는 것은 무엇보다 여강이다. 갈증을 끄듯, 일주문을 지나자마자 정자에 올라 강과 눈을 맞춘다. 파사성에서 보았던 그 강이건만 가까이서 보니 또 다른 모습이다.

바깥마당을 지나 맨 먼저 만나는 것은 원효대사가 아홉 마리의 용에게 항복을 받고 지었다는 구룡루다. 그다음이 극락보전이다. 신륵사를 여러 번 찾는 이유를 물으면 탑들이 보고 싶어서라고 대답할 수밖에 없다. 신륵사에는 보물 제180호 조사당, 보물 제230호 대장각기비大藏閣記碑 등 숱한 문화재가 있지만 그중의 백미는 네 개의 탑이다.

먼저 극락보전 앞에서 다층석탑(보물 제225호)을 만난다. 조선시대 세워진 이 탑은 조금 특이하다. 우선 재질이 흰 대리석이다. 하층 기단의 하대석에는 연꽃 문양이, 중대석에서는 파도 문양이, 상층 기단에는 용과 구름 문양이 조각돼 있다. 용 문양이 얼마나 생생하고 정교한지 한참 눈을 빼앗긴다. 석탑에 용을 새기는 것은 흔하지 않은 일이다. 탑은 곳곳이 깨졌지만 당당함을 잃지 않았다. 두 여인이 촛불을 밝히더니 탑 앞에 서서 경건하게 손을 모은다. 무슨 염원이 저리 간절할까. 멀찌감치 서서 함께 손을 모은다.

극락보전 왼쪽에 있는 조사전을 지나다, 앞에 서 있는 늙은 향나무의 안부를 묻는다. 600년도 더 살았다는 이 나무는 곳곳에 치료를 받은 흔적이 역력하지만 여전히 정정하게 가지를 펼치고 있다. 관음전과 명부전 사이에는 키 큰 목련나무가 꽃으로 우산을 만들어 썼다.

산길로 접어든다. 낯선 발소리에 놀랐는지 새 한 마리가 후드득 날아오른다. 미안한 마음에 저절로 까치발이 된다. 주머니를 털어내듯 마음이 조금씩 가벼워지더니 평온이 온몸을 감싼다. 가슴에는 근원 모를 희열이 조금씩 차오른다. 생사가, 구름 한 조각이 나고 멸하는 이치와 다르지 않다는 뜻을 조금은 알 것 같다.

보고 싶던 두 번째 탑이 나타난다. 보제존자석종(보물 제228호). 보제존자는 나옹선사를 말한다. 그는 고려 우왕 2년 신륵사에서 열반에 들었다. 이 종 모양의 탑이 바로 사리를 모신 부도다. 이곳에는 보물이 두 점이나 더 있다. 석종 앞 석등(보물 제231호)과 보제존자석종비(보물 제229호). 이끼 옷을 입고 있는 유물에는 세월의 흔적이 주름처럼 새겨져 있다. 돌을 매개로 옛사람과 만나는 것은 즐거운 일이다. 석종 위에 초봄의 햇살이 나풀나풀 내려앉아 금빛을 입힌다. 마음에도 금빛 한 가닥 들어앉는다.

내려올 땐 다른 길을 택한다. 오른쪽으로 절을, 왼쪽으로 강을 두고 걷는 오솔길은 천상의 길처럼 곱다. 길이 끝나는 곳에 또 하나의 탑, 다층전탑(보물 제226호)이 있다. 벽돌(塼)로 쌓은 이 탑은, 완성된 형태로 남아 있는 국내 유일한 전탑이다. 재미있는 것은, 보통은 탑이 금당의 본존불 가까이 있게 마련인데 이 탑은 강변에 우뚝 서 있다. 어쩌면 등대 역할을 하지 않았을까 짐작해본다. 여강을 오고 가는 사공들을 위해 등불처럼 걸어놓은 건 아닐지. 백성들은 이곳을 지날 때마다 탑을 보며 부처의 가피를 기원했겠지.

이번엔 강변으로 가볼 차례다. 가장 좋아하는 것을 아끼고 아끼다가 맨 나중에 보러 가는 마음이다. 바위 위에 삼층석탑이 하나 서 있다. 돌의 재질도 거칠고 여기저기 깨지기까지 했다. 이 탑의 공식 이름은 여주 신륵사 삼층석탑(경기도 문화재자료 제133호). 이

보제존자(나옹선사)석종.

남한강 가의 신륵사 삼층석탑.

절에서는 흔하다는 보물도 못되고 경내에서도 한참 밀려났지만, 강물을 지긋이 내려다보며 서 있는 모습이 둘도 없이 귀해 보인다. 모든 걸 외모로 판단하려 들면 본질을 볼 수 없다. 사람도 마찬가지다. 세상에 귀하지 않게 태어난 사람이 있으랴. 신륵사에서 단 한 곳을 선택하라면 나는 서슴지 않고 이 삼층석탑이 있는 강변으로 올 것이다.

탑 옆에 앉아 도도하게 흐르는 강물을 바라본다. 강이 말을 걸어온다. 안쪽을 자꾸 들여다보란다. 알 것도 같고 모를 것도 같아 그저 새겨 넣을 뿐이다. 허상의 틀을 깨고 본원의 자아를 찾으라는 것이겠지. 껍질을 벗어던지고 진정한 자유를 누리라는 것이겠지. 강물이 또 한 번 꿈틀, 몸을 뒤챈다.

그 밖에 가볼 만한 곳

세종대왕릉과 효종대왕릉이 신륵사와 멀지 않다. 영릉英陵으로 부르는 세종대왕릉은 세종과 소현왕후를 합장한 능이다. 능과 소나무들이 조화를 이뤄 엄숙함 속에서도 아름다움을 느낄 수 있다. 인근의 효종대왕릉은 영릉寧陵이라 부른다. 경기도 양주에 있던 능을 1673년 이장했다. 세종대왕릉이 합장릉인데 비해 효종과 인선왕후의 능은 따로 떨어져 있다. 능까지 가는 진입로가 아름답다. 전통 목공예 및 불교박물관인 목아박물관도 가볼 만하다.

신륵사에 가면

전설적 인물 나옹선사의 체취가 곳곳에

파사성은 삼국시대부터 조선 시대까지 한강 상류와 하류를 연결하는 전략적 요충지였다. 파사성을 축성한 시기의 왕으로 전해지는 파사왕婆娑尼師今(재위 80~112년)은 신라 제5대 국왕이다. 하지만 이 시기에 성을 쌓았다는 문헌적 근거는 없다. 이후 1592년(선조 25년) 임진왜란이 일어났을 때 류성룡의 발의에 따라 승군 총섭 의엄義嚴이 승군을 동원하여 둘레 1,100보의 산성을 수축했다는 내용이 전해진다. '대동여지도'에도 파사성이라는 기록이 있다. 발굴 조사에서 삼국시대의 유구遺構(옛날 건축의 구조와 양식의 자취)가 발견되어 축성 시기가 확인됐다. 성벽의 길이는 936미터고 가장 높은 곳이 6.5미터, 가장 낮은 곳은 1.4미터다. 성 내부에 동문터와 남문터 등이 남아 있다.

파사성에 가면 꼭 들러봐야 할 곳이 있다. 정상 서북쪽 끝에 있는 계단을 내려가 300미터쯤 가면 만날 수 있는 마애여래상이다. 큰 수직 바위에 높이 약 5.5미터로 새긴 부처상이 장엄하다. 파사성 축성을 주도한 옛 장군의 초상석각이라 전해지기도 한다. 이 마애불 주변에서 기와 조각이 수습된 것으로 보아 파사성과 관계있는 사찰이 있었던 것으로 추정된다. 여래상 옆 바위틈에서 솟아나는 샘물이 감로수처럼 달다.

신륵사는 신라 진평왕 때 원효대사가 세운 것으로 전해진다. 전설에 따르면, 어느 날 원효대사의 꿈에 흰옷을 입은 노인이 나타나 지금의 절터에 있던 연못을 가리키며 신성한 가람이 설 곳이라고 알려주고 사라졌다고 한다. 그 말에 따라 연못을 메워 절을 지으려 했으나 뜻대로 되지 않았다. 이에 원효대사가 7일 동안 기도를 올리니 아홉 마리의 용이 연못에서 나와 하늘로 올라가면서 절을 지을 수 있게 됐다고 한다. 사료가 남아 있지 않아서 창건 유래를 알 수는 없다.

절 이름에 관한 전설도 있다. 고려 우왕 때, 여주에서 신륵사에 이르는 길의 마암馬巖이라는 바위 부근에서 용마龍馬가 나타나 피해를 주자 나옹선사가 신기한 굴레를 가지고 그 말을 다스렸다는 데서 유래했다는 설이 있다. 또 하나는 고려 고종 때 마을에 사나운 용마가 나타나 붙잡을 수 없었는데 인당대사가 나서서 고삐를 잡으니 순해졌다고 한다. 신력으로 제압했다 하여 신륵사라고 했다는 것이다.

신륵사를 말할 때 나옹선사를 빼놓을 수 없다. 신륵사를 유명하게 한 주인공이기 때문이다. 나옹선사는 고려 말의 뛰어난 승려였다. 출생담, 출가담, 풍수담, 도술담 등이 전해질 정도로 전설적인 인물이기도 했다. 용문산, 원적산, 금강산 등에서 수도한 뒤 회암사의 주지가 되었다. 1371년 공민왕으로부터 금란가사와 내외법복, 바리를 하사받았다. 공민왕이 죽고 우왕이 즉위하면서 다시 왕사로 추대됐으나 회암사를 중수하면서 문제가 생겼다. 낙성회에 사람들이 몰려들어 생업을 포기할 지경이었다. 유학자들의 탄핵이 이어졌고 급기야 조정에서는 나옹선사에게 밀양 땅 영원사瑩原寺로 떠나라고 했다. 가는 중에 병이 깊어 신륵사에 들었고, 1376년 5월 입적했다. 세수 57세 법랍 38세였다.

신륵사는 임진왜란 때 승군을 조직해 싸웠고, 이때 극락전을 비롯해 대부분의 건물이 불에 탔다. 지금의 신륵사 건물은 1671년(현종 12년) 무렵부터 다시 일으킨 것들이다.

무엇을 먹고 어디서 잘까

일성남한강콘도&리조트(031-883-1199)와 여주썬밸리호텔(031-880-3889)이 있다. 농촌 체험과 함께 민박을 할 수 있는 여주 석수공원(031-886-4900), 귀담재(031-881-4341), 부부농장(031-886-3757) 등도 이용해볼 만하다. 파사성에 가면 전국적으로 유명한 천서리막국수촌을 들러보는 것도 좋다. 강계봉진막국수, 이포막국수 등 여러 집이 몰려 있다. 이포나루가 있을 때부터 3대째 이어오는 흥원막국수는 칼칼하고 개운한 맛으로 많이 알려져 있다.

잃어버렸던 길을 찾아 명소로 만들다

충북 괴산 산막이옛길

전국적으로 걷기 열풍이 불면서부터
잃어버렸던 길을 다시 찾아 걷는 사례가 많아지고 있다.
산막이옛길도 그렇게 다시 길로 돌아왔다.

길은 풍경을 완성한다. 아무리 삭막한 풍경이라도 길 하나가 들어서는 순간 온기가 깃들기 마련이다. 길은 그리움의 뿌리다. 꼬리를 물며 나지막한 산을 넘어가는 오솔길은, 그려보는 것만으로도 얼마나 아련한지. 길은 사람과 대지가 만나서 나누는 교감의 흔적이다. 길은 또 스스로 망각하는 존재다. 사람의 발자국 소리가 들리지 않는 순간, 빠르게 흔적을 지워 다시 산이 되고 들이 되고 풀과 꽃을 키운다. 그렇게 지워진 길들이 수없이 많다.

잃어버렸던 길을 다시 찾아 걷는 사례가 많아지고 있다. 전국적으로 걷기 열풍이 불면서부터였다. 충북 괴산의 산막이옛길도 그렇게 다시 길로 돌아왔다. 칠성면 외사리 사오랑마을에서 산막이마을까지 총 4킬로미터의 옛길. 흔적만 남아 이름조차 희미했던 길을 미술품 복원하듯 살려 걷기 좋아하는 사람들을 불렀다. 그리고 몇 년 만에 '걷기 명소'라는 이름을 얻었다.

산으로 가로막히는 바람에 더 이상 갈 곳이 없어서 산막이길이라 불렀다는 오지의 길을 도시 사람들은 왜 찾아가는 것일까?

산막이옛길

사오랑마을을 뒤로 하고 숲으로 든다. 자연 속을 걷는다는 것은 자연에 동화되는 과정이다. 스스로 숲이 되어 상처를 핥는 행위다. 이른 아침이라서 앞서 걷는 사람은 거의 없다. 차돌바위나루를 지나면서 산길이 시작된다.

맨 먼저 만나는 것은 산막이옛길 스물여섯 개 명소 중 하나인 고인돌쉼터와 연리지. 뿌리가 다른 나뭇가지가 서로 엉켜 마치 한 나무처럼 자라는 연리지는 남녀 사이의 사랑 혹은 부부애를 상징한다. 이곳의 연리지는 두 그루의 나무가 완벽하게 한 몸이 되었다가 또 각자 허공에 길을 내고 있다. 각기 태어나서 함께 살다, 헤어지고… 사람살이와 크게 다르지 않다. 사랑이 이뤄진다는 말 때문인지 젊은 연인들은 그 앞에 서서 사진을 찍기 바쁘다.

곧 낮은 돌담길이 시작된다. 돌담이라는 말을 입안에 넣고 굴리면, 어릴 적 먹던 사탕처럼 달콤한 맛이 맴돈다. 여운을 즐기며 걷는다. 소나무 동산을 지나면 첫 번째 전망대가 나타난다. 이곳에서부터 호수와 함께하는 길이다. 막 깨어나는 아침 호수는 아름답다는 표현이 성에 차지 않을 정도로 특별한 감동이 있다. 순정만화에 나오는 소녀의 눈처럼 깊고 푸르되 현실감은 조금 떨어지는 풍경이다.

이른 아침의 숲은 활기가 가득하다. 밤에 뭍으로 올라온 물의 정령들은 때로는 안개로, 때로는 바람으로 숲을 헤치고 다녔을 것이다. 산과 호수는 밤마다 그렇게 밀회하듯 만난다. 그리하여 숲은 윤택해지고 호수 역시 푸른빛으로 깊어져간다. 찾아온 사람은 그 덕에 상쾌한 걸음을 얻는다.

수십 명의 40~50대 여성들이 부지런히 앞질러가더니 계곡의 출렁다리 앞에서 꺄악! 꺄약! 비명을 지른다. 그러면서도 건너가기를 포기하는 사람은 없다. 기다시피 하면서도 즐거운 모양이다. 다리를 타고 시간을 거슬러 올라가 동심까지 닿은 것이다. 그녀들이 모두 건너가기를 기다리려면 한참 걸릴 것 같아서 우회하는 언덕길을 택한다. 그곳에는 이른바 '19금'이라는 정사목情事木이 있다. 이름대로 두 그루의 소나무가 열정적인 사랑을 나누고 있는 모습이다. 산막이옛길은 이처럼 곳곳에 이야깃거리를 숨겨놓았다. 길을 되찾으면서 스토리텔링도 함께 개발한 덕이다.

숲은 길에게 순순히 앞섶을 연다. 수십 년 묵었음 직한 다래 덩

산막이옛길 초입. 길가의 낮은 돌담이 정겹다.

굴이 엉켜 마치 원시림을 연상시키지만 걷기에는 조금도 불편하지 않다. 말 그대로 '걸을 수 있는 사람'이라면 누구든지 갈 수 있는 길이다. 흙길보다는 '덱'이라고 부르는 나무받침 구간이 많은 것이 조금 아쉽지만, 그렇기 때문에 자연을 덜 훼손하고 안전하게 걸을 수 있다고 생각하면 감수할 수밖에.

조금 더 걸어가면 노루샘에서 등잔봉으로 오르는 등산로가 나온다. 등잔봉 능선에 서면 괴산호 한가운데를 차지하고 있는 한반도 지형을 볼 수 있다.

연꽃이 핀다는 연화담을 지나, 세상의 근심 걱정을 모두 잊는다는 망세루에 오른다. 바위 위에 지은 이 정자는 호수 양쪽 끝을 모두 볼 수 있을 만큼 전망이 좋다. 이왕 망세루에 선 김에 지고 온 근심 보따리들을 슬그머니 내려놓는다. 아무리 자주 내려놓아도 근심은 빈집의 먼지처럼 쌓이기 마련이다. 상처 역시 가실 날이 없다. 그 상처를 낫게 하는 손길은 결코 밖에서 오지 않는다. 스스로의 손으로 어루만지고 치유해야 한다. 그러기 위해 여행을 하고 자연을 찾는 것이다. 자연은 만신창이가 된 마음을 아무 말 없이 끌어안아준다.

1950년대까지 호랑이가 살았다는 호랑이굴과 매바위, 그리고 여우비바위굴을 지나 앉은뱅이 약수에 닿는다. 산막이옛길에서 만나는 유일한 식수다. 옛날에 앉은뱅이가 이곳의 물을 마시고 벌떡 일어났다는 전설이 있다. 여름이면 주기적으로 찬 바람이 내려온다는 얼음바람골을 거쳐 조금 걸으니 호수 전망대에 닿는다. 산막이옛길의 중간을 넘어선 셈이다. 이곳에는 넓은 쉼터를 마련해놓았다. 공원의 야외 카페를 닮았다.

먼저 온 사람들이 간식을 먹으며 이야기 삼매경에 빠져 있다. 누구에게도 시간에 매여 있는 표정은 없다. 이런 곳까지 와서 시간에 쫓기는 것만큼 불행한 일은 없다. 시간을 충분히 준비해서 오는 것도 지혜다. 도시의 시간은 도시에 맡겨두면 된다.

이곳은 호수가 생기기 전에 산의 8분 능선쯤이었던 곳이라, 계절도 조금씩 늦게 오고 간다. 나무 아래 앉아 강물에 시선을 던진다. 호숫가에서 발장구를 치던 산 그림자가 물속으로 풍덩 몸을 담근다. 호수 건너편 산자락의 과수원에는 나무들이 꽃을 피워내느라고 분주하다. 길과 호수, 과수원이 어울린 풍경은 말 그대로 한 폭의 그림이다. 나른한 행복감이 온몸을 흐른다.

이제 종점이 그리 멀지 않다. 괴음정과 아찔한 고공전망대를 지나고 마흔고개를 넘어 모퉁이를 돌아가니 진달래능선이 나온다. 진달래들이 산 하나를 통째로 태워보겠다고 작심이라도 한 듯 붉게 타오르고 있다. 저만치 솔밭 아래로 산막이 나루가 보인다. 이곳에서 배를 타면 길 입구로 다시 돌아간다. 나루터는 마을 하나와 머리를 잇대고 있다. 바로 산막이옛길의 종점인 산막이 마을이다. 언뜻 헤아려보니 열 가구 남짓. 대부분 음식점이나 민박 간판을 달았다.

내친 김에 조금 더 걷기로 한다. 여기서 상류 쪽으로 더 가면 산막이옛길의 연장 길인 '초록길'이다. 마을을 지나다가 수월정水月亭

야외 카페처럼 꾸며놓은 쉼터.

이라는 현판을 단 뜻밖의 고가古家와 만난다. 조선 중기의 문인이자 학자였던 노수신盧守愼이 을사사화로 유배 와서 거처하던 곳이라고 한다. 그는 훗날 영의정까지 올랐다. 이 집은 원래 연하동에 있었으나 1957년 괴산댐을 건설하면서 수몰 위기에 처하자 이 자리로 옮긴 것이다. 길을 가다가 깊은 산중에서 느닷없이 만나는 옛사람들의 자취는 남다른 감회를 준다. 천천히 한 바퀴 돌아보고 다시 걷는다.

초록길은 인공의 흔적이 없는 자연 그대로의 길이다. 발을 통해 만나는 부드러운 흙은 전신에 편안함을 선물한다. 걷는 사람들도 대부분 산막이나루에서 돌아가기 때문에 고즈넉한 맛이 그만이다. 지천으로 핀 진달래들이 어서 오라고 손을 흔든다. 이곳에는 길 따라 꽃이 피는 게 아니라, 꽃이 피는 곳으로 길이 간다.

마냥 더 걷고 싶은 마음을 누르고 삼신바위 앞에서 걸음을 돌린다. 산막이나루로 돌아오니 마침 유람선이 대기하고 있다. 배 위에서는 산막이옛길을 전체적으로 조망할 수 있다. 내가 걷던 길이 산허리에 '촉蜀나라 가는 잔도棧道'처럼 아슬아슬하게 매달렸다. 가까이에서는 보지 못하던 것들이 조금 떨어지니 온전히 눈에 들어온다. 사람도 조금 떨어져서 바라봐야 하는 이유다. 뱃전에 서서 스쳐가는 풍경을 찬찬히 담는다. 품에 봄을 가득 안은 세상은 이렇게 아름답다.

유람선에서 바라본 산막이옛길.

그 밖에 가볼 만한 곳

괴산에서는 오래된 집들을 둘러보는 재미도 쏠쏠하다. 산막이 옛길에서 내려오다 만나는 성산마을에는 김기응 가옥이 있다. 이 집은 '잘사는 일반 백성' 가옥의 원형이라고 할 수 있다. 1900년대 전후에 지어진 것으로 추정되는데 비교적 잘 보존돼 있다. 특히 공간구성과 화려한 외벽 장식이 전통 상류 주택의 정수를 보여준다. 구조는 바깥채 한가운데에 솟을대문을 두고 좌우로 행랑채를 두었다. 또 바깥마당에서 담을 쌓아 안채와 사랑채를 구분했다. 지금도 주인이 거주하고 있다.

홍범식 고택은 1910년 경술국치에 항거하여 자결한 홍범식 금산군수가 살았던 집이다. 1730년쯤에 지어진 것으로 추정되며 조선 후기 중부지방 양반 가옥의 특징을 잘 보여준다. 홍범식보다 더 많이 이름이 알려진 이가 바로 그의 아들 벽초 홍명희다. 「임꺽정」을 쓴 그는 1919년 3월 19일 이 집에서 충청북도 최초의 만세시위를 계획했다. 안쪽으로 깊숙이 들어가면 미로에 빠진 느낌이 들 정도로 집이 넓다. 꽃 피는 계절에는 뒤뜰이 무척 아름답다.

산막이옛길에 가면

「임꺽정」의 벽초 홍명희를 만나는 여행

괴산槐山은 이름대로 느티나무의 고장이다. 곳곳에서 수백 년 묵은 느티나무와 만날 수 있다. 하지만 괴산을 괴산답게 하는 것은 역시 산과 물이다. 소백산맥 줄기의 한 자락에 위치한 괴산은 도처가 심산유곡이다. 단적으로 우리나라에 27곳의 '구곡'이 있는데 그중 7곳이 괴산에 있다고 한다. 산막이마을도 그렇게 깊은 골짜기에 있다.

지금의 산막이옛길이 생기게 된 것은 1957년 괴산댐이 준공되면서였다. 이 댐은 발전發電을 목적으로 순수 우리 기술에 의해 세워졌다. 댐이 생기면서 네 개 마을이 수몰되었고 산도 7분 능선까지 잠겼다. 그로 인해 강가에 있던 길은 사라지고, 나무꾼들이 오가면서 생긴 길이 산막이길이었다. 그나마 발길이 끊기면서 희미하게 지워진 것을 괴산군이 복원해서 2011년 산막이옛길로 개설했다. 50여 년간 사람의 발길이 끊겼던 댐 주변은 생태계의 보고라고 할 만큼 자연환경이 잘 보존돼 있다.

산막이옛길에는 몇 가지 코스가 있다. 첫 번째는 노약자나 걸음이 불편한 사람들을 위한 유람선코스다. 마을 입구의 차돌바위나루에서 유람선을 타고 충청도양반길까지 한 바퀴 돌아오는 데 1시간 정도 걸린다. 뱃삯은 1만 원. 그다음이 가장 많이 찾는 산막이옛길 10리 길이다. 돌아올 때는 산막이나루에서 배를 타면 된다.

배 타는 시간 15분까지 합쳐서 1시간~1시간 30분 정도 걸리며 요금은 5천 원. 그다음은 등산코스다. 산막이옛길을 걷다 노루샘에서 등잔봉(450미터)으로 올라가 천장봉(437미터)을 거쳐 진달래능선을 따라 내려오는 코스다. 3시간 정도 잡으면 된다. 천장봉에서 삼성봉(550미터)까지 들러서 산막이나루로 내려오는 가장 긴 코스는 4시간 정도 걸린다.

괴산 하면 자연스럽게 떠오르는 인물이 벽초 홍명희다. 그는 아직도 논란의 한가운데에 있다. 소설 「임꺽정」을 쓴 홍명희가 아닌, 북에서 부수상을 지낸 홍명희에 대한 부정적 시각이 남아 있기 때문이다. 홍명희는 괴산에서 명문가의 장남으로 태어났다. 경술년 국치를 당하자 자결한 홍범식 금산군수가 아버지다. 홍명희는 1919년 괴산에서 만세 운동을 주도한 항일운동의 선구자였다. 그는 이 일로 1년 반 동안 감옥살이를 했다.

근대 역사소설의 금자탑으로 일컬어지는 「임꺽정」은 1928년 11월 21일부터 1939년 3월 11일까지 『조선일보』에 연재됐고 1940년 『조광』에도 발표됐지만 끝내 마지막은 쓰지 못했다. 홍명희는 1948년 남북 연석회의를 계기로 김구 등과 함께 북에 올라갔다가 돌아오지 않았다. 부수상과 과학원장 등을 지낸 뒤 1968년 숨졌다. 오랫동안 금서였던 「임꺽정」은 해금됐지만 저자인 홍명희는 아직도 터부시되고 있다.

무엇을 먹고 어디서 잘까

괴산에는 곳곳에 펜션 등 숙박할 곳이 많지만 산막이마을에서 호수를 바라보며 하룻밤 묵는 것도 운치가 있다. 민박과 식당을 겸하는 산막이산장(043-832-5553), 하얀집(043-832-5617) 등이 있다. 괴산에는 올갱이와 된장, 부추, 아욱을 넣고 끓인 올갱이국밥과 민물매운탕이 유명하다. 둔율올갱이 마을에서는 여름에 올갱이축제가 열린다. 괴산읍내에는 괴강올갱이전문점과 광화루 등이, 칠성면에는 괴강향토식당이 잘 알려져 있다. 산막이마을의 산막이옛집은 시원한 버섯찌개와 올갱잇국이 일품이다.

보리밭 사잇길로 멀어진 날들을 찾아

전북 고창 청보리밭 + 고인돌 유적

빼어난 산과 너른 들판이 사방으로 줄달음치고
풍요로운 바다가 있는 고창은, 꽃 피고 지는 봄날이
곱기로 빠지지 않는 곳이다.

소쩍새가 울음 한입 물면 붉은 꽃잎이 우주를 하나 연다. 구름이 머무는 산자락에 수백 기의 돌무덤이 봄볕을 안고 졸고 있다. 그 위를 느리게 흐르던 시간이 아예 팔베개를 하고 누워버린다. 구불구불 흘러가던 성곽길이 소나무 사이로 꼬리를 감춘 자리, 철쭉꽃이 활활 한 시절을 태운다. 황토색 벌판마다 푸른 생명들이 우쭐우쭐 키를 잰다.

4월, 전북 고창의 풍경을 눈에 보이는 대로 스케치하면 이런 모습이다. 꽃 피고 지는 봄날이 곱기로야 어딘들 빠지고 싶으랴만,

고창은 그중에서도 발군이다. 빼어난 산과 너른 들판이 사방으로 줄달음치고 풍요로운 바다가 있다. 이별이 아쉬운 동백이 땅 위에서 다시 한 번 피는 선운사, 세계에서 가장 넓은 고인돌 군락지, 백성들의 숨결이 곳곳에 배어 있는 고창읍성과 무장현읍성, 푸른 보리가 파도처럼 넘실거리는 학원농장… 가는 곳마다 눈과 마음이 황홀해지는 곳이 고창이다. 그뿐이랴. 판소리 이론을 정립한 동리 신재효와 미당 서정주가 여전히 살아 숨 쉬는 고장이기도 하다. 그곳, 고창으로 시간 여행을 떠난다.

청보리밭(학원농장)

이른 아침 청보리밭에는 싱그러운 봄내음이 가득하다. 어디를 둘러봐도 푸른색 물결이 출렁거린다. 전체 면적이 82만 5천 제곱미터라니 가늠해보기도 쉽지 않다. 어찌 바다에만 파도가 있으랴. 가벼운 바람에도 보리밭은 진저리를 치며 몸을 뒤챈다. 황토 위를 넘실대는 거대한 바다다. 콧노래가 절로 나온다.

보리밭 사잇길로 걸어가면 뉘 부르는 소리 있어 나를 멈춘다
옛 생각이 외로워 휘파람 불면 고운 노래 귓가에 들려온다

보리밭 자체가 시고 노래다. 그러니 이곳에 선 순간만큼은 누구

나 시인이고 가수다. 구불거리며 뻗어나간 황톳길을 걷다 말고, 정말로 누군가 나를 부르는 것 같아 무심코 돌아본다. 아! 오래전에 잃어버린 풍경이 거기 있다. 보리밭 사이로 종달새를 쫓는 소년이 있다. 푸르고 순수한, 누구도 미워하지 않고 누구나 사랑할 준비가 돼 있는 붉은 볼의 소년. 순서 없이 떠오르는 단어들을 하나씩 불러본다. 종달새, 보리피리, 깜부기, 보리서리… 그리고 이름조차 희미해진 친구들.

어린 시절로 이어진 길은 기억 창고 저 안쪽까지 찾아간다. 배고프던 날들도 불쑥불쑥 얼굴을 내민다. 진달래를 훑어 먹어도 찔레 순을 꺾어 먹어도 허기지기만 하던 시절. 속절없이 눈시울이 뜨거워진다. 하지만 그런 날들이 고통만 주었던 것은 아니다. 돌아보면 세상을 걸어갈 수 있게 해준 힘이었다. 힘든 시간을 견딜 수 있게 해준 재산이었다. 보리 또한 혹독한 겨울을 견뎌 푸르른 오늘을 열지 않았던가.

이곳의 보리는 철이 조금 일러서, 이삭이 모두 패었다. 10월 중순에서 하순 사이에 파종해서 이듬해 6월 중순에 수확한다고 한다. 보리를 베고 나면 그곳에 메밀을 뿌린다. 가을에는 소금 같은 메밀꽃이 시선이 닿는 곳까지 가득 핀다.

보리밭 사이로 여러 갈래의 길이 나 있다. 하지만 아무 길이나 선택해도 상관없다. 길마다 이름을 붙여놓았지만 이곳에서야말로 '이름'은 별 의미가 없다. 반드시 목적지에 닿아야 하는 길이 아니라, 그저 천천히 걷기 위한 길이기 때문이다. 사람들이 많이 몰려

있는 유채꽃 길을 버리고 한적한 길을 택한다.

이 붉은 색깔의 흙은 어디에 푸른 물감을 머금었다가 이렇게 한꺼번에 토해낸 것일까. 황톳길이 부드럽게 발을 감싸 안는다. 이런 길이라면 종일 걸어도 행복할 것 같다. 악머구리 떼처럼 들끓는 생각을 버리고 가슴에 푸른 물감을 자꾸 퍼 담는다. 도시로 돌아가면 희망의 싹을 틔우고 내일을 살아가는 힘이 될 것이다. 낮은 구릉을 넘다가 잠시 서서 귀를 기울인다. 스르륵, 스르륵… 보리들이 몸을 비비며 부르는 노랫소리가 들린다. 카메라를 장노출로 설정해놓고 셔터를 누르면 바람도 보리의 노래도 모두 찍힐 것 같다.

자그마한 저수지를 지나고 허리 굽은 소나무들과 눈도 맞추고, 여전히 사람들이 많은 유채꽃밭을 지난다. 잉잉잉~ 유채꽃을 탐하는 벌들의 날갯짓조차 삶의 찬가로 들린다. 이 순간을 표현할 단어를 고르라면 충만, 평화… 아! 사람이 얼마나 빈곤한 언어로 자연을 노래하는지 이제 알겠다.

고인돌 유적

고창에서 걷기 좋은 길을 꼽으라면 고인돌 유적지를 빼놓을 수 없다. 유적지로 가기 전에 고인돌 박물관부터 들른다. 박물관은 선사시대 생활 문화를 실감 나게 재현해놓았다. 1~3층의 전시실과 체험 공간, 야외 전시장 등을 거치면서 청동기시대의 삶과 죽음을 들여다볼 수 있다.

박물관에서 나와 유적지로 향한다. 기록 이전의 시대, 아득한 옛날로 걸어 들어가는 것이다. 부드러운 바람이 온몸을 감싼다. 냇가의 유채꽃이 세상을 노랗게 채색하고 그 위로 나비가 난다. 고인돌 유적지는 별도로 떨어져 있는 6코스를 제외하면 1코스부터 5코스까지 이어져 있다. 먼저 선택한 곳은 1, 2코스. 다리를 건너 관리소를 정면으로 놓고 오른쪽 길로 가면 된다.

나지막한 산자락이 온통 고인돌을 품고 있다. 이런 길에서는 모든 것들과 친해질 필요가 있다. 키 낮은 풀이나 여린 잎들에도 말을 걸어봐야 한다. 아득한 옛날을 살다 간 사람들이 무엇을 통해 그 시절 이야기를 들려줄지 모르기 때문이다.

2코스에서 맨 먼저 만난 고인돌은, 큰 돌 밑에 낮은 굄돌들을 고인 바둑판식. 고인돌에도 그런 표현이 가능하다면 참 잘생겼다. 200~300톤짜리 큰 돌도 있다는데, 어떻게 옮기고 어떻게 올려놓았을까. 수천 년이 지난 뒤 태어난 범부로서는 그저 감탄이나 하는 수밖에. 옛사람들의 죽음을 대하는 곡진한 마음에 숙연해진다. 거석문화에는 집단의 소망이 들어 있다. 돌에 밴 소망을 읽어보는 것도 나름 의미 있는 일이다.

2코스의 고인돌은 대체로 우람한 데다 원형이 잘 보존돼 있다. 권력자들의 무덤이 아닐까 혼자 짐작해본다. 이 정도의 돌을 채석해서 옮기고 무덤을 만드는 데 얼마나 많은 노동력이 동원됐을까. 2코스에는 41기의 고인돌이 있다.

큰 돌 밑에 낮은 굄돌을 고인 바둑판식 고인돌과 무덤방 위에
큰 돌을 올려놓은 개석식 고인돌이 함께 어우러져 있다.

1코스는 2코스를 지나 언덕을 조금 올라가야 한다. 이곳에는 53기의 고인돌이 있는데, 대개는 땅을 파서 무덤방을 만들고 큰 돌을 올려놓은 개석식이다. 언뜻 보면 그냥 너럭바위처럼 보인다. 규모가 큰 고인돌 앞에 벤치가 놓여 있다. 거기 앉아서 바라보니 넓은 들판이 한눈에 들어온다. 아하! 왜 이곳이 고인돌의 영역이 됐는지 알 것 같다. 낮은 산을 뒤로 두고 펼쳐진 큰 내와 넓은 들판. 사람들이 모여 살기에 최적의 조건이다. 옛날 사람들도 저 너른 들에서 양식을 거뒀을 것이다.

언덕을 내려와 3코스로 간다. 이곳은 무덤이라기보다는 작심하고 꾸며놓은 옛사람들의 정원처럼 보인다. 고인돌의 모양도 가지각색이다. 살아생전 각자의 모습이 다르듯이, 죽은 뒤에도 서로 다른 모양의 돌 아래 묻힌 것이다. 3코스에서 오른쪽으로 올라가면 운곡 람사르습지와 동양 최대 고인돌인 운곡고인돌로 가는 길이다. 왼쪽으로 올라가면 4코스로, 고인돌의 재료가 되는 돌을 채취하는 채석장이 있다. 보통은 그냥 지나쳐 가지만 언덕으로 올라가 3코스 외곽을 한 바퀴 돌아볼 수 있는 이 길이 가장 아름답다.

4코스까지 둘러보고 5코스로 간다. 이곳에는 가장 많은 220기의 고인돌이 있다. 크고 작은 돌무덤들이 소풍 가는 아이들처럼 줄지어 있다. 조금 떨어져서 보면 산 전체가 사자死者의 영역이다. 하지만 이질적인 느낌은 조금도 들지 않는다. 죽음과 죽음 사이야 말할 것도 없지만, 삶과 죽음 사이도 지척임을 실감한다. 길섶에는 할미꽃 대신 흰제비꽃이 점, 점, 점 피어 있다. 찾아주는 이 없어도, 바람이 흔들어도 꿋꿋하게 한생을 견디고 있구나, 작은 꽃이여! 그 자리에 쪼그리고 앉아 오랫동안 들여다본다.

자연의 품에 들면 들꽃 하나도, 내가 어떻게 살고 있는지 비춰보는 거울이 된다. 이곳에서는 산 자도 죽은 자도 꽃도 바람도 남남이 아니다.

그 밖에 가볼 만한 곳

고창에는 들러봐야 할 성이 두 곳이나 있다. 모양성으로도 불리는 고창읍성은 왜적의 침입을 막기 위해 1453년(단종 원년)에 축성한 성곽으로 경관이 무척 뛰어나다. 특히 4월이 아름답다. 벚꽃이 지고 나면 철쭉이 장관을 이룬다. 철쭉을 따라 성곽 바깥 길을 걷거나 성곽 위로 한 바퀴 돌 수 있다. 성곽 안쪽을 따라 걷는 소나무 숲길도 천천히 걷기에 좋다. 성안에는 동헌과 내아, 작청 등이 있다.

무장현 관아와 읍성은 1417년(태종 17년)에 무송현과 장사현을 통합하여 무장현으로 삼으면서 백성과 승려 2만여 명을 동원해서 축성했다. 객사 등이 남아 있으며 지속적으로 복원을 진행하고 있다. 성 안을 걷다 보면 고즈넉한 분위기가 마음을 편안하게 도닥거려준다. 선운사의 녹음도 아름답다. 4월 말까지는 동백꽃을 볼 수 있다.

고인돌 유적지에 가면

447기 유네스코 세계문화유산으로 등록

'보리 천국' 학원농장의 역사는 1960년대 초반으로 거슬러 올라간다. 제5공화국 때 국무총리를 지낸 진의종 씨가 고창군 서남부의 야산 10만여 평을 개발하면서 시작됐다. 1960년대에는 오동나무, 삼나무와 함께 뽕나무를 심어서 양잠을 했고 1970년대에는 목초를 심어 한우 비육 사업을 했다. 1980년대 들어서는 수박, 땅콩 등을 심었다.

현재는 진 전 총리의 아들인 진영호 씨가 관리를 맡고 있다. 1992년 귀농해서 작물을 보리와 콩으로 전환하고 비닐하우스에서 화훼 재배를 하는 한편 관광농원 인가를 받아 농촌관광사업을 시작했다. 일손을 덜기 위해 시작한 보리농사가 자연경관과 어울려 관광객을 불러 모으자, 가을 농사도 경관이 아름다운 메밀로 바꿨다. 여기에 해바라기와 코스모스를 더하면서 명소로 주목받고 있다.

학원농장은 매년 4월 중순부터 5월 초까지 '청보리밭 축제'를 연다. 이 기간 동안에는 엄청난 인파가 몰려든다.

고창고인돌 유적지는 그 자체가 고인돌 박물관이다. 세계에서 가장 넓은 군집을 이루고 있다고 한다. 2008년 현장 조사 결과 고창 지역에 총 1,550여 기의 고인돌이 있는 것으로 밝혀졌다. 그중 447기가 유네스코 세계문화유산으로 등록됐다. 고창고인돌 유적의 가장 큰 특징은 여러 가지 형태의 고인돌을 함께 접할 수 있는 세계에서 유일한 곳이라는 것이다. 바둑판식을 중심으로 탁자식과 지상석곽식, 개석식이 고르게 분포돼 있다. 그중에는 바둑판식과 개석식이 많지만 탁자식과 바둑판식의 중간 형태로 석관이 땅위에 드러난 지상석곽식 고인돌도 많다. 이 고인돌은 고창에서만 볼 수 있다.

탁자식 고인돌은 하단부에 얇고 넓은 판석을 쓰고 상석 역시 판석형을 사용한 것이 특징이다. 시신이 매장되는 매장부를 지하가 아닌 지상에 둔 것으로 보는데, 원래는 사면을 모두 막아 판석 자체가 석관의 기능을 했던 것으로 보인다.

바둑판식은 하단부를 판석이 아닌 굄돌을 쓴 것이 가장 큰 특징이다. 석실을 지하에 만들고 4~8개 정도의 굄돌을 놓은 다음 그 위에 덮개돌을 올려놓아 바둑판 형태를 하고 있다. 지상석곽식은 하단부에 탁자형 판석보다 높이가 낮은 판석을 쓰거나 여러 개의 판석을 덧대어 지상에 석곽이나 석관을 만들었다. 개석식은 한반도에서 가장 많이 발견되는 고인돌로, 땅속에 무덤방을 만들고 그 위에 커다란 돌만 올려놓은 형태를 말한다. 덮개돌은 10~20톤 정도로 작은 것도 있지만 큰 것은 200~300톤이 넘는 것도 있다. 아직까지 명확하게 밝혀진 것은 아니지만 지위와 경제력에 따라 고인돌의 규모도 달라졌을 것으로 추측하고 있다.

한반도의 고인돌은 주로 청동기 시대에 만들어진 것으로 보이는데, 기원전 8~7세기 이전에 시작됐다는 주장과 이르게 봐도 기원

두꺼비를 닮은 고인돌.

전 5세기를 넘을 수 없다는 주장 등 여러 견해가 있다. 그러나 마지막으로 만들어진 시기에 대해서는 초기 철기시대 움무덤이 등장하기 이전, 즉 기원전 2세기경으로 보는 게 일반적이다.

고인돌은 제주도를 포함하여 전국에서 발견되지만, 황해도와 전라도에 가장 많이 밀집돼 있다. 경상도와 충청도 등에도 여러 곳이 있다.

무엇을 먹고 어디서 잘까

자연경관과 함께 다양한 체험을 할 수 있는 고창오토캠핑리조트(063-562-3318)를 이용해볼 만하다. 카라반과 펜션, 황토체험방을 갖추고 있다. 고창읍성 한옥체험마을(063-563-9977)에서는 조선 시대 관아와 전통 한옥을 동시에 체험할 수 있다. 고창은 풍천장어로 유명하다. 풍천장어는 민물과 바닷물이 교차하는 선운산 입구 주변 강에서 잡은 장어를 말한다. 선운사로 들어가는 선운사로에는 선운사풍천장어, 연기식당, 신덕식당, 초원풍천장어 등 풍천장어집들이 밀집돼 있다.

왕이시여! 단종과 함께 슬픔의 길을 걷다

강원 영월 청령포+장릉

청령포로 가려거든 가슴에 묻어둔 슬픔의 보따리
먼저 풀어놓을 일이다. 풍경을 구경하러 가는 곳이 아니라
슬픔의 바닥을 만나러 가는 곳이기 때문이다.

바람 탓이다. 슬쩍 스치고 간 것 같은데 흐려지던 산벚꽃이 남은 자취를 지운다. 꽃잎이 뿔뿔이 흩어지고 나무들이 어깨를 들먹인다. 청령포로 가는 길은 슬픔과 동행하는 길이다. 계절은 쉼 없이 오가고 시간은 앞으로 줄달음치지만 바위마다 새겨진 소년 왕의 눈물은 지워지지 않는다.

고작 열일곱이었다. 부모 품에서 떨어지는 것만으로도 안쓰러운 나이에 숙부에 의해 옥좌에서 끌려 내려와, 종내는 죽음의 길을 떠나야 했다. 그리고 200년도 훨씬 더 지나서야 단종이라는 이름

두 자를 얻을 수 있었다.

청령포로 가려거든 가슴에 묻어둔 슬픔의 보따리 먼저 풀어놓을 일이다. 강을 건너는 배는 슬픔을 아는 사람만 탈 자격이 있다. 풍경을 구경하러 가는 곳이 아니라 슬픔의 바닥을 만나러 가는 곳이기 때문이다. 슬픔의 끝에서 희망 한 줌 캐내는 곳이기 때문이다. 진정 슬퍼본 사람에게만, 스스로가 가진 행복을 비춰볼 수 있는 거울이 주어진다. 그리고 치유는 나를 제대로 보는 것으로부터 시작한다.

청령포

슬픔이 하늘에 닿은들, 봄을 어찌 회색으로만 칠할 수 있으랴. 눈을 들어보면 세상은 여전히 환한 빛이 감싸고 있다. 꽃은 다투어 피고 지고 농부들은 보습과 호미로 잠들었던 땅을 깨운다. 이쪽 나루에서 바라본 청령포에도 초록이 가득하다.

그곳으로 가기 위해 줄을 서서 배를 탄다. 단종이 울면서 탔던 나룻배가 아니라 단숨에 강을 건너는 동력선이다. 배는 고작 2~3분 거리를 아무 감정도 없이 오간다. 쫓겨난 왕을 생각한다. 그는 어떤 심정으로 강을 건넜을까? 슬픔은 아득한 옛날인데 청령포는 지척이다.

강변의 둥근 자갈에는 시간이 지문처럼 새겨져 있다. 558년 전

그가 걷던 강변은 이런 모습이 아니었으리라. 헤엄치듯 시간을 거슬러 올라가 왕을 만난다. 그의 손을 잡고 소나무 숲을 향해 천천히 걷는다. 모래밭까지 슬픔으로 질척거린다.

상왕에서 노산군魯山君으로 강봉된 단종이 청령포에 도착한 것은 1457년 6월. 한양에서 50명의 군졸과 이곳까지 오는데 이레밖에 안 걸렸다고 한다. 조카의 왕관을 빼앗고 권력의 탑을 높이느라 서슬 퍼렇던 세조도 백성들의 눈은 꺼림칙했던 게다. 밤낮으로 길을 줄이라 일렀으니 먼 길을 그리 재촉했겠지. 쫓겨난 왕은 노여움과 슬픔, 그리고 고단을 온몸에 새겼을 것이다.

청령포는 하늘이 지어놓은 감옥이다. 3면에는 시퍼런 강이 흐르고 단 한 곳 육지와 연결된 쪽에는 육륙봉六六峰이라는 암벽이 솟아 있다. 게다가 이 섬 아닌 섬은 사람보다는 짐승의 영역이었다. 구중심처에서 살던 소년으로서는 견디기 어려운 환경이었을 것이다. 하지만 진정 무서운 것은 짐승보다 사람이었으리라. 한양의 숙부, 세조가 품은 심검心劍에 시시각각 가위눌렸을 것이다.

먼저 왕이 머물렀다는 어소를 둘러본다. 『승정원일기』에 따라 복원했다고 하지만 조금 미심쩍다. 이렇게 번듯한 집이었을 리 없다. 구들도 없는 방에서 지냈다는 말에 더 믿음이 간다. 밀랍 인형들만 자리를 지킬 뿐, 왕이나 옛 주인을 모시겠다고 따라왔다는 궁녀들의 자취는 없다. 어찌 인형으로 그 절절한 슬픔을 표현할 수 있으랴. 주인의 죽음을 보고 강물에 몸을 던졌다던 궁녀들의 피눈물은 또 어찌 표현할까.

(좌)나루 건너 쪽에서 바라본 청령포.
동력선이 방문객을 실어 나른다.
(우)단종이 묻힌 장릉.

발길을 돌리다 비각 안에 서 있는 검은 비석과 만난다. 앞면에는 '端廟在本府時維持(단묘재본부시유지)'라는 글씨가 새겨져 있다. '단종이 이곳에 계실 때의 옛터'라는 뜻이다. 영조의 친필이라고 한다. 어소를 향해 엎드리다시피 굽은 소나무도 쓰다듬어 본다. 확성기를 든 해설사는 '충절의 소나무'라고 입에 침이 마르게 강조하지만 사람이 못한 충절을 어찌 나무에게 바랄까.

'東西三百尺 南北四百九十尺 此後泥生亦在當禁(동서삼백척 남북사백구십척 차후니생역재당금)'이라고 쓰인 금표비로 간다. 동서로 300척, 남북으로 490척 안에는 함부로 드나들지 말라고 백성에게 경고하는 푯말이다. 왕이 계시던 곳이라는 뜻에서 훗날 영조가 세운 것이라지만, 단종에게 꼼짝하지 말고 엎드려 있으라는 호통인 것만 같아 마음이 무겁다.

가장 오래 마음이 머무는 곳은 관음송觀音松이다. 청령포는 700그루의 금강송이 서 있는 보기 드문 솔숲이지만, 실제로 단종과 만난 소나무는 관음송 하나뿐이다. 단종이 기거할 때 이미 50~100살이었다고 하고 그 뒤로 550년도 더 지났으니 어림잡아도 600살이 넘었다. 왕의 눈물을 보았으니 관觀이요, 황혼 녘 폐부를 찢는 오열을 들었으니 음音이다. 두 갈래 가지 사이에 앉아 울며 시간을 접었을 어린 왕을 생각하니 슬며시 눈시울이 뜨거워진다.

봄풀들이 아우성치며 몸을 일으키고 있는 길을 걸어 망향탑으로 간다. 망향탑은 절벽에 쌓은 초라한 돌무더기다. 단종이 한양에 있는 왕비 송 씨를 그리워하며 막돌을 주워 쌓았다고 한다. 돌이 아니라 눈물을 쌓은 것이겠지. 쌓아도 쌓아도 줄지 않았을 분노와 그리움, 그리고 절망을 가늠해본다. 걸음의 종착지는 노산군이 된 왕이 한양 쪽을 바라보며 시름에 잠겼다는 노산대다. 거기 특별한 것이 있을 턱이 없다. 단종의 눈으로 세상을 보려 애써보지만 내 슬픔 따위로는 어림도 없다. 80미터의 까마득한 절벽과 퍼렇게 서슬을 세운 강물에 심사만 어지러울 뿐이다. 조카를 가두기 위해 이 험지를 찾아낸 숙부의 마음이 칼이 되어 폐부를 저민다.

다시 내려와 강 건너편 솔숲을 바라본다. 거기 단종에게 내릴 사약을 가져왔던 금부도사 왕방연의 시조비가 있다. 단종의 죽음을 보고 돌아가는 길에 읊었다는, '머나먼 길에 고은님 여희압고'로 시작하는 시조는 가혹했을 시간의 편린을 전해준다. 단종은 청령포에서 두 달 정도 지냈다. 6월에 도착해서 8월에 큰 홍수로 강물이 범람하는 바람에 영월 동헌인 관풍헌觀風軒으로 처소를 옮겼다가 그해 10월 피우지 못한 생애를 접었다.

장릉

가슴 가득 슬픔을 안고 비운의 왕이 묻힌 장릉으로 간다. 단종은 죽어서도 한양으로 돌아가지 못했다. 아니, 시신조차 버려졌다. 『아성잡설鵝城雜說』『축수록』 같은 야사에는 '강물에 던졌는데, 옥

체가 둥둥 떠서 빙빙 돌아다니다가 다시 돌아오곤 하는데, 가냘프고 고운 열 손가락이 수면에 떠 있었다'는 기록이 있다.

장릉 앞에 서면 단종보다는, 호장 엄흥도嚴興道라는 이름이 먼저 떠오른다. 호장은 고려·조선 시대 향리직鄕吏職의 우두머리를 일컫는다. 후환이 두려워 누구도 단종의 시신을 거두려 하지 않을 때, 엄흥도는 장례를 치르고 몸을 숨겼다. 『영남야언』, 『병자록』에는 '호장 엄흥도가 통곡하면서 관을 갖추어 이튿날 아전과 백성들을 거느리고 군 북쪽 5리 되는 동을지冬乙旨에 무덤을 만들어서 장사 지냈다고 한다'라는 기록이 있다. 하지만 이 기록에 얼른 믿음이 가지는 않는다. "시신을 거두는 자는 삼족을 멸한다"는 세조의 엄명이 있었다는데 당당하게 장례를 치를 수는 없었을 것이다. 몰래 지고 가서 암장했다는 쪽에 훨씬 마음이 간다.

장릉은 다른 왕릉들과는 구조가 조금 다르다. 보통은 홍살문에서 정자각으로 이어지는 길이 한일(一) 자로 되어 있지만 이곳은 기역 자로 꺾여 있다. 정자각과 능으로 가는 길도 각각 다르다. 애당초 왕릉을 두려던 곳이 아니었기 때문에 터에 한계가 있었을 것이다. 왕릉에도 망주석과 문인석만 있을 뿐 병풍석도 무인석도 없다. 저승에 가서도 지켜줄 장군 하나 거느리지 못한 셈이다.

능에서 내려와 단종역사관, 합동 위패를 모셔놓은 장판옥, 제를 지내던 우물 영천靈泉, 엄흥도정려각 등을 돌아본다. 걷는 내내 소년 왕을 생각한다. 단종, 그보다 더 비극적인 삶을 살다 간 이도 있을까. 열두 살에 왕위에 오른 뒤 열다섯 살에 강제로 물러나 열

일곱에 죽어야 했던 소년. 스스로의 의지로는 한 번도 살아보지 못하고 생을 마친 왕. 그보다 더 큰 아픔을 겪지 않았다면 그보다 더 절망하는 일은 없어야 한다고, 절망의 끝에서 기어이 희망의 씨앗을 찾아야 한다고 스스로에게 이른다. 그 씨앗을 찾기 위해 여기저기 오래 거닌다. 한낮인데도 멀리서 소쩍새 한 마리 붉게 운다.

그 밖에 가볼 만한 곳

단종의 자취를 조금 더 살펴보고 싶으면 영월 읍내에 있는 관풍헌에 가봐야 한다. 이곳은 1392년에 건립된 영월 객사의 동헌 건물로 지방 수령들이 공사를 처리하던 건물이다. 홍수로 청령포에서 나온 단종은 이곳에 머물다 1457년 10월 24일 17세의 일기로 최후를 맞았다.

영월은 어디보다 가볼 만한 곳이 많은 고장이다. 동강이 굽이굽이 흐르고 5대 적멸보궁인 법흥사가 있다. 고씨굴, 선돌, 한반도지형과 사진박물관, 별마로천문대 등도 많은 이들이 찾는다. 하지만 단 한 곳만 고르라면 주천면 판운리에 있는 섶다리를 추천하고 싶다. 전통 방법으로 놓은 이 다리는 주변의 빼어난 풍경과 어울려 가장 한국적인 미를 보여준다.

청령포에 가면

비운의 소년 왕 단종은 어떻게 죽었을까?

산과 물의 고장 영월이 한과 슬픔의 고장이 된 것은 조선 제6대 왕 단종의 유배지가 되면서부터다. 단종이 상왕에서 노산군으로 강봉돼 청령포에 도착했을 무렵, 영월의 인구는 600~700명에 불과했다고 한다. 그렇게 오지였던 고을 곳곳에 왕의 흔적이 남아 있다.

단종의 유배 길은 돈화문에서 시작한다. 한강나루에서 배를 타고 강을 거슬러 올라가 양주, 양평, 여주를 지나 남한강의 지류인 섬강蟾江을 건너고 치악산을 넘는다. 닷새 만에 도착한 곳이 영월 땅 주천. 일행은 그곳 공순원 주막에서 하루를 머문다. 그때 단종이 물을 마셨다는 우물이 '어음정'이라는 이름으로 남아 있다. 주막을 출발한 유배 행렬은 군등치에 이른다. 군등치君登峙는 임금이 넘은 고개라 하여 붙여진 이름이다. 막바지에 또 하나의 고개를 넘게 되는데, 고개에 올라서자 궂었던 날씨가 개고 해가 서산으로 기울었다고 한다. 이때 단종이 지는 해를 바라보며 절을 했다고 해서 붙여진 이름이 배일치拜日峙다.

단종과 관련해서 가장 논란이 되는 것은 최후에 관한 것이다. 『조선왕조실록』에는 '노산군이 이를 듣고 또한 스스로 목매어서 졸하니, 예로써 장사 지냈다'고 써놓았다. 하지만 이 기록을 믿는 사람은 거의 없다. 스스로 목을 매었다는 것도 의심스럽지만, 예로써 장사 지냈다면서 어찌 훗날 숙종 때나 암장지를 찾아 봉분을 만들었을까. 숙부가 조카를 죽였다는 기록을 남기고 싶지 않았을 것이다.

가장 널리 회자되는 것이 금부도사 왕방연을 통해 내린 사약을 받고 생을 마쳤다는 설이다. 여기에도 이설은 있다. 『병자록丙子錄』에는 '금부도사 왕방연이 사약을 받들고 영월에 이르러 감히 들어가지 못하고 머뭇거리고 있으니 나장이 시각이 늦어진다고 발을 굴렀다. 도사가 하는 수 없이 들어가 뜰 가운데 엎드려 있으니, 단종이 나와서 온 까닭을 물었으나 도사가 대답을 못하였다. 통인 하나가 항상 노산을 모시고 있었는데, 스스로 할 것을 자청하고 활줄에 긴 노끈을 이어서 앉은 자리 뒤의 창문으로 그 끈을 잡아 당겼다'라는 기록이 있다.

엄홍도가 단종을 암장하는 과정에 대해서도 전설 같은 이야기가 전해져온다. 장릉 자리는 원래 영월 엄씨의 선산이었다고 한다. 엄홍도가 왕의 시신을 지고 산으로 올라갔지만 눈이 쌓여 묻을 곳을 찾는 게 쉽지 않았다. 지게를 내려놓고 잠시 쉬는데 노루 한 마리가 인기척에 놀라 달아났다. 그 자리를 보니 눈이 녹고 온기가 남아 있었다. 엄홍도가 다시 지게를 지고 일어서려니 지게가 그 자리에서 꼼짝하지 않았다. 그래서 노루가 있던 자리에 시신을 묻은 뒤 계룡산으로 달아나 그곳에서 삼년상을 치렀다고 한다.

장릉 앞에는 '정령송精靈松'이라는 소나무가 있다. 1999년 남양주의 사릉思陵에서 옮겨온 소나무다. 사릉은 단종 비 정순왕후定順王后 송씨가 묻힌 능이다. 단종과 정순왕후는 청계천 영도교에서 헤어진 뒤 끝내 재회하지 못했다. 정순왕후 역시 한 많은 세월을 보냈다. 동대문 밖 연미정동(현 동대문구 숭인동 청룡사)에 초옥을 지어 칩거하면서 날마다 절 뒤 석봉에 올라 비통해했다고 한다. 1521년 82세로 생을 마감했지만 죽어서도 함께하지 못하고 남양주에 묻혔다. 수백 년이 지난 뒤 소나무를 통해 만나게 된 것이다.

무엇을 먹고 어디서 잘까

천혜의 조건을 골고루 갖춘 관광지답게 영월에는 펜션 등 숙박업소가 많다. 동강을 따라가며 강과별펜션(033-375-3311), 동강해피펜션(010-7589-0627), 둥글바위펜션(033-372-0708) 등이 있다. 영월이 자랑하는 음식으로는 송어회, 한우숯불구이, 곤드레나물밥, 산채비빔밥 등이 있는데, 특히 주천면 주천로의 다하누촌에 가면 질 좋은 한우를 싸게 사서 포장해 가거나 현지에서 먹을 수 있다.

일제 수탈창고, 예술의 산실로 변신하다

전북 완주 삼례문화예술촌

농촌에서 흔히 볼 수 있던, 매력 없이 크기만 한 목재창고.
일제강점기 당시의 양곡 창고를 개조해
문화복합공간으로 꾸민 것이 바로 삼례문화예술촌이다.

계절이 깊어간다. 풀은 분주하게 키를 키우고 나무는 부지런히 염료를 길어 올린다. 이맘때면 푸른 강으로 가고 싶어진다. 강은 세상 모든 푸른 것들의 고향이기 때문이다. 그리움과 희망 역시 강에서 나고 자랄 테다.

바람조차 푸르게 부는 날, 만경강으로 간다. 전라북도 완주군 동상면 율치의 밤샘에서 발원, 새만금을 지나 바다와 몸을 섞는 강. 총 길이 74킬로미터로 그리 길지는 않지만 김제, 익산, 군산을 지나면서 여러 하천을 불러 모아 넉넉한 품을 연다. 평야지대를 흐르는 강들이 그렇듯, 만경강 역시 오랜 시간 사람을 품어 기르고, 사람들은 그 품에서 숱한 이야기를 낳았다. 강과 길은 손이라도 잡을 듯 나란히 흐르다가 이별한 연인인 양 서로를 외면하기도 한다.

그들을 따라 거슬러 오르던 발길을 삼례에서 멈춘다. 꼭 한번 가보리라 벼르던 삼례문화예술촌이 거기 있기 때문이다.

삼례문화예술촌

"무슨 문화예술촌이 이렇게 생겼어?" 성질 급한 사람이라면 한마디쯤 던질 법하다. 첫눈에 들어온 건, 말 그대로 무뚝뚝하게 생긴 창고 몇 동뿐이다. 1970~80년대까지도 농촌에서 흔히 볼 수 있던, 매력 없이 크기만 한 목재창고. 심지어 시커먼 벽에는 '협동생산 공동판매' '삼례농협창고' 같은 글씨까지 고스란히 남아 있다.

이쯤 되면 족보부터 따져보지 않을 수 없다. 아니나 다를까. 이곳 건물들은 문화예술촌으로 탄생하기 전까지 무려 100년 가까이 창고로 쓰였다. 거기에도 아픈 역사가 있다. 만경강 상류의 삼례는 토지가 비옥하고 기후가 온화한 고을이다. 농사가 잘되는 탓에 일제강점기에는 양곡 수탈기지라는 수모를 겪었다. 삼례역은 군산으로 양곡을 나르는 거점 역할을 했다. 그래서 당시 삼례역 주변 주민들은 밤마다 "한말 한섬" "한말 한섬" 쌀 세는 소리를 들으며 잠

전북 완주군 삼례읍에 있는 삼례문화예술촌.
일제 때 창고 건물을 그대로 쓰고 있다.

들었다고 한다.

그 당시의 양곡 창고를 개조해 문화복합공간으로 꾸민 것이 바로 삼례문화예술촌이다. 원형 보전에 역점을 두었기 때문에 겉모습이 창고 그대로다. 이곳은 모두 여섯 곳의 문화예술 공간이 독립적으로 운영된다. 삼례역이 이전한 자리에 있는 막사발미술관을 합하면 일곱 곳이 된다.

먼저 찾아간 곳은 VMVisual Media아트미술관. 문을 밀고 들어서자, 놀랄 만한 장면이 기다리고 있다. 순식간에 100년을 이동한 느낌이랄까? 아니, 아날로그의 세계에서 디지털의 세계로 뚝 떨어진 것 같다. 창고 그대로의 외관을 배신이라도 하듯 '첨단 예술'의 세상이 펼쳐져 있다.

쓰레기통에서 건져낸 재료로 만들었다는 정크아트 작품들을 차례로 감상한다. 창고 건물이 문화예술 공간으로 다시 태어났듯이, 일회용 빨대나 링거줄 같은 쓰레기들이 작품으로 변신했다. 인터랙티브 아트라는 물속 체험도 신기하다. 나 스스로가 물고기가 되어 천으로 된 물속을 유영한다. VM아트미술관은 벽과 천장의 원형을 그대로 살린 채 내부 디자인을 했다. 벽을 구성한 통나무들의 배열 자체가 예술 작품이다. 바람이 잘 통하고 여름에는 서늘하다고 한다.

두 번째로 책공방북아트센터를 찾아간다. 책을 읽고 나만의 책을 만들고 책에 대한 모든 것을 배울 수 있는 체험 센터다. 요즘은 보기 어려워진 각종 인쇄 장비들도 눈길을 끈다. 특히 100년도 더

돼 보이는 목궤선(가계부 등에 줄을 긋는 기계) 등은 언뜻 봐도 문화재급 유산이다.

동과 동 사이를 나비처럼 옮겨 다니며 문화 예술의 향기를 탐하는 재미가 쏠쏠하다. 색다른 음식을 이것저것 집어 먹어보는 기분이랄까. 세 번째 찾아 들어간 곳은 책박물관. '전라도 여자' 기획전이 열리고 있다. 프랑스어로 번역된 손바닥만 한 춘향전도 있다. 상설전시 공간에는 '한국 북디자인 100년'을 주제로 1883년부터 1983년까지 출판된 책을 전시해놓았다. 북디자이너가 별도로 없던 시절, 화가들이 그린 책 표지가 눈길을 끈다. 윤동주 시집 『하늘과 바람과 별과 시』는 김환기가 디자인을 했다. 30년간 교과서 삽화를 그린 김태형 작가 코너에서는 오래 잊고 있었던 '철수와 영희'를 만날 수 있다.

김상림목공소를 찾아 들어간다. 조선 목수들의 철학이 스며 있는 나무 가구를 재현해놓은 것은 물론 각종 연장을 전시해놓았다. 문을 밀고 들어서는 순간 짙은 나무 향이 우르르 달려 나온다. 오래 그리워하던 고향 소식을 들은 듯 왈칵 반갑다. 내부가 깔끔한 데다 조용해서 목공소라기보다 문화공간으로서의 품격이 읽혀진다. 전시해놓은 작품들이 담백한 느낌이라 마음이 편안하다.

디자인뮤지엄은 한국산업디자인협회 수상 작품들을 한눈에 살펴볼 수 있는 갤러리다. 국내외 제품 중 디자인과 기능, 경제성, 기술 등이 우수한 것들을 전시해놓았다. 젊은 방문객들이 무척 좋아하는 공간이라고 한다. 커피 볶는 향이 물씬 풍기는 문화카페 오

김상림목공소. 조선 목수들의 철학이 스민
나무 가구를 재현해서 전시해놓았다.

스는 방문객이나 지역 주민들의 휴식 공간뿐 아니라 커피와 관련된 다양한 교육도 담당한다. 카페의 통유리로 내다보이는 풍경이 눈을 떼지 못할 만큼 매혹적이다.

카페에서 나오니 세상은 다시 디지털에서 아날로그로 변신한다. 하지만 이젠 낯설지 않다. 창고 건물들과 조금 떨어져 있는 삼례성당도 애당초 한 식구였던 듯 잘 어우러져 있다. 오래된 것들은 누가 시키지 않아도 스스로 소통해서 친구가 된다. 마당 곳곳에 설치한 조형물도 원래 거기 있었던 듯 풍경 속으로 스며들었다. 봄바람처럼 느긋해진 몸과 마음으로, 오래된 것들과 새로운 것들 사이를 거닌다. 과거도 현재도 미래도 남남이 아니라는 사실을 확인한다. 시간 위에 서 있는 모든 것들은 하나로 이어져 강물처럼 흘러가는 것이다. 고통의 시대가 남긴 유산과 이 시대의 문화 예술이 공존하는 삼례문화예술촌에서 그 증거를 본다.

고산미소시장

삼례문화예술촌에서 나와 만경강을 거슬러 올라간다. 여기서부터 강의 발원지까지는 온전히 완주 땅이다. 잠시 헤어졌던 길과 강은 다시 만나 봄노래를 합창한다. 가로수잎들은 강물을 닮아가고 강은 가로수의 손짓에 출렁, 신명을 낸다.

고산면에는 미소시장이 있다. 미소시장은 완주군이 문화경관형으로 조성한 시장으로, 지역 주민들과 귀농한 젊은이들이 함께 꾸려나간다. 전통시장의 정겨움과 문화의 향기를 동시에 만날 수 있다.

장 구경만큼 재미있는 게 또 있을까. 음식점들을 지나 길을 건너면 한가운데 대형 파라솔이 펼쳐진 휴식 공간이 나타난다. 이곳에서는 토요일마다 장이 선다. 광장과 간이 점포들을 가운데 두고 양쪽으로 상설 점포들이 늘어서 있다. 순서대로 돌아본다. '담벼락'이라는 청소년문화공간을 지나면 짚, 가죽공예품 매장이 있다. 완구, 팔찌 같은 소품과 밀짚모자, 소쿠리, 멍석 등 향수를 부르는 짚공예 작품들이 진열돼 있다.

청과와 약초를 파는 곳, 곶감, 효소, 누룽지를 파는 곳, 유제품, 잡곡을 파는 곳, 수제 햄이나 버거류를 파는 곳 등 각양각색의 가게들이 발걸음을 더디게 한다. 귀촌한 젊은이가 운영한다는 카페 '농부의 딸'은 떡갈비를 판다고 써놓았다. 국수나 국밥을 파는 집, 젓갈과 채소를 파는 집도 나란히 있다. 낯선 사람 틈에 섞여 있을 때 가장 자유로운 익명의 나를 따라, 이리 기웃 저리 기웃 모처럼의 휴식을 즐긴다.

고산자연휴양림

다시 만경강을 거슬러 오른다. 상류 쪽으로 갈수록 강줄기는 조금씩 가늘어진다. 이제 이별할 때가 되었다. 강을 등지고 고산자연 휴양림을 향해 방향을 꺾는다. 이곳은 삼림욕을 즐길 수 있는 사계절 가족 휴양지로 명성이 높다. 방문객은 넓게 펼쳐진 휴양림의 규모에 놀라고 아름다운 풍경에 다시 놀란다. 낙엽송, 잣나무, 리기다소나무 등이 빽빽이 들어선 조림지와 활엽수, 기암절벽 등이 잘 어우러져 있다.

또 캠핑장, 테마식물원, 에코어드벤처, 밀리터리파크가 조성돼 있어 캠핑족에게 인기가 많다. 특히 짚슬라이드, 구름다리 등을 갖춘 에코어드벤처는 스릴을 즐기는 사람들이 줄을 잇는다.

그 밖에 가볼 만한 곳

완주 북쪽의 불명산 깊은 골짜기에는 '곱게 늙은 절' 화암사가 있다. 안도현 시인은 그의 시 「화암사, 내 사랑」에서 '구름한테 들키지 않으려고 아예 구름 속에 주춧돌을 놓은 / 잘 늙은 절 한 채'라고 예찬했다. 고즈넉한 산사의 분위기를 좋아한다면 꼭 찾아가 보라고 권하고 싶은 절이다.

특히 올라가는 산길이 마음을 당긴다. 화암사에 가면 꼭 챙겨봐야 할 곳이 극락전의 처마 쪽에 있는 하앙이다. 하앙이란 처마를 지탱하기 위한 일종의 지렛대로 이 절에서만 볼 수 있다.

고산자연휴양림의 에코어드벤처.

삼례문화예술촌에 가면

비료·쌀 창고로 쓰던 것을 완주군이 개조

삼례문화예술촌을 이루는 창고 건물들은 일본인 대지주였던 시라세(白勢)라는 인물이 1926년에 지은 것으로 추정된다. 시라세는 삼례역을 통해 군산으로, 만조 때는 바다를 통해 양곡을 실어 나른 자였다. 건축물 대장에도 일제강점기 때 세운 건물이라는 기록이 있다.

이 창고 건물들이 복합문화공간으로 다시 태어난 것은 2013년 6월 5일이었다. 농협에서 비료와 쌀 창고로 쓰던 것을 완주군이 도시재생사업의 일환으로 매입해서 개조 작업에 들어갔다. 나날이 쇠퇴해가는 삼례 지역을 다시 살린다는 취지였다. 2011년 기본 용역을 수립하고 주민, 전문가, 공무원 들이 머리를 맞대고 토론을 거친 끝에 기본 틀을 잡았다.

문화예술촌 조성은 유형의 재산을 재활용하여 지역이 간직한 역사를 기억하고 되살리는 데 초점을 두었다. 원형을 최대한 훼손하지 않으면서 독특한 문화콘텐츠를 담아내, 과거와 현재가 조화롭게 공존하는 공간을 구성했다. 공간 조성은 입주자들의 의견을 최대한 반영했다. 문화예술촌은 여섯 명의 관장(구 삼례역사 자리에 있는 막사발 미술관을 합하면 일곱 곳)으로 구성된 삼삼예예미미협동조합에서 위탁받아 운영하고 있다. 삼삼예예미미는 삼례미술관을 재미있게 표현한 이름이다.

VM아트미술관은 미술작품과 영상미디어매체를 접목한 새로운 장르의 예술 작품을 전시하는 공간이다. 창고의 원형을 잘 보존해서 젊은 현대미술작가들의 작품과 조화를 모색한다. 문화카페 오스는 삼례문화예술촌의 쉼터로 커피와 다양한 수제차, 와플, 쿠키 등을 즐길 수 있는 공간이다. 다양한 전시도 관람할 수 있어 지역주민들에게 많은 사랑을 받고 있다.

책공방북아트센터는 유럽식 북아트 공방을 국내 최초로 도입한 곳으로, 보는 전시뿐만 아니라 책 만드는 문화를 체험하는 복합문화센터다. 활판인쇄기, 압착기, 호침기, 재단지 등 책을 만드는 각종 기계와 도구들이 전시돼 있다. 디자인뮤지엄은 디자인 국제 공모전에서 입상한 작품들을 전시하는 공간이다.

김상림목공소는 나무 가구 제작과 오랜 시간 모아온 목공 연장을 한눈에 볼 수 있는 공간이다. 아울러 목수 교실을 통해 전문 인력을 양성하고 목공예 체험 기회를 제공한다.

책박물관은 고서를 중심으로 책 문화에 관한 자료를 발굴하고 전시하는 공간으로 책에 대한 올바른 인식과 그 소중함을 일깨워 주는 것에 역점을 둔다. 책을 주제별, 시대별로 전시하는 전시 공간과 아이들을 위한 양서만을 전시, 판매 하는 박물관 서점, 그리고 소설, 잡지 등을 국내 최초로 무인 판매하는 헌책방 '정직한 서점'을 운영한다.

야외 공연장에서는 주말마다 인근 동아리들의 공연이 펼쳐진다. 문화예술촌 관람 시간은 오전 10시~오후 6시. 매주 월요일은 휴관한다.

완주군 고산면 남봉로에 위치한 고산미소시장은 완주군이 조성한 문화경관형 테마장터다. 오일장인 고산장터 옆 연면적 2,083제곱미터의 부지에 한우판매장, 로컬푸드 판매점, 체험 공방을 포함, 유가공품과 농산가공품 등을 파는 30여 개의 점포가 입주해 있다. 축제와 각종 문화 공연도 펼쳐진다. 인근에 만경강수변생태공원이 있다.

무엇을 먹고 어디서 잘까

고산자연휴양림(063-263-8680)에서는 숲 속의 집과 카라반 등 다양한 숙박 시설을 이용할 수 있다. 한옥 체험을 하고 싶으면 아원고택(063-241-8195)에서 묵으면 좋다. 경남 진주의 250년 된 한옥을 종남산 자락 아래로 옮겨 지은 고급 한옥게스트하우스다. 전통 한옥스테이 소양고택(010-3641-7941)도 가볼 만하다. 고향의 맛이 담긴 음식을 맛보고 싶으면 봉동읍 한식뷔페 새참수레(063-261-4276)를 찾아가면 된다. 마을 어른들이 준비한 '제대로 된' 식사를 할 수 있다. 고산미소시장에는 완주한우협동조합에서 운영하는 고산미소한우(063-261-4089)가 있다. 저렴한 가격에 육즙이 풍부하고 육질이 부드러운 한우를 맛볼 수 있다.

해무에 가린 신비의 섬에서 꿈을 꾸다

충남 보령 외연도

신비의 섬, 때 묻지 않은 섬, 열 가지 보물을
간직하고 있는 섬 등으로 불리는 외연도. 이름이 무색하지 않게
섬은 연기 같은 해무에 반쯤 가려져 있었다.

이번 바닷길에는 비가 내려도 괜찮겠다는 생각이 들었다. 무단히 몸과 마음을 적시고 싶은 날도 있는 것이니. 하지만 구름은 저만치 물러나 멀고 하늘은 비질이라도 한 듯 말끔했다. 배가 외해로 나갈수록 물은 짙푸르게 깊어갔다. 하늘과 바다는 서로를 비춰보며 닮아가는 연습을 하고 있었다.

외연도로 가는 뱃길은 멀고도 멀었다. 내내 따라오던 섬들도 모두 돌아가고 망망대해에서 시선의 방향을 잃을 무렵 섬 하나가 나타났다. 해저 깊이 숨어 있다 불쑥 솟아오른 듯, 느닷없는 만남이었다.

외연도外煙島라는 이름이 무색하지 않았다. 섬은 연기 같은 해무海霧에 반쯤 가려져 있었다. 통지도 없이 들이닥친 무례한 객에게 얼굴을 온전히 보여주지 않겠다는 결기까지 엿보였다. 신비의 섬, 때 묻지 않은 섬, 열 가지 보물을 간직하고 있는 섬 등으로 불리는 외연도. 첫발을 딛는 순간 나는 불현듯 섬이 되었다.

전형적인 어촌 마을이다. 선착장 한쪽에서는 노인들이 빈 시선으로 시간을 되새김질하고 어부들은 그물을 꿰매고 있다. 그들 사이를 지나 골목길로 들어선다. 담벼락에 그려진 그림들이 눈길을 잡는다. 물고기, 꽃, 나무…. 바다에서, 숲에서 금방 걸어 나오기라도 한 듯 생생하다.

트레킹은 상록수림이 있는 당산을 거쳐 해안을 돌아오는 '탐방로 코스'를 택한다. 당산은 섬의 유일한 학교인 외연도초등학교를 거쳐 올라간다. 숲으로 향하는 계단을 다 오르기도 전에 탄성이 절로 나온다. 후박나무, 동백나무 같은 상록수들이 빽빽하게 들어서서 우람한 자태를 뽐내고 있다. 원시림으로 걸어 들어가는 느낌이다. 햇살을 껴안은 연초록 잎들이 몸을 뒤치며 반짝거린다.

숲의 모든 생명은 향기로 객을 맞는다. 풀들도 누웠다 일어설 때마다 자신만의 향기를 내뿜는다. 키 큰 나무들은 새들을 어깨에 얹고 삶을 예찬한다. 동백나무는 늦게 핀 붉은 꽃들을 뚝뚝 내려놓는다.

(위)당산에서 바라본 외연도항 전경.
(아래)해안트레킹의 첫 코스인 고라금.

계단을 따라 올라가 당집 앞에 선다. 중국 땅 제나라에서 온 전횡이라는 장군을 모시는 사당이다. 슬며시 당집을 들여다보며 바다에 기대어 살아온 마을 사람들의 염원을 읽는다. 돌아보니 저만치 마을이 보인다. 한없이 평화로워 보이지만 저 속에 어찌 고난과 눈물이 없으랴. 무거운 생각들을 내려놓으며 숲 속을 이곳저곳 걷는다.

다시 학교 앞으로 내려와 오른쪽으로 방향을 잡는다. 해안 트레킹 코스 중 맨 먼저 목적지로 삼은 곳은 고라금이다. 길옆의 텃밭에는 채소들이 올망졸망 키를 키우고 있다. 농지가 많지 않은 섬에서는 그조차도 희망과 낙이 될 터이다. 마을 끝에 있는 공원을 지나 발전소에서 고개를 넘으면 고라금이다. 서걱서걱 대나무들의 노래를 들으며 걷는다. 섬을 감싸고 있던 안개가 서서히 걷혀간다. 이제는 나를 받아들이겠다는 뜻이겠지? 혼자 해석하고 혼자 흐뭇해한다.

언덕을 거의 내려갈 무렵 대숲 사이로 바다가 활짝 펼쳐진다. 산속에서 느닷없이 개활지를 만난 듯 시야가 환해진다. 옥빛? 코발트? 갯벌이 없는 곳이라 그런지 물이 한없이 맑다. 해변에는 크고 작은 몽돌들이 수없이 깔려 있다. 누구랄 것도 없이 하나같이 둥글다. 파도가 다녀가며 남겨놓은 지문들이다. 어떤 것들은 칼로 내려치기라도 한 듯 동강이 나 있다. 자연이 남긴 힘의 증거 앞에 사람이 얼마나 유한하고 보잘것없는 존재인지 확인한다.

고라금에서 나와 오른쪽으로 올라가면 이 섬의 두 번째 높은 산인 망재산으로 연결된다. 키 큰 사내 하나가 그림자를 끌며 숲길로 모습을 감춘다. 나는 누적금으로 가는 왼쪽 길을 택한다. 오솔길이 주는 평화가 몸으로 들어와 안온과 활력이 된다. 골고루 나눠줘야 할 5월의 초록을 모두 이곳에 뿌려놓은 듯 눈이 부시다. 누적금은 해변에 우뚝 서 있는 바위가 마치 볏단을 쌓아놓은 모습, 즉 노적가리를 닮았다고 해서 붙여진 이름이다. 이곳 역시 몽돌해변이 펼쳐져 있다. 안개가 걷힌 세상은 잘 닦아놓은 사기그릇처럼 반짝거린다. 몽돌을 애무하는 파도 소리가 노래처럼 들린다.

조금 뒤로 물러나 큰 바위 위에 앉는다. 지그시 눈을 감고 시간을 눅인다. 이곳에서는 급할 일도 없고 찾는 사람도 없다. 시간은 스스로 걸음을 늦춘 지 오래다. 나는 수많은 돌 중 하나일 뿐이다. 조금 지나면 몸도 마음도 둥글둥글해질 것 같다. 아무리 쇳덩이 같은 고통도 시간 앞에서는 풍화되기 마련. 사랑도 미움도 다르지 않다. 그러니까 사는 것이다. 시종始終이 한 치도 다르지 않다면 견디는 것 자체가 불가능할지도 모른다. 시간에 기댈 것은 기대어놓고 기다려볼 일이다.

몸을 일으켜 다시 걷는다. 한 땀 한 땀 바느질하듯 걷는다. 휙휙 지나치기에는 너무 아까운 풍경이다. 길옆으로 찔레가 지천이다. 곧 하얀 꽃과 달콤한 향기가 천지간에 그득할 것이다. 언덕 하나를 넘으니 다시 바다가 나타난다. 돌삭금이다. 이곳의 바위들은 크기가 다양하다. 큰 것은 거의 집채만 하다. 변성암, 화강암, 퇴적암 등 돌의 성격에 따라 색깔도 달라진다. 하지만 파도에 씻기고 씻겨 하나같이 순한 모습이다. 저만치 보이는 봉화산은 구름을 모자 삼아 쓰고 있다. 바다 한가운데로 고래 한 마리가 유유히 헤엄쳐간다. 고래를 닮았다는 고래섬이다.

작은명금을 지나 큰명금으로 간다. 햇빛에 반짝이는 몽돌들이 금처럼 보인다고 해서 붙은 이름이 명금이다. 정말로 수많은 금덩이가 바닷가에 굴러다니는 것처럼 보인다. 이만큼 큰 돌들이 이 정도로 깎이기까지 얼마나 많은 파도와 바람과 시간이 다녀간 것일까. 크기도 다양하지만 돌의 재질도 가지가지다. 마치 몽돌박물관에 와 있는 것 같다.

돌삭금에서 작은명금, 큰명금으로 가는 길은 황홀할 정도로 아름답다. 이런 풍경 앞에서는 자주 말을 잃고 만다. 하긴, 이런저런 수식어가 필요한 풍경은 극치의 아름다움이라고 하기 어려울 것이다. 언덕에 양탄자처럼 펼쳐진 초지와 시원한 바다, 그리고 구름을 두른 봉화산. 유년기에 잃어버린 꿈속으로 데려다주기라도 할 것처럼 푸른색 일색이다. 선경仙境이 있다면 바로 이런 풍경이겠지.

큰명금을 벗어나 약수터로 올라간다. 이 약수터는 야영객들의 식수원이기도 하다. 그냥 지나칠 수야 없지. 바가지에 물을 받아 한 모금 마신다. 아! 시원하다. 오장육부에 담아온 속세의 티끌이 말끔하게 씻겨 내려가는 기분이다. 봉화산 산허리, 전망이 가장 좋은 곳에 벤치를 설치해놓았다. 그냥 지나갈 수 없을 정도로 매력적인 풍경이다. 벤치에 앉으니 바다가 한눈에 들어온다. 내가 지금까지 걸어온 길은 여전히 바다를 따라 구불구불 걷고 있다. 흔적은 남아 있지 않지만, 저 길은 내가 지나갔다는 사실을 기억하고 있을 것이다. 나 역시 저 길을 그리움으로 담아갈 테니. 길과 사람은 그렇게 만나고 헤어진다.

이곳에서 내처 올라가면 봉화산 정상으로 가는 길이 나온다. 하지만 나는 노랑배로 가는 길로 접어든다. 오늘 트레킹의 종착점이 그곳이다. 기어이 정상까지 올라가겠다고 욕심낼 일은 아니다. 걷는 것은 정복을 목적으로 하는 것이 아니라 행복을 찾아가는 행위이기 때문이다. 주어진 시간만큼, 그리고 체력만큼 걷다가 떠나온 곳으로 돌아가면 된다. 길에는 늦게 피었다 진 동백꽃들이 혈흔처럼 새겨져 있다.

언덕길을 올라 전망대에 선다. 바다는 석양을 받아 금빛으로 반짝거린다. 오른쪽으로는 대청도와 중청도가 손에 잡힐 듯 가깝고, 왼쪽 당산 너머로 팔색조가 산다는 횡견도가 희미한 자태로 길게 누워 있다. 가까이에는 상투바위와 매바위가 점안點眼이라도 하듯 풍경을 완성하고 있다. 그리고 눈앞으로 돌삭금, 작은명금, 큰명금이 보인다.

일단 풍경을 내려놓고 노랑배를 보러 내려간다. 해안 절벽에 돌출된 바위가 노란 뱃머리를 닮았다고 해서 붙은 이름이다. 전에는 해적의 출몰이 잦은 곳이었다고 한다. 바위까지 내려갈 수는 없고 전망대에서 봐야 한다. 병풍바위도 있다고 하는데 전망대 쪽에서는 보이지 않는다.

오늘의 트레킹은 여기서 접어야 한다. 마을에서 정해놓은 탐방로의 종점이기도 하다. 험해지는 길을 따라 계속 가면 마당배가 나오고 섬을 대부분 일주할 수 있지만, 그 역시 욕심대로 할 일은 아니다. 나머지 구간은 '위험한 길'이라는 경고문도 붙어 있다. 해가 조금씩 기울기 시작한다. 중간에 시간을 너무 많이 썼나? 아니, 잘한 일이다. 시간에 걸음을 담보 잡히지 않았으니 최고의 하루를 보낸 것이다. 무엇을 더 보느냐가 아니라 내가 얼마나 행복한 시간을 보냈느냐가 중요한 법이니.

해가 지는 쪽을 향해 천천히 걸어 내려간다. 아! 장엄한 풍경이다. 지는 것이 이렇게 아름다울 줄이야. 걸음을 멈추고 풍경 속으로 스며든다. 단 1초도 의미 없는 순간은 없다.

외연도에 가면

열 가지 보물을 가진 섬—상록수림 유명

외연도는 충남에서 가장 서쪽에 있는 섬이다. 대천연안여객선터미널에서 53킬로미터 떨어져 있으며 여객선을 타고 2시간 15분 정도 걸린다. 면적은 1.53제곱킬로미터이고 해안선 길이는 8.7킬로미터로 크지 않은 섬이다. 주변의 횡견도, 대청도, 오도, 수도, 황도 등과 함께 외연열도外煙列島를 구성한다. 섬의 남쪽 선착장을 중심으로 마을이 형성돼 있는데 총 168가구 520명이 산다. 외연도초등학교에는 열한 명의 재학생이 있다.

천연기념물 136호로 지정된 상록수림.
동백나무, 후박나무, 상록수와 팽나무 등
낙엽활엽수가 주종을 이루고 있다.

외연도는 그리 널리 알려진 섬은 아니었는데, 2007년 문화관광부가 청산도, 매물도와 함께 '가고 싶은 섬'으로 선정하면서 많은 사람이 찾고 있다. CNN이 '대한민국 가장 아름다운 섬 33선'으로 뽑기도 했다. 안개, 일출과 일몰의 두 얼굴의 태양, 몽돌, 수만 년 바다의 시간을 말해주는 바위 등을 들어 열 가지 보물을 가진 섬이라고 부른다.

외연도는 당산의 상록수림으로도 많이 알려져 있다. 천연기념물 136호로 지정된 이 숲은 우리나라의 대표적인 상록수림 중 하나로 남서부 도서의 식물군을 한눈에 살펴볼 수 있는 귀중한 자원이다. 동백나무, 후박나무 등 상록수와 팽나무 등 낙엽활엽수가 주요 수종을 이루고 있다. 수백 년 된 동백나무는 옛날에 마을 사람들이 남쪽을 왕래하며 가져다 심은 것이라고 전해진다. 중국에서 온 전횡田橫 장군이 심은 것이라는 전설도 있다.

전횡은 제齊나라가 망하자 한漢나라의 추격을 피해 500여 명의 군사를 이끌고 이 섬에 온 인물이다. 그는 사신이 항복할 것을 강요하자 섬 주민과 군사들의 생명을 지키기 위해 낙양으로 가서 스스로 목숨을 끊었다고 한다. 그 후 섬사람들은 이곳 당산에 그의 사당을 세우고 수호신으로 받들어 제사를 지내고 있다. 그 전통은 400여 년 동안 이어져 내려와, 지금도 매년 음력 2월 보름이면 소 한 마리를 통째로 잡아 제를 지낸다.

당산제와 관련해 또 하나의 독특한 문화가 있다. 바로 해막이라는 것인데, 당제를 지내는 동안 출산이 예상되는 여성을 마을 밖

바닷가의 몽돌.

으로 피신시킬 수 있도록 만들어놓은 오두막이다. 당제 날짜가 잡히고 제물을 구하기 위해 배가 뜨면 임신을 하거나 월경 중인 여성들은 '피 부정'을 막기 위해 스스로 해막으로 피했다고 한다. 당제 기간에는 누구도 해막에 가면 안 되기 때문에 전해야 할 말이 있으면 해막이 보이는 먼 곳에서 소리를 질러 전달했다. 해막은 방 한 칸, 부엌 한 칸으로 구성돼 있는데 당제가 시작되기 며칠 전부터 가족들이 식량과 땔감 등을 옮겨놓았다. 봉화산 중턱 노랑배로 가는 곳에 해막의 흔적이 남아 있다.

외연도 여행의 백미는 해안선을 따라 걷는 트레킹이다. 보통은 당산을 거쳐 내려와 고라금→누적금→돌삭금→작은명금→큰명금→약수터→해막→노랑배→선착장으로 이어지는 탐방로를 걷는다. 이 구간은 길을 잘 조성해놓아서 누구든지 풍경을 즐기며 편안하게 걸을 수 있다. 큰명금을 거쳐 노랑배에 이르는 2킬로미터 구간에 목재 덱이 설치돼 있고 주요 포인트에는 안내판도 세워놓았다. 등산을 좋아하는 사람들은 봉화산(279미터)과 망재산(171미터)을 오르기도 한다. 정상에 서면 외연열도가 한눈에 들어온다. 고라금, 누적금, 돌삭금 등 경관이 좋은 곳마다 야영객들을 위한 덱을 설치해놓았다.

무엇을 먹고 어디서 잘까

대어민박(041-963-5006), 햇살민박(041-931-5985), 덕산펜션민박(041-934-8433), 여기서민박(010-3457-1971) 등 민박집이 여럿 있다. 외연도어촌계여관식당

(041-931-5750), 외연식당민박(010-2455-7950)처럼 숙박과 식당을 겸하는 곳도 있다. 부녀회에서 운영하는 외연도펜션(010-9401-5044)은 시설이 깔끔하다. 추억식당(010-3472-7008), 바다식당(010-7270-8948) 등은 섬 고유의 맛이 듬뿍 들어 있는 밑반찬과 함께 어부가 직접 잡아온 광어, 농어, 우럭 등 자연산 회를 내놓는다.

'1800년의 길'에서 옛사람들을 만나다

경북 영주 죽령옛길 + 소수서원

죽령옛길에는 곳곳에 역사의 흔적들이 남아 있다.
소수서원은 이 땅에 세워진 첫 사립교육기관으로,
시간을 거슬러 올라가는 길이다.

5월이 고개를 넘는다. 봄을 유기遺棄라도 하고 떠날 듯 돌아보는 법 한번 없다. 시간이 서두르니 사람도 덩달아 숨 가쁘다. 얼떨결에 달려가다 돌아보면, 잠시 아득해진다. 대체 나는 어디로 가고 있는 걸까? 모든 게 덧없어 보이는 날이 있다.

그런 때 찾아가는 곳이 있다. 역사의 길, 사색의 길, 치유의 길이라고 나 홀로 이름을 붙인 곳. 소백산이 치마 끝을 살며시 펼쳐 길 하나 내준 곳. 바로 죽령옛길이다. 이 길을 걷다 보면 세파에 찌든 몸과 마음이 순백에 가깝도록 탈색되는 것을 실감할 수 있다.

충북 단양에서 경북 풍기로 넘어가는 길. 세상은 머리를 감고 나온 새댁처럼 싱그럽다. 어제 비가 내린 까닭이다. 나무는 바람에 몸을 맡겨 삶의 무게를 털어낸다. 산들은 농담濃淡을 앞세워 인생길의 원근遠近을 가르친다. 열어놓은 차창으로 아카시아 향이 쏟아져 들어온다. 기어이 차를 세운다.

죽령옛길

소백산역에 주차한 뒤 행장을 꾸린다. 귓전을 간질이는 물소리, 새소리를 따라 소백산의 품에 든다. 5월의 산은 비축했던 푸른 물감을 아낌없이 쏟아부었다. 발자국까지 푸르게 찍힐 것 같다. 산자락에 일궈놓은 과수원을 지난다. 사과꽃은 어느덧 지고 손톱만 한 사과가 매달렸다. 아주머니 몇 명이 나무 아래에서 열매를 솎아주고 있다.

몇 년 전 사과꽃이 만발했을 때도 이 길을 지났다. 풍경에 마음을 빼앗겨 오랫동안 입을 열지 못했다. 화려하지 않은 꽃이 그렇게 아름다울 수 있다는 사실을 처음 알았다. 사과꽃이 필 무렵에는 민들레도 절정을 이룬다. 이곳의 민들레는 유난히 탐스러운 데다 흰 꽃과 노란 꽃이 함께 어울려 핀다. 서로를 경계하거나 배척하는 기색은 없다. 사람살이도 그랬으면 얼마나 좋을까 하는 마음에 오래 서서 바라보았다.

과수원을 벗어나면 산길이 본격적으로 열린다. 길은 가파르거나 각박하지 않고 넉넉하게 품을 내준다. 늘어진 다래 덩굴 아래를 사열하듯 걷는다. 흙길의 감촉이 굳어버린 몸을 부드럽게 풀어준다. 아직 짝을 찾지 못한 것일까? 뻐꾸기 하나가 진양조장단으로 목이 멘다.

죽령옛길에는 곳곳에 역사의 흔적들이 남아 있다. 과거에는 마방馬房과 주막이 들어설 정도로 큰길이었다. 걷는 내내 옛사람들과 만난다. 이 길을 뚫었다는 죽죽, 잃어버린 땅을 찾으러 왔던 온달, 통일을 꿈꾸던 왕건…. 어찌 이름 있는 이들만 걸었으랴. 이 고개를 넘어야 가족의 한 끼가 해결되는 백성도 있었을 테고, 보따리를 탐하는 산적도 있었으리라. 중간중간 역사적 사실이나 전설들을 입간판으로 세워놓아 읽으면서 걷는 재미가 쏠쏠하다.

길은 작약이 흐드러진 모퉁이를 지나더니 숲으로 머리를 감춘다. 나도 걸음을 재게 놀린다. 다시 덩굴 터널을 지나고 침엽수림을 지난다. 등에 기분 좋을 만큼 땀이 밴다. 잠시 길가 벤치에 앉는다. 햇빛을 머금은 숲은 온통 금빛이다. 향기를 듬뿍 안은 바람과 계곡의 냇물 소리가 금세 땀을 거둬간다. 바람 소리, 물소리, 새소리는 경계 없이 조화를 이룬다. 누구도 앞질러 가려 하지 않는다. 1등을 꿈꾸지도 않는다. 누가 이곳에서 아픔과 슬픔과 불행을 이야기하랴. 마냥 게을러지고 싶다.

한결 가뿐해진 몸으로 다시 걷는다. 곳곳에 야생화가 피었다. 현호색, 괭이눈, 제비꽃, 산자고, 꿩의바람꽃… 계절 따라 누구는 피고 누구는 지고. 그들과 눈을 맞추느라 걸음이 더뎌진다. 길가의 돌무더기에서 간절한 소망을 읽는다. 이름 있는 이들도, 이름을 묻어두고 하루하루 살아내야 하는 이들도 소망은 있었을 것이다. 그들의 염원이 하나씩 쌓이고 쌓여 돌무더기가 되고 돌탑이 되었을 것이다. 그러다 세월 따라 무너지고 또 쌓이고….

어느덧 주막 터에 닿는다. 죽령고갯길은 사람의 왕래가 많았던 만큼 주막도 많았다. 무쇠다리 주막거리, 고갯마루 주막거리, 느티정 주막거리가 있었고, 이곳은 주점 주막거리라고 했다. 탁주 한 잔을 들이켜며 땀을 들이는 장사꾼, 점잖게 앉아 국밥으로 허기를 끄는 선비, 여기저기 부르는 소리에 종종걸음을 치는 주모…. 그들의 모습이 거기 있을 것 같은데, 아무리 둘러봐도 바람 소리뿐이다. 여기저기 돌아보다 무너진 돌무더기에서 흘러가버린 시간을 확인하고 돌아선다.

느닷없이 침엽수림이 나타난다. 소나무와 전나무를 닮은 일본잎갈나무다. 이 나무에도 사연이 있다. 일제는 죽령고갯길을 통해 숱한 문화재와 물자를 수탈해갔다고 한다. 전쟁에 쓰기 위해 소나무도 베어갔다. 그리고 그 자리에 심은 것이 일본잎갈나무다. 오욕의 역사는 이 깊은 골짜기까지 문신처럼 새겨져 있다.

길이 가팔라지는 걸 보니 고갯마루가 머지않았다. 사위는 고요 속에 깊이 잠겨 있다. 고요할수록 나는 작아진다. 자연 속에 들고서야 내가 얼마나 미미한 존재인지 알게 된다. 숨이 가빠질 무렵 구름을 모자 삼아 쓰고 있는 죽령루竹嶺樓가 나타난다. 내내 진양

죽령옛길의 마지막 지점에서 만나는 죽령루.

조장단으로 흐르던 뻐꾸기 울음이 자진모리장단으로 바뀐다.

고개의 정상에 선다. 여기가 바로 죽령이다. 왼쪽으로 가면 충청북도고 오른쪽으로 가면 경상북도다. 소백산자락길은 계속 이어지지만 여기서 걸음을 멈춘다. 조금 전 올라온 길을 돌아본다. 걸음 빠른 사람에게는 한 시간이면 너끈한 길이지만, 결코 짧지만은 않은 길이다. 땀을 흘린 것과 비례해서 몸과 마음은 가뿐해졌다. 바람 타고 올라온 고광나무꽃 짙은 향기가 코끝을 간질인다.

소수서원

시간을 거슬러 올라가는 길이다. 이 땅에 세워진 첫 사립교육기관 소수서원. 의미가 가볍지 않다. 그 무게를 상징하듯, 입구에서 만나는 아름드리 소나무들조차 예사롭지 않다. 마치 용들이 비상을 꿈꾸는 듯, 기상이 하늘을 찌른다. 죽계천으로 내려가다 조금 어색하게 서 있는 당간지주 한 쌍과 만난다. 유교의 상징이라고 할 수 있는 서원에 당간지주라니? 설명을 보고서야 고개를 끄덕인다. 소수서원 자리는 본래 숙수사宿水寺라는 절이 있던 곳이라고 한다. 유교가 융성하면서 터전을 빼앗긴 셈이다.

징검돌을 하나씩 건너 취한대로 향한다. 다리 중간쯤에 서서 냇물에 비친 풍경을 눈에 담는다. 누가 소수서원에서 가장 아름다운 풍경을 물으면 서슴없이 이곳을 꼽을 것이다. 낙락장송과 취한대와 흘러가는 물이 어우러져 말 그대로 한 폭의 그림을 연출한다. 퇴계 이황이 세웠다는 취한대는 공부에 지친 선비들이 잠시 쉬며 휴식하던 곳이라고 한다.

서원으로 돌아와 500년도 넘게 살았다는 은행나무 아래 선다. 내 건너편 바위에 새겨놓은 글자들이 또렷이 눈에 들어온다. 붉은 글씨로 敬(경) 자를, 흰 글씨로 白雲洞(백운동)이라 새겨놓았다. 경 자는 공경과 근신의 자세로 학문에 집중한다는 뜻이라고 한다. 백운동서원은 소수서원의 본래 이름이다. 시간에 얹혀 사람은 떠났어도 품었던 뜻은 바위에 새겨져 생생하게 전해진다.

경렴정을 지나 지도문으로 들어선다. 맨 앞에 강학당이 있다. 이 공간은 유생들이 강의를 듣던 곳이다. 그 뒤로는 선비들의 기거 공간인 일신재와 직방재가 있고 오른쪽으로 가면 학구재, 지락재와 만난다. 유생들이 호연지기를 기르던 곳이다. 이곳저곳을 돌아보며 과거에 일어났을 장면들을 머릿속에 그려본다. 얼마나 많은 젊은이가 청운의 꿈을 품고 이곳을 찾았을까.

제사를 지내는 공간인 제향 영역을 거쳐, 영정각으로 들어가 선인들의 초상과 만난다. 이곳에는 우리나라 성리학의 시조로 불리는 안향과 서원을 세운 주세붕 등의 초상이 있다. 시공을 초월해 옛사람들의 이야기를 듣는 것은 행복한 일이다. 누구는 충의를 이야기하고 누구는 예를 이야기하고 누구는 인간의 도리를 이야기한다. 시간이 아무리 흘러도 사람 사는 이치야 어찌 변할까. 오래전 유생들이 걸었을 길 위에 발자국을 얹어본다.

소수서원으로 들어가다 보면
아름드리 소나무들이 먼저 반긴다.

죽계천에서 바라본 소수서원.

그 밖에 가볼 만한 곳

소수서원 바로 곁에 선비촌이 있다. 유교문화를 직접 학습할 수 있도록 조성한 전통 민속마을이다. 선비촌을 이루는 12채의 고택은 영주시 관할 여러 마을에 흩어져 있던 기와집과 초가집을 복원해놓은 것이다. 산책로를 따라 조선 시대의 전통 가옥들을 둘러보며 각종 체험도 하고 다양한 음식을 즐길 수 있다.

소수서원 인근에 금성대군 신단이 있다. 단종 복위를 추진하다 순흥으로 유배된 금성대군은, 순흥부사 이보흠 등과 거사를 도모하다 발각되어 참형을 당하고 말았다. 이곳에는 금성대군 신단, 순의비殉義碑 외에도 거사 모의에 참여했다가 함께 처형당한 이보흠과 지역 선비들을 추모하기 위한 제단이 있다.

죽령옛길에 가면

158년 개설—고구려, 신라 치열한 쟁탈전

경북 영주시 풍기읍과 충북 단양군 대강면의 경계에 있는 죽령옛길은 영남과 호서를 연결하는 고갯길 중 가장 동쪽에 있다. 고갯마루의 높이는 해발 698미터. 『삼국사기』에는 '신라 아달라왕 5년(158년) 3월에 비로소 죽령길이 열리다'라고 기록돼 있다. 『동국여지승람』에는 '아달라왕 5년에 죽죽이 죽령길을 개척하다 지쳐서 순사했고 고갯마루에는 죽죽의 제사를 지내는 사당이 있다'고 기록돼 있다. 길을 연 죽죽을 기리기 위해서 죽령이라고 불렀다는 것을 짐작하기 어렵지 않다.

죽령 일대는 고구려와 신라가 빼앗고 빼앗기는 각축을 벌였던 곳이다. 『삼국사기』에는 신라 진흥왕 12년(551년)에 신라가 백제와 연합하여 죽령 이북 열 고을을 탈취했다는 기록이 있다. 또 고구려 영양왕 1년(590년)에 온달 장군이 군사를 이끌고 나가면서 "죽령 이북의 잃은 땅을 회복하지 못하면 돌아오지 않겠다"고 다짐했다는 기록도 있다.

자동차 도로가 개설되기 전까지 죽령고갯길은 무척 중요한 교통로였다. 경상도 동북지방에서 한양을 오갈 때는 모두 이 길을 이용했으니, 과거를 보러 가던 선비나 보부상들이 사시장철 넘나들었다. 오가는 사람이 많아지면서 길손들을 위한 주막과 마방이 들어서서 문전성시를 이뤘다. 결국 산적까지 횡행하게 됐고, 그들을 소탕하는 데 공헌했다는 '다자구할머니 전설'도 전해져 내려오고 있다.

하지만 1941년 중앙선 철도가 개통되고, 1960년대 들어 포장도로가 신설되면서 죽령고갯길은 세상에서 점차 지워지게 됐다. 그러다 옛길의 문화적 가치가 새롭게 부각되고 걷기 열풍이 불면서 찾는 사람들이 많아졌다. 2007년 12월 17일 명승 제30호로 지정됐다.

죽령옛길은 '소백산자락길' 3자락의 한 구간이기도 하다. 소백산

자락길은 소백산둘레에 있는 경북 영주시·봉화군, 충북 단양군, 강원도 영월군의 3도 4개 시·군 143킬로미터를 잇는 길로 모두 12자락으로 구성돼 있다.

소수서원은 우리나라 최초의 서원이다. 1542년(중종 37년) 풍기군수 주세붕周世鵬(1495~1554)이, 고려 말의 유학자이자 최초의 성리학자인 안향이 태어나 공부하던 이곳 백운동에 사당을 설립하고 사당 동쪽에 백운동서원을 설립한 데서 비롯됐다.

그 후 퇴계 이황이 풍기군수로 부임하여 1550년(명종 5년)에 조정에 건의, '紹修書院(소수서원)'이라는 현판을 하사받아 최초의 사액서원이 되었다. 사액서원은 왕으로부터 책, 토지, 노비를 하사받고 면역의 특권을 갖는다.

죽계천변의 '경敬 자 바위'에는 슬픈 이야기가 전해져 온다. 금성대군의 단종 복위 거사가 밀고로 실패하면서 순흥도호부민들까지 참화를 당하게 된다. 희생당한 백성들의 시신이 이곳 죽계천에 수장된 뒤 밤마다 억울한 넋들의 통곡이 그치지 않았다. 이에 풍기군수 주세붕이 경 자 위에 붉은 칠을 하고 정성을 다해 제사를 지냈더니 울음소리가 그쳤다고 한다.

소수서원 경내에는 강학당, 장서각 등의 옛 건물들이 있으며 국보 제111호인 회헌 초상과 보물 5점 등 많은 유물이 소장돼 있다.

무엇을 먹고 어디서 잘까

선비촌 고택 체험(054-638-6444)을 해볼 만하다. 김상진 가옥, 해우당고택, 안동장씨 종택, 두암고택 등의 한옥과 김구영가, 가람집 등의 초가집 중에 선택할 수 있다. 사전에 예약해야 한다. 그 밖에도 영주에는 괴헌고택(054-636-1755), 덕산고택(054-637-4529) 등 고택 체험을 할 수 있는 곳이 여럿 있다. 죽령옛길 인근에는 죽령옛길펜션(054-634-7732) 등이 있다. 죽령 정상의 죽령주막은 주막정식과 비빔밥 등을 내놓는다. 선비촌에 있는 선비촌수랏간, 선비촌종가집 등에서는 한정식을 주메뉴로 한다.

구름을 지나 천상의 화원에 들다

강원 정선 만항재 + 정암사

자동차가 갈 수 있는 포장도로 중 가장 높다는 곳 만항재에서
정암사는 지척이다. 절의 규모는 알려진 이름에 비해
그리 크지 않고 아주 단출하다.

하늘과 가장 가까운 곳으로 가고 싶었다. 펄럭거리는 마음 자락 맑은 바람에 걸어놓고, 축축하게 젖은 날들을 말리고 싶었다. 널어놓은 마음이 햇볕에 바랜 옥양목처럼 희게 빛날 때까지 기다릴 수 있는 곳이 필요했다.

지도를 펴들고 고른 곳이 만항재였다. 해발 1,330미터. 자동차가 갈 수 있는 포장도로 중 가장 높다는 곳. 높다고 알려진 지리산 정령치(1,172미터)나 강원도 평창-홍천의 경계선인 운두령(1,089미터)도 한 수 접고 들어간다는 곳.

새벽부터 서두른 이유는 안개와 만나고 싶었기 때문이다. 더듬더듬 안개의 심장까지 걸어 들어가면, 그리워하는 것들이 모두 거기 있을 것 같았다. 하지만 안개는 만날 수 없었다. 대신 구름과 푸른 숲이 기다리고 있었다. 낮게 드리운 구름을 지나 푸르게 빛나는 숲으로 빠져 들어갔다.

만항재

휴게소 앞에 차를 세우고 잠깐 길을 잃었다. 차를 타고 오를 수 있는 가장 높은 곳에 도착한 건 분명한데, 어디로 가야 할지 막막하다. 하늘을 헤엄치던 물고기 닮은 구름은 여전히 머리를 서북쪽으로 두고 있는데 나는 방향을 잡지 못한다. 이제야 드는 생각. 어쩌면 길을 잃기 위해 여기까지 온지도 모르겠구나. 그동안 알던 세상의 모든 길을 지우고 새로운 길을 열기 위해. 조금 안도가 된다.

길을 건너 숲으로 간다. 기다리기라도 했다는 듯 야생화들이 반긴다. 그 한가운데로 길이 나 있다. 하늘숲공원이라는 입간판을 보고서야 조금 전 왜 길을 잃었는지 알아챈다. 나는 지금 하늘숲에 와 있구나. 하늘에 내가 아는 길이 있을 턱이 없지. 쭉쭉 뻗은 낙엽송 아래로 자그만 공원이 있다. 한가운데에 탁자와 벤치들이 놓여 있다. 낙엽송이 주인인 숲은 서늘한 품을 열어 객을 맞이한다. 풀과 꽃들은 향기를 풀어 환영 인사를 한다.

숲 사이로 흐르는 길을 걷는다. 야생화는 아직 많이 피어 있지 않다. 만항재의 꽃들은 7~8월이나 돼야 절정을 이룬다. 하지만 그때는 사람이 너무 많다. 숲길을 걷기에는 지금이 가장 좋다. 풀들의 향기는 달콤하고 발밑을 감싸는 흙은 구름 위를 걷는 듯 부드럽다. 각지고 뾰족했던 마음이 누지근하게 풀어진다. 신이고 옷이고 거추장스러운 것들을 모두 벗어던지고 싶다.

어느 순간 놀랄 만한 풍경이 펼쳐진다. 야생화가 드문 게 아니었구나. 꽃들은 곳곳에 숨어서 피어 있다. 조금만 유심한 눈으로 보면 보이는 것들. 귀한 것들은 그렇게 그늘 속에 몸을 감추기 일쑤다. 꽃쥐손이, 벌깨덩굴, 광대수염, 미나리냉이, 줄딸기, 풀솜대, 졸방제비꽃…. 여기까지가 이름을 알아낼 수 있는 한계다. 평소에 야생화 공부 좀 해둘걸. 아니다. 이름이 뭐 그리 중요하랴. 어쩌면 이렇게 하나같이 예쁠까. 비슷해 보이면서도 각기 개성 있는 꽃들이 자신의 자리에서 밤하늘의 별들처럼 빛나고 있다. 으스대지 않아서 더욱 아름답다. 벌과 나비들도 주둥이마다 꽃가루를 묻히고 이꽃 저꽃을 유영하듯 오간다. 애당초 숲은 사람의 것이 아닌 것을. 조심조심 걷는다.

하늘숲공원의 숲을 한 바퀴 돈 다음 천상의 화원으로 간다. 만항재 정상의 휴게소를 중심으로 앞쪽은 하늘숲공원이고 왼쪽 언덕 아래는 천상의 화원이다. 거기서 더 내려가면 바람길정원이 있다. 천상의 화원은 말 그대로 하늘나라의 꽃밭처럼 아름답다. 낙

숲 속 오솔길을 걷고 있는 방문객들.

엽송과 소나무 사이로 가르마처럼 뻗어 있는 길은 또 얼마나 환상적인지. 혼자 걷기 가장 좋은 길을 꼽으라면 망설임 없이 이 길을 꼽을 것이다. 오고 가는 사람 모두의 얼굴에도 웃음꽃이 가득 피었다. 가슴속에 그득 차오르는 행복을 설명하지 못해 안달이라도 난 듯하다.

던져진 돌처럼, 푸른 숲 속으로 풍덩 잠긴다. 천상에 오른 게 정말이었구나. 구름이 데려다줬을까? 아니면 바람이 밀어 올려줬을까? 바람은 꽃에게 자꾸 무어라 묻고 꽃은 무어라 대답한다. 그러다 몸을 비틀며 키득거린다. 오염된 세상에서 올라온 나는 끝내 그들의 언어를 알아듣는 데 요령부득이다. 사탕을 처음 입에 문 아이처럼, 길을 아껴가며 조금씩 걷는다. 걸음 끝 어디선가 푸른 옷을 입은 숲의 요정을 만날 것 같다.

금빛으로 내리던 햇살도 나뭇잎을 거치면서 초록이 된다. 내 심장도 지금쯤 초록으로 물들었을 것 같다. 바람길정원까지 걸어간다. 여기서 1시간 30분쯤 올라가면 함백산 정상이다. 산을 좋아하는 사람들에게는 진수성찬이 기다리고 있는 셈이다. 하지만 욕심 부릴 일은 아니다. 정상이란 말이나 정복이라는 말에 집착할 것도 없다.

숲을 한 바퀴 돌아 다시 하늘숲공원으로 간다. 벤치에 앉아 종이를 꺼내 편지를 쓴다. 가슴을 활짝 열어젖히고 숲 속에 사는 것들의 언어를 받아 적는다. 말이 안 되면 어떠랴. 수신인이 없으면 어떠랴. 쓰는 것만으로도 행복한 것을.

정암사

아침에 올라온 길을 되짚어 정암사로 간다. 만항재에서 정암사는 지척이다. 절의 규모는 알려진 이름에 비해 그리 크지 않다. 지은 지 오래지 않은 것처럼 보이는 건물 두어 채를 빼면 아주 단출한 절집이다. 경내는 고요 속에 깊이 잠겨 있다. 오로지 냇물만 소리 내어 바깥세상과 소통을 꿈꾼다.

관음전 지붕 위에 노란 들꽃이 활짝 피었다. 척박한 곳에 뿌리를 내리고도, 얼굴 한 번 찡그리지 않고 세상을 밝히는 꽃이라니. 어떤 생과 사도 부처의 가피加被로 오고 가는 것일 터. 인연의 깊은 뜻 앞에 고개 숙인다.

어디를 둘러봐도, 태초의 시간에 홀로 선 듯 적막뿐이다. 적멸寂滅의 경지, 모든 번뇌를 태워버린 경지가 이러함을 뜻하는 것일까? 걸음은 익숙한 길을 찾아가듯 적멸보궁으로 향한다. 수마노탑에 석가모니의 진신사리眞身舍利를 봉안하고 참배하기 위해 세웠다는 법당. '번뇌가 사라져 깨달음에 이른 경계의 보배로운 궁전'이란 뜻을 가졌으니, 나 같은 장삼이사에게도 무언가 가르침이 있을 터. 걸음에 경건한 마음을 더한다.

적멸보궁에 닿기 전에 먼저 발길을 잡은 것은 한 그루 주목이다. 참 이상한 일이다. 아무리 봐도 본래의 줄기는 죽었는데 그 틈에서 나온 가지들은 성성하게 뻗어 잎을 피웠다. 이게 무슨 조화란 말인가. 설명을 보고서야 고개를 끄덕인다. 1,300년 전 정암사

수마노탑. 탑 안에 석가모니의 진신사리를 봉안했다.

를 창건한 자장율사가 주장자柱杖子를 꽂아 신표로 남긴 나무인데, 오랜 시간이 지난 뒤 일부가 회생해서 성장했다는 설명이다.

천 년도 더 묵은 주장자가 살아서 가지를 뻗다니 신기하다는 말 외에 설명할 만한 문장이 없다. 주목이란 나무가 '살아서 천 년, 죽어서 천 년, 쓰러져서 천 년'이라더니 여기서 이런 이적을 보였구나. 어찌 모든 것을 논리로만 따져 물으랴. 소멸과 탄생이 각각이 아님을 알 수 있겠다.

'적멸궁寂滅宮'이라는 편액이 붙은 적멸보궁은 역시 비어 있다. 부처가 앉아 있지 않은 법당은 무언가 낯설다. 하지만 텅 비어 있으니 또 가득 차 보인다. 착시 때문만은 아닌 것 같다. 부처님이 여기 앉아 있지 않으니 온누리에 있겠구나. 깊이 허리 숙여 합장한다. 돌아서서 나오는데 마당에 함박꽃이 탐스럽게 피어 있다. 적멸의 끝에 한 송이 꽃이 필지도 모른다는 엉뚱한 생각이 머리를 맴돈다.

쏟아져 흐르는 석간수에 목을 축인 뒤, 산 중턱의 수마노탑으로 향한다. 정암사를 찾은 것은 이 탑을 보기 위해서라고 해도 과언이 아니다. 계단이 꽤 가파르다. 걸음 하나마다, 흐르는 땀 한 방울마다, 번뇌를 내려놓는다는 생각으로 천천히 오른다. 정암사 절집들이 까마득하게 내려다보일 무렵 드디어 훤칠한 탑 하나가 나타난다.

돌을 벽돌 모양으로 다듬어 쌓은 이 수마노탑에는 자장율사가 중국에서 가져온 석가모니의 진신사리를 봉안했다고 한다. 그러니 부처의 깨달음과 자장율사의 원력이 함께 깃들어 있을 것이다. 탑을 한 바퀴 돌며 돌마다 배어 있는 민초들의 소망을 읽어낸다. 그 중 가장 절실하게 가슴에 닿는 것은, 이곳 만항에 투박한 삶을 기댔을 광부들의 염원이다. 암흑 같은 현실 속에서도 한 줄기 희망을 끝내 놓지 못했을 그들. 사람은 떠나고 없지만 어느 한구석에 눈물 자국이 남아 있을지도 모른다는 생각에 세심하게 들여다본다. 탑 중간중간에는 풀과 나무가 손을 뻗어 허공을 더듬고 있다. 이 높은 곳까지 벽돌을 나르고 탑을 쌓은 것이 우연이 아니었듯, 이 또한 인연의 소치리라.

바람이 고요하니 층층마다 매달린 풍경은 달콤한 잠에 빠져 있다. 그 빈자리에 새소리 하나 들어와 살포시 앉는다. 탑돌이를 하는 여인들에게 방해가 될까 봐 슬며시 물러난다. 걸음은 속세로 향하되 마음은 남아 탑을 돈다. 온 세상에 평화를 주소서. 고통받고 아픈 이들의 손을 잡아주소서.

정암사에 가면

석가의 진신사리 봉안한 5대 적멸보궁

만항재는 강원 정선군 고한읍과 영월군 상동읍, 태백시 혈동의 3개 시·군이 경계를 이루는 함백산 중턱의 고개다. 414번 지방도를 이용해 정선과 태백 사이를 오갈 때 이 고개를 넘는다. 이곳 사람들은 예로부터 만항재를 '늦목재' 혹은 '늦은목이재'라고 불렀다.

조선 초기 경기 개풍군 광덕산 서쪽 기슭의 두문동에서 살던 주민 일부가 정선으로 옮겨와 살았다고 한다. 고려에 대한 충절을 지켰던 그들은 고향에 돌아갈 날을 기다리며 가장 높은 곳에서 소원을 빌었는데, 그때부터 이곳을 '망향'이라고 부르다가 훗날 '만항'으로 바뀌었다는 이야기가 전해진다.

고개 주변에는 봄부터 가을까지 온갖 야생화가 피고 진다. 특히 꽃이 절정을 이루는 여름이면 많은 사람이 찾는다. 7월 말부터 8월 초 사이에 야생화축제가 열린다. 개화 시기는 기후에 따라 조금씩 달라진다.

이곳에는 야생화 외에도 낙엽송(일본잎갈나무)이 장관을 이룬다. 거기에도 사연이 있다. 이 일대는 과거에 소를 키우는 목장이었다. 하지만 너무 추운 바람에 소들의 발육이 더디고 폐사율이 높아지면서 수익성이 맞지 않았다. 결국 목장이 철수하고 그 빈자리에 심은 나무가 성장 속도가 빠른 낙엽송이었다. 이곳에서 생산된 낙엽송은 인근의 석탄 광산에 갱목으로 쓰이거나 전봇대 등으로 팔려나갔다. 하지만 그것도 한때. 광산이 줄줄이 폐광하면서 방치됐던 나무들이 지금의 군락을 이루게 됐다.

또 목장의 초지였던 자리에 꽃씨가 날아와 뿌리를 내리고 꽃을 피우면서 오늘날 '천상의 화원'이라 불리는 야생화 천국이 되었다.

정암사는 통도사, 법흥사, 상원사, 봉정암과 함께 국내 5대 적멸보궁이 있는 사찰이다. 만항재 정상에서 고한 쪽으로 5.6킬로미터 떨어져 있다. 신라 고승 자장율사가 645년(선덕여왕 14년) 창건했다고 전해진다. 정암사 적멸보궁은 자장율사가 석가모니의 진신사리를 수마노탑에 봉안하고 이를 지키기 위하여 건립했다고 한다. 수마노탑에 사리가 봉안되어 있기 때문에 법당에는 불상을 모시지 않는다.

적멸보궁 뒷산 중턱에 있는 수마노탑은 보물 제410호로 지정돼 있다. 자장율사가 당나라에서 돌아올 때 가지고 온 마노석으로 만든 탑이라 하여 마노탑이라고 불린다. 마노석은 보석의 하나로 원석의 모양이 말의 뇌수를 닮았다고 하여 붙여진 이름이다. 마노탑 앞의 수水는 자장율사의 불심에 감화된 서해 용왕이 마노석을 이곳까지 무사히 실어다 주었기 때문에 '물길을 따라온 돌'이라는 뜻으로 붙은 것이다. 탑을 세운 목적은 전란이 없고 날씨가 고르며 나라가 복되고 백성이 편안하게 살기를 염원하기 위한 것이라고 한다.

탑은 돌을 벽돌처럼 다듬어서 쌓은 칠층석탑이다. 길이 30~40센티미터, 두께 5~7센티미터의 크고 작은 회록색 석회암 벽돌을 하나하나 쌓아 올렸다. 1972년 탑을 해체, 복원할 때 내부에서 사리 및 관련 기록이 발견됐다. 사적기에 신라 자장율사가 세웠다고 전해지나, 탑지석에 의하면 탑의 현재 모습은 1653년 중건 때 갖춰진 것이고, 초층의 하단은 고려 시대의 것으로 추정된다고 한다.

무엇을 먹고 어디서 잘까

메이힐스리조트(033-590-1000), 하이밸리호텔(033-592-9006), 하이원리조트(1588-7789) 등 호텔과 콘도가 여러 곳 있다. 만항재 가까이에서 묵고 싶으면 만항마을의 함백산들꽃이야기(033-591-2168)를 이용하면 된다. 해발 1,100미터에 위치한 만항마을은 닭과 오리 요리로 유명하다. 만항곤드레닭집은 토종닭 마백숙, 오리 마백숙, 곤드레돌솥밥 등을, 만항할매닭집은 토종닭 볶음탕과 토종닭 황기백숙, 옻닭, 녹두 오리백숙 등으로 유명하다. 밥상머리는 토종닭 백숙, 토종닭 볶음탕 등으로 많이 알려져 있다.

정자와 정원을 찾아가 선비를 만나다

전남 담양 죽녹원~소쇄원

돌아온 이들을 넉넉한 품으로 안아주었던 곳이 담양 땅이다.
선비들은 세월 따라 떠났지만 정자와 정원,
그들이 품었던 뜻은 여전히 남아 있다.

초여름의 산과 들은 풍요롭다. 아니, 풍만하다. 효모를 넣고 하룻밤 지낸 밀가루 반죽처럼 잔뜩 부풀어 있다. 풍만은 농염의 또 다른 이름이다. 한고비 넘어 세상을 좀 알 것 같다는 여인의 표정을 닮았다. 그 풍경 속을 달린다. 전라남도 담양으로 가는 길이다.

담양하면 정자와 정원이 먼저 떠오른다. 면앙정, 송강정, 식영정, 소쇄원, 명옥헌원림…. 유독 담양에 정자와 정원이 많은 것은 선비들이 은거했던 곳이기 때문이다. 그래서 담양으로 가는 길은 선비들을 만나러 가는 길이기도 하다.

선비는 조선왕조를 상징하는 아이콘이었다. '대의를 위해서는 칼 앞에서도 두려워하지 않는 기개'로 설명되고는 한다. 그들은 또 때가 아닌 줄 알면 물러나 자연 속에 묻혔다. 돌아온 이들을 넉넉한 품으로 안아주었던 곳이 담양 땅이다. 선비들은 세월 따라 떠났지만 정자와 정원, 그들이 품었던 뜻은 여전히 남아 있다.

죽녹원

선비와 직접 관련은 없지만 빼놓을 수 없는 정원이 죽녹원이다. 대나무의 고장인 담양의 상징이기 때문이다. 대숲에 들자마자 서늘한 기운이 몸을 감싼다. 땀이 슬그머니 꼬리를 감춘다. 2013년 조성된 이곳은 18만 3천 제곱미터의 대숲이 바다처럼 넓게 펼쳐져 있다.

숲에는 여덟 개의 오솔길이 있다. 물론 어디를 택해도 상관없다. 돌고 돌아 제자리로 돌아오기 때문이다. 전부 도는 데는 40분, 천천히 걸어도 1시간이면 충분하다. 출발지라고 할 수 있는 한옥 쉼터에서 오른쪽과 왼쪽을 놓고 잠깐 고민하다 왼쪽 길을 택한다. 국내에서 가장 크다는 맹종죽들이 도열해 있다. 속이 빈 나무들이 어떻게 이만큼 자랄 수 있을까. 고개가 아프도록 올려다본다. 정자 앞에서 길은 헤어지고 또 만난다. 한옥 체험장 방향으로 가는 길을 택한다. 이곳은 계획적으로 조성한 정원 속의 정원이다.

정자에 앉아 쉬며 스스로 풍경이 된다.

다시 대숲으로 들어간다. 가뭄 속에서도 죽순이 땅을 열고 속속 고개를 내민다. 그들에게서 강렬한 생의 의지를 읽는다. 그래, 살아야지. 살아야 실패도 성공도 해볼 것 아닌가. 살겠다는 의지 앞에서는 절망조차 희망인 것을. 대숲 안에서는 손바닥만 한 햇빛도 귀하게 보인다. 빽빽한 댓잎 사이를 뚫고 내려온 햇살을 당겨 안고서 키 작은 나무들이 자란다. 그들은 생존을 위해 잎을 자꾸 넓힌다. 그늘 속에 있으면 평소에 보이지 않던 것들이 보이기 시작한다.

인공 폭포를 지나고 정자와 쉼터, 놀이터를 지나 '운수대통길'로 접어들면 거의 한 바퀴 돈 셈이다. 생태전시관에서 대숲을 빠져나온다. 마음까지 푸르게 물든 것 같다. 찌뿌드드했던 몸도 한결 가뿐해졌다.

면앙정

누가 하늘에 비질을 했을까? 구름이 가지런하다. 숨을 헐떡거릴 만큼 계단을 오르고서야 정자 하나가 나타난다. 조선 중기의 문신 송순이 벼슬을 놓고 내려와 여생을 보낸 곳이자 「면앙정가」의 산실인 면앙정이다.

정자 주변에는 상수리나무, 굴참나무들이 울창한 숲을 이루고

송순이 머물며 「면앙정가」를 지은 면앙정.

있다. 200년이 넘은 아름드리나무들도 있다. 정자의 뒤편에 서야 이곳 풍경의 진가를 확인할 수 있다. 눈앞으로 넓은 평야가 펼쳐져 있고, 들이 끝나는 곳에서 산들이 앞서거니 뒤서거니 달려 나간다. 저곳 어디쯤이 「면앙정가」에 나오는 제월봉霽月峯이겠지. 바람결이 곱다. 뜰에 구르는 햇살도 정겹다.

마루에 앉아 시선을 멀리 둔다. 옛사람의 숨결을 느끼며 그와 같은 시선으로 세상을 바라볼 수 있다는 것은 행운이다. 기억나는 대로 「면앙정가」의 한 구절을 읊조린다.

> 无等山(무등산) 한 활기 뫼히 동다히로 버더 이셔 멀리 쎄쳐 와 霽月峯(제월봉)이 되어거날…

기둥은 낡고 마루의 주름이 깊어졌어도 옛 선비의 뜻은 여전히 청청하다. 일어나기 싫다. 참나무 굵은 가지에 그네를 매고 세월이나 띄웠으면 좋겠다.

송강정

「사미인곡」과 「속미인곡」의 고향, 송강정으로 오르는 계단은 설렘과 함께한다. 야트막한 산에 안겨 용트림하듯 키를 재는 소나무들, 그리고 그들이 내뿜는 솔 향이 예사롭지 않다. 아! 그러고 보니 이곳의 주인이 송강松江이었구나. 소나무들의 기상이 우연은 아니겠다. 송강 정철. 그는 무슨 생각을 하며 이 길을 오르내렸을까. 모르긴 몰라도 울화를 누이는 게 먼저였을 것이다. 동인-서인의 싸움 끝에 물러나 초막을 짓고 살던 곳이니 하는 말이다. 지금의 송강정은 1770년(영조 46년) 후손들이 송강을 기리기 위해 지은 것이다. 원래의 초막은 죽록정竹綠亭이라 불렀다.

역시 정자가 설 만한 풍광이다. 소나무 사이로 보이는 들판은 넓고 시원하다. 멀고 가까운 곳을 지그시 바라보며 이 자리에 서 있었을 중년의 사내를 생각한다. 권력을 잃은 뒤의 금단과 임금의 사랑을 잃은 뒤의 참담, 사람에 대한 실망은 또 오죽했으랴. 그런 고통이 「사미인곡」과 「속미인곡」의 뿌리가 되었을 것이다. 그러고 보면 시련이 꼭 나쁜 것만은 아니다.

명옥헌원림

연못이 먼저 손 내밀어 객을 맞이한다. 그 한가운데 인공 섬이 있다. 그리고 눈에 들어오는 울울한 숲. 굵은 몸통의 소나무들이 읍揖으로 인사한다. 하지만 이 숲의 주인공은 어디까지나 배롱나무다. 늙은 나무들은 단장을 짚고, 금방이라도 누울 듯 시간을 견디고 있다. 배롱나무꽃은 아직 피지 않았다. 뒷산 뻐꾸기가 꽃을 내라 자꾸 조르지만 묵묵부답이다. 7월이나 돼야 꽃잎을 열어 석달 열흘 동안 세상을 붉게 물들일 것이다.

명옥헌원림은 조선 중기의 문신 오희도를 기리기 위해 그의 넷째 아들인 오이정이 조성했다. 언덕 위의 명옥헌으로 오른다. 연못을 바라보고 서 있는 정면 세 칸, 측면 두 칸의 아담한 정자다. 졸졸 흐르는 물소리를 따라가본다. 물줄기가 작은 폭포를 이루고 있다. 수량은 많지 않아도 소리가 제법 야무지다. '물이 흐르면 옥구슬이 부딪치는 소리가 났다'고 해서 명옥헌鳴玉軒이라고 했다던가?

정자 위에도 석산石山을 앉힌 작은 연못이 있다. 배롱나무 숲을 한 바퀴 돌고 내려와 정자 마루에 앉는다. 녹음 속에 잠긴 나무들이 재잘거리며 세상을 색칠한다. 머물러 살고 싶은 곳이다.

식영정

그림자도 쉰다는(息影) 정자. 그래서 식영정이다. 그냥 가라고 등을 밀어도 쉬어가고 싶어진다. 담양의 정자 중 풍광이 가장 좋은 곳을 꼽으라면 맨 먼저 떠오를 게 틀림없다. 정자 앞을 흐르는 증암천과 너른 광주호는 가뭄 속에서도 정취를 잃지 않았다.

조선 명종 15년 서하당 김성원이 장인인 석천 임억령을 위해 지었다는 식영정 역시 정철을 빼놓고는 이야기할 수 없다. 「성산별곡星山別曲」이 이곳에서 태어났기 때문이다. 정철은 이곳 성산에서 머물면서 「성산별곡」 외에도 「식영정 20영」과 「식영정잡영」 10수 등 많은 작품을 남겼다.

정자 뒤편의 크고 잘생긴 소나무에 자꾸 눈이 간다. 이곳에 올랐던 숱한 문인들을 기억할 것 같은데, 아무리 물어도 묵묵부답이다. 정자는 일반 살림집처럼 소박하다. 일찌감치 올라온 노부부가 마루에 누워 잠들었다. 그림자도 곁에 누웠다. 가만가만 걸음을 옮겨 계단을 내려간다.

소쇄원

소쇄원 들어가는 길의 대숲은 여전히 시원한 바람으로 객을 반긴다. 초가 정자 대봉대를 지나는데 다람쥐 한 마리가 마중 나와 있다. 이곳에서는 무엇이든 자연 속으로 스며들기 때문일까? 소쇄원의 다람쥐는 사람을 무서워하지 않는다.

정원을 조성하며 자연을 얼마나 중시했는지는, 물을 막지 않고 쌓은 담에서 확인할 수 있다. 큰 구멍을 내고 쌓은 담 밑으로 막힘없이 흐르는 냇물이 소쇄원을 살아 있게 하는 원천이다. 인공 구조물을 배제하지 않되 계곡의 원형을 최대한 살려서 정원을 꾸몄다. 겸손한 마음으로 통나무다리를 건너 제월당으로 향한다.

제월당 마루에 앉아 땀을 들인다. '비 갠 뒤 하늘의 맑은 달'을 뜻한다는 이름의 이 소박한 건물은 주인이 거처하며 독서를 즐기던 곳이다. 높은 곳에 있기 때문에 요모조모 내려다보기 좋다. 마

물의 흐름을 막지 않고 쌓은 소쇄원의 담.

당가에 석류꽃이 붉다. 머지않아 붉은색을 열매에게 주고 떠나겠지. 열매 역시 물려받은 색을 씨에게 주고 떠날 테고. 오가는 이치가 더 이상 궁금하지 않다.

광풍각으로 내려가다, 배롱나무에게 자리를 양보한 돌담에 시선이 머문다. 대개는 모르고 지나지만, 나는 소쇄원에서 가장 아름다운 곳을 꼽으라면 광풍각 왼쪽 마당에서 올려다본 이 담장을 우선으로 친다. 세 갈래로 뻗은 늙은 배롱나무를 위해 담은 허리를 끊었다. 이곳에서는 뭐든지 자연이 먼저다.

소쇄원에서야말로 천천히 음미하듯 걸을 일이다. 꽃 한 송이 나무 한 그루까지 선비의 이상을 담았다니 그 뜻이 내게 스며들 때까지 기다려볼 일이다. 소쇄원에서 얻을 수 있는 가장 큰 행복이다.

담양에 가면

「면앙정가」로 시작된 가사문학의 본고장

「면앙정가」를 지은 송순은 1493년(성종 24년) 담양군 봉산에서 출생하여 1519년 별시문과에 급제했다. 개성부유수, 이조판서, 대사헌, 한성부판윤을 지냈으며 의정부 우참찬 겸 춘추관사를 끝으로 77세에 사임하고 담양에 정착했다. 관직에 나간 지 50년 만이었다.

「면앙정가」는 송순이 관직에서 잠시 물러나 담양에 머물 때,

제월봉霽月峰 아래에 면앙정을 짓고 주변 산수 경개와 계절에 따른 아름다운 모습을 노래한 가사이다. 전체 145구이며, 음수율은 3·4조, 4·4조, 3·3조, 4·2조, 3·5조 등 다양하다. 내용은 6단으로 구성돼 있다.

「면앙정가」는 호남 가사문학의 원류가 될 뿐 아니라, 내용, 형식, 가풍 등이 송강 정철의 「성산별곡」에 직접 영향을 미치고 있어 가사문학의 계보 연구에 중요한 자료로 평가받고 있다.

장의동(지금의 서울시 종로구 청운동)에서 출생한 정철이 담양과 인연을 맺은 것은 16세 때였다. 그는 명문가의 자제로 태어나 유복하게 자랐지만, 열 살 되던 해(명종 즉위년, 1545년)에 을사사화가 터지면서 아버지를 따라 유배지에서 성장했다. 6년 뒤 아버지가 귀양살이에서 풀려나자 할아버지의 산소가 있는 담양 창평 당지산唐旨山 아래로 이주했다. 이곳에서 과거에 급제할 때까지 10여 년을 보냈다.

그때 고봉 기대승, 하서 김인후, 송천 양응정, 면앙정 송순 등 여러 학자에게서 학문을 배웠으며 석천 임억령에게서 시를 배웠다. 또한 율곡 이이와 우계 성혼과도 교유했다. 25세 때 「성산별곡」을 지었으며 26세 때 진사시 1등을 하고 이듬해 문과 별시에서 장원급제 했다. 하지만 40세 때 당쟁에서 밀려 낙향한 것을 시작으로 등용과 낙향, 유배를 거듭했다. 48세 때 동인의 탄핵을 받고 고향에서 4년 동안 은거했다. 이때 「사미인곡」, 「속미인곡」 등을 지었다.

소쇄원의 소쇄瀟灑는 맑고 깨끗하다는 뜻이다. 이곳을 조영한

양산보의 호 소쇄옹瀟灑翁에서 비롯됐다. 양산보는 조광조의 제자였다. 스승인 조광조가 기묘사화로 유배당한 뒤 화순 능주에서 사약을 받고 세상을 뜨자, 세속의 뜻을 버리고 창암촌으로 낙향해서 별서別墅 원림인 소쇄원을 꾸미는 데 전념했다. 별서란 선비들이 은거 생활을 하기 위해 산수가 빼어난 장소에 지은 별도의 집을 이르는 말이다.

양산보는 이곳에서 자연을 감상하고 사람 만나기를 즐겼는데, 그 덕분에 소쇄원은 조선 중기 호남 사림문화를 이끈 인물들이 모이는 장소가 됐다. 그때 이곳을 드나든 이들이 임억령, 김인후, 김윤제, 고경명 등이었는데, 특히 송순과 정철 등이 함께하면서 가사문학을 꽃피운 또 하나의 무대가 되기도 했다.

무엇을 먹고 어디서 잘까

죽녹원 내 한옥체험장(010-7633-2690)에서 묵는 것도 괜찮다. 이 밖에도 정자가있는 우리한옥(061-381-5757), 가경한옥(010-4633-0474), 가보고싶은한옥(010-3604-5600) 등 한옥을 체험할 수 있는 숙소가 여럿 있다. 호텔로는 담양리조트(061-380-5000), 대나무이야기(061-382-1335) 등이 있다. 죽녹원 건너편 '국수거리'를 들러볼 만하다. 냇가의 시원한 대나무 평상에서 먹는 국수 맛이 일품이다. 담양은 남도 특유의 떡갈비로도 유명하다. '4대를 이어가는 떡갈비본가' 신식당은 유일하게 죽순떡갈비전골을 내놓는다.

돌담 따라 옛 정취에 흠뻑 젖는다

충남 아산 외암민속마을 + 봉곡사 소나무 숲길

전형적인 배산임수 지형인 외암민속마을은
'살아 있는 생활박물관'로, 봉곡사로 가는 소나무 숲길은
'천년의 숲길'이란 이름으로 부른다.

구불구불 앞장선 돌담이 걸음을 이끈다. 솟을대문 우뚝한 기와집과 조개껍데기처럼 낮게 엎드린 초가집이 번갈아 객을 반긴다. 이곳에서는 그 무엇도 서로를 밀어내지 않는다. 껴안고 보듬어 절묘한 조화를 직조한다. 골목을 따라 걷다 보면 누구도 이방인이 아니다. 이 마을에서 오래 살아온 듯, 익숙한 걸음으로 이 집 저 집 들러보기 마련이다.

충남 아산시 외암민속마을을 찾아가면 만나게 되는 풍경이다. 이 땅에 우리 고유의 풍경을 간직한 전통 마을이 여럿 있지만, 그

중 가장 정다운 느낌을 주는 곳이 외암민속마을이다. 많이 알려지지 않아서 더욱 옛 정취가 웅숭깊게 다가선다. 전형적인 배산임수 지형의 이 마을을 일러 '살아 있는 생활박물관'이라 부른다.

외암민속마을

이른 아침이라 그런지 마을은 고요 속에 잠겨 있다. 개 짖는 소리, 닭 우는 소리조차 들리지 않는다. 마을이 전하는 평화와 안온의 기운이 고스란히 안겨온다. 아! 하지만 모두 잠든 것은 아니었다. 다리를 건너 마을로 들어서다 보니 아낙네들이 밭에서 김을 매고 있다. 내가 도착하기 훨씬 전부터 일을 시작한 모양이다. 농촌 일이 그렇지. 품앗이인지 놉을 산 것인지는 모르겠지만, 이 또한 오랜만에 보는 풍경이다.

먼저 솔밭이 있는 언덕 위로 올라간다. 내를 따라 우회하거나 한가운데로 곧장 들어가는 길 등 마을길이 몇 개 있지만, 내 경험으로는 왼쪽에서부터 걷는 게 가장 좋다. 뒤쪽으로는 설화산雪華山이 우뚝 서 있고 앞쪽으로는 너른 들이 펼쳐져 있다.

벼들이 몸을 불리는 논을 지나면 마을의 초입이다. 초가집 몇 채를 지나 솟을대문이 우뚝한 기와집과 만난다. 담 앞의 안내판에 감찰댁이라고 써놓았다. 옛 주인의 관직에서 이름을 따온 모양이다. 문은 잠겨 있지만 담이 높지 않아 집 안이 환히 들여다보인

초가집들을 둘러싼 담.
담장 길이를 모두 합치면 5.3km나 된다.

다. 안채 동쪽에 대숲이 있고 그 앞으로 정원과 정자가 있다. 조선 시대 상류 주택의 전형적인 구조를 갖추고 있는 셈이다. 잡초가 키를 재는 마당에는 설화산에서 내려온 뻐꾸기 소리가 연신 들락거린다.

고샅길을 따라 안쪽으로 들어간다. 눈은 집들보다 돌담에 빼앗긴 지 오래다. 외암마을을 아름답게 빛내주는 건 누가 뭐래도 돌담이다. 마치 마을 전체가 돌담으로 된 미로 속에 들어 있는 것 같다. 담장 길이를 모두 합치면 5.3킬로미터나 된다니, 어느 정도인지 쉽게 짐작할 수 있다. 담을 어쩌면 이렇게 정겹게 쌓았을까. 이곳의 담은 배척하기 위한 수단이 아니다. 서로가 불편하지 않을 만큼 그어놓은 최소한의 경계다. 까치발을 하지 않아도 어지간한 집은 모두 들여다보인다. 뜰 안의 나무와 장미도 낮은 담을 넘어 바깥세상을 구경하러 나왔다.

조선 후기 성리학자인 외암巍巖 이간李柬이 출생했다는 건재고택을 보고 난 뒤 바깥마당의 은행나무 아래 놓인 벤치에 앉는다. 풍경과 그늘의 유혹을 도저히 물리칠 수 없다. 걸음이 좀 늦어지면 어떠랴. 조금 떨어져 앉으니 풍경이 한눈에 들어온다. 이제야 담장 밑의 키 작은 꽃들이 보인다. 자칫 못 보고 지나갈 뻔했구나. 누가 특별히 챙겨주지 않아도 받은 몫의 생을 씩씩하게 살아가는 그들. 그들이 있어서 풍경은 완성된다. 사람 사는 세상 역시 낮은 곳에서 묵묵히 일하는 이들에 의해 완성된다.

다시 돌담을 따라 걷는다. 참새들이 부지런히 초가지붕의 처마를 드나든다. 아직까지 나락이 남아 있을 리는 없고, 새끼들이 눈을 뜨고 먹이를 조르는 것일까? 골목 끝에서 불현듯 뒤를 돌아본다. 아! 내가 지나온 길에, 지금까지 본 것보다 훨씬 아름다운 풍경이 있다. 앞으로 갈 때는 보지 못하던 것들. 자칫 그냥 지나갈 뻔했다. 언제 어디서든 가끔 돌아볼 일이다. 사는 것도 그렇지 않던가. 앞만 보고 달리다 보면 얼마나 많은 것들을 놓치는지. 진정 아름다운 날들은 내 뒤에서 머뭇거리며 따라오고 있을지도 모른다.

교수댁에 들른다. 건재고택, 송화댁과 함께 아름다운 정원을 자랑하는 집이다. 마당에 수로를 만드는 등 정교하게 조성한 흔적이 역력하다. 바깥마당에는 세월을 가늠하기조차 어려운 버드나무가 몇 그루 서 있다. 그 옛날 말이라도 매어두었을까? 운치 있는 집은 발길을 오래 붙잡아두기 마련이다.

다시 골목길 탐사에 나선다. 오랫동안 비워둔 어느 집 마당에 개망초가 흐드러지게 피었다. 송화댁은 사람의 집이라기보다는 소나무의 집 같다. 사람 사는 공간을 최소화하고 정원 공간을 최대한 많이 확보했다. 옛사람들의 여유로운 마음을 확인한다. 소나무들도 그런 마음을 아는지 꼿꼿함보다는 자유분방함을 택했다. 구부러지고 휘어지고 저희끼리 얽히고…. 파격은 마음을 넉넉하게 해주는 미덕이 있다.

외암종가댁의 아담한 꽃밭과 사랑채 마루가 쉬어 가라고 손짓한다. 이럴 땐 모른 체 그냥 지나가면 결례다. 마루에 앉아 땀을 들인다. 여행 중에 누리는 이런 짧은 휴식은 또 얼마나 큰 호사인지.

고종황제가 하사했다는 참판댁.

외암사당을 거쳐 마을 외곽 길로 빠진다. 너른 길 옆으로 내가 졸졸 소리 내며 흐른다. 고종황제가 하사했다는 참판댁과 풍덕댁 등을 들르며 걷다 보면 마을 입구에 닿는다. 길가의 개복숭아와 보리수가 탐스럽게 익었다. 그걸 바라보다 문득 어린 시절의 나를 만난다. 풋과일을 물고 냇가에서 송사리를 쫓던 작은 아이. 그리움에 가슴이 저릿하다. 노인 한 분이 밭을 매고 있다. 이 마을은 전시용이 아니라 삶을 꾸리기 위해 농사를 짓고 일을 한다. 그 또한 외암마을의 가치다.

중간에 느티나무가 서 있는 곳에 들른다. 600살이 넘은 이 나무는 마을을 지키는 당산목이다. 지금도 매년 음력 1월 14일이면 마을의 안녕과 풍년을 기원하는 목신제를 지낸다. 느티나무와 인사를 나눴으니 이제 다 돌아본 셈이다. 그래도 발걸음에는 아쉬움이 잔뜩 매달려 있다. 다리를 건너기 전 마을을 다시 한 번 돌아본다. 몸은 동구 밖에 있지만 마음은 여전히 마을 안에서 서성거린다. 결국 그리움 한 자락은 맡겨두고 가는 수밖에 없다.

봉곡사 소나무 숲길

'천년의 숲길'. 봉곡사로 가는 소나무 숲길의 이름이다. 숲에게 천 년이 그리 길 리야 없지만, 거기에 '길'이 붙으면 무게가 달라진다. 천 년 동안 사람이 오간 흔적이니 얼마나 많은 이야기가 스며

들어 있을까.

숲 속으로 들어서자마자 서늘한 기운이 몸을 감싼다. 언뜻 봐도 100년은 넘게 산 소나무들이 빽빽하게 서 있다. 그 무엇도 두렵지 않을 것 같은 기세다. 하지만 얼마 가지 않아 눈에 거슬리는 흉터를 발견하고 걸음을 멈춘다. 소나무 밑동마다 브이(V) 자 모양의 흠집이 깊게 파여 있다. 어느 것은 나무가 자라면서 하트 모양으로 변하기도 했다. 분명 누군가 도구를 이용해서 벗겨낸 자국이다. 보기 흉할 뿐 아니라 나무의 고통이 전이되는 것 같아 가슴이 아프다. 안내판에서 쓰라린 역사를 확인한다. 일제가 패망 직전에 연료용 송진을 채취하기 위해 주민들을 동원해서 낸 상처라고 한다. 70년이 지나도록 가시지 않은 상처. 민족의 상처이기도 하다. 소나무들이라고 그 치욕을 어찌 쉽사리 잊을까. 하지만 원망의 기색 하나 없이 청정한 숲을 만들어주고 있다.

그런 슬픔 때문일까? 아니면 비가 내린 까닭일까? 이 숲은 솔향이 유난히 짙다. 길은 부지런히 숲을 열고 앞으로 간다. 주차장에서 봉곡사까지 이어지는 700미터의 이 길은 산림청 주최 '아름다운 거리 숲' 부문에서 장려상을 수상했다고 한다. 생명의 숲 국민운동에서 '보전해야 할 아름다운 숲'으로 지정하기도 했다. 그만큼 마음을 사로잡는 숲길이다. 다만 포장을 해놓은 게 눈엣가시다. 가까운 숲에서 꿩이 운다. 길가의 돌탑이 침묵으로 대답한다. 이런 숲에서는 말이 필요 없다. 생각마저 놓고 자연 속으로 스며들다 보면 저잣거리에서 입은 상처 정도는 슬그머니 치유된다.

봉곡사 소나무 숲길.

솔숲 사이 키 낮은 싸리나무가 수줍게 꽃을 피웠다. 그곳에서 쪼롱쪼롱 산새가 운다. 다람쥐 한 마리가 조심스럽게 길을 가로지른다. 사랑스러운 풍경이다.

중간에 갈림길이 나타난다. 왼쪽으로 가면 봉수산 능선으로 가는 등산로고 오른쪽으로 내처 올라가면 봉곡사다. 조금 올라가니 나무들 사이로 절집들이 나타난다. 만공스님이 깨달음을 얻었다는 봉곡사는 규모가 단출하다. 언덕 위 삼성각을 다녀와 향각전, 대웅전, 요사채를 천천히 돌아본다. 시원한 바람이 뺨을 간질인다. 부르는 이 없고, 가라고 등 떠미는 이 없으니 이보다 좋을 수 없다. 지금 이 시간은 오롯이 내 것이다. 마당의 잔디 위로 뻐꾸기 울음이 푸르게 내려앉는다.

외암마을에 가면

한옥, 초가 원형 지켜온 예안 이씨 집성촌

외암마을은 약 500년 전부터 형성된 것으로 알려졌다. 원래 이 마을의 주인은 평택 진씨였다고 한다. 하지만 현재 외암마을에 거주하는 주민의 절반은 예안 이씨다. 맨 처음 이 마을에 살기 시작한 예안 이씨는 평택 진씨 참봉 진한평의 사위인 이사종이었다. 진한평에게는 딸만 셋 있었는데, 이사종이 진한평의 큰딸과 혼인해 마을에 들어와 살면서부터 예안 이씨의 씨족 마을로 자리 잡게

된 것이다.

마을의 전체적인 모양은 동서로 길게 형성된 타원형이다. 동북쪽의 설화산 자락이 흘러내리다 마을에 이르러서 완만한 구릉을 이뤘다. 따라서 서쪽의 마을 어귀는 낮고 동쪽으로 갈수록 높아지는 동고서저東高西低 형상이다. 이러한 지형 조건에 맞춰 집이 앉은 방향은 대부분 서남향이다.

마을에는 다양한 한옥과 초가들이 자리를 잡고 있다. 조선 시대에 참판을 지낸 이정렬이 고종에게 하사받아 지은 아산 외암리 참판댁이 중요민속자료 제195호로 지정돼 있다. 또한 영암댁, 송화댁, 외암종가댁, 참봉댁 등의 반가와 그 주변의 초가들이 원형을 유지하고 있어 전통 가옥 연구에 중요한 자료가 된다.

계절에 따라 개성 있는 풍경을 보여주는 외암마을은 가족이 함께 찾아가기에 좋은 곳이다. 마을에서는 이에 맞춰 다양한 체험프로그램을 운영하고 있다. 4~6월에는 모내기와 감자·고구마 심기, 냉이·달래·쑥 캐기 프로그램을 실시하고 7~8월에는 옥수수 따기, 감자 캐기, 천연염색 등을, 9~11월에는 고구마 캐기, 추수하기, 메뚜기 잡기 등을 진행한다. 겨울에 찾아가면 연 만들기, 썰매 타기, 김장하기 등을 체험해볼 수 있다. (문의 041-541-0848)

매년 음력 1월 14일에는 주민들이 방문객들과 함께 장승제를 연다. 정월 대보름에는 달집태우기 행사와 쥐불놀이, 연날리기 등이 펼쳐진다. 오전 9시부터 오후 5시 30분까지 입장이 가능하다.

봉곡사는 신라 말인 887년에 도선국사가 창건했다고 알려져 있는데, 이와 관련한 이야기가 전해져 내려온다. 도선국사가 산 너머에서 절터를 닦고 목수들을 불러 재목을 다듬고 있는데, 까마귀들이 계속 밥을 물고 가는 것을 보고 따라갔다고 한다. 그런데 까마귀는 홀연히 사라지고 터가 무척 좋은지라, 거기에 절을 짓고 석암石庵이라 이름 지었다는 것이다.

고려 때에는 보조국사 지눌이 중창하고 이름을 석암 또는 석가암이라 했다. 조선 세종 때 함허대화상이 중창한 데 이어 1584년(선조 17년)에 화암거사가 중수하고, '봉황이 깃들이는 곳'이라는 뜻의 봉서암鳳棲庵이라고 고쳐 불렀다. 임진왜란 때 소실된 것을 1647년(인조 24년)에 다시 중창했다. 1794년(정조 18년)에 궤한화상이 중수하고 봉곡사鳳谷寺로 이름을 바꿨다.

봉곡사는 근대의 선승 만공스님, 그리고 다산 정약용과 인연이 깊은 절이다. 만공스님은 23세 때 이곳 봉곡사로 왔다. 2년 동안 수행에 정진하던 중 홀연히 깨달음을 얻어 오도송悟道頌을 읊었다고 한다. 이를 전해주는 탑이 언덕 위에 있다. 탑머리에 음각돼 있는 '世界一花'(세계일화)는 만공스님의 친필이다.

다산 정약용은 1795년 겨울 정3품 당상관에서 종6품 금정찰방金井察訪으로 좌천된 뒤, 성호 이익의 증손자인 이삼환 등 열세 명의 실학자와 봉곡사에서 공자를 논하고 성호 이익의 유고를 정리하는 강학회를 열었다.

무엇을 먹고 어디서 잘까

외암민속마을 안에서 민박을 할 수 있다. 열다섯 명 이상 수용하는 독채(20만 원 이상)로는 소롱골, 느티나무집, 참판댁, 외암촌집, 풍덕댁 등이 있다. 그보다 좀 작은 규모(10만 원 이상)로 사슴집, 신창댁, 할아버지네 등이 있고 수용인원 네 명 정도(6만 6천 원)의 민박은 원두막, 병사댁, 솔뫼집, 교수댁 등이 있다. 예약은 모두 041-541-0848로 하면 된다. 인근의 온양온천에 온양관광호텔(041-540-1000), 온양그랜드호텔(041-543-9711) 등 호텔 겸 대중탕이 여러 곳 있다. 외암마을 외곽에는 한옥으로 꾸며놓은 외암마을 저잣거리가 있다. 고촌에서는 소고기국밥, 병천순대국밥 등을 내놓는데 소가죽의 지방육으로 만든 수구레국밥을 많이 찾는다. 외암소야는 불고기정식과 차돌된장정식이 주메뉴다.

천 년을 살아온 '자줏빛 지네'를 건너

충북 진천 농다리~초평호

언뜻 보면 그저 돌무더기처럼 보이는 이 다리는
동양 최고의 다리, 자줏빛 지네, 전설의 다리 등
오랜 역사만큼 수식하는 말도 많다.

땅 위에 물이 생기고 생명이 태어났다. 물은 흘러 내와 강을 이뤘고 주변에 사람이 모여 살기 시작했다. 왕래와 소통이 필요했던 사람들은 이쪽과 저쪽을 잇는 다리를 놓았다. 통나무를 갈라 가로지르거나 큰 돌을 듬성듬성 놓기도 했다. 어느 다리는 자주 큰물이 쓸어갔지만 어느 다리는 긴 세월을 견디며 오가는 발자국을 몸에 새겼다.

이 땅에는 천 년을 견뎌온 다리도 있다. 진천 세금천洗錦川의 농다리가 바로 그 주인공이다. 언뜻 보면 그저 돌무더기처럼 보이는 이 다리는 오랜 역사만큼 수식하는 말도 많다. 동양 최고最古의 다리, 자줏빛 지네, 전설의 다리…. 고려 고종(재위 1213~1259) 때 권신이었던 임연이 놓았다고 전해지는 것으로 봐서 고려 말쯤에 세워진 것으로 추정된다. 이 엉성해 보이는 돌다리가 홍수와 침식의 긴 시간을 어떻게 견뎠을까.

충북 진천군 문백면 굴티마을로 천 년의 전설을 찾아간다.

농다리~초평호

'생거진천 사거용인生居鎭川 死居龍仁'이란 말이 있다. 흔히 '살아서 진천, 죽어서 용인'이라고 풀이하는데, 진천이 그만큼 산수가 좋고 살기에도 좋다는 뜻이겠다. 세금천 앞에 서서 그 뜻을 새기며 고개를 주억거린다. 오랜 가뭄에 시달렸을 텐데도 냇물은 여전히 유장하게 흐른다. 농다리 위로 쉽사리 발을 내딛지 못한다. 무언가 의식이라도 치르고 지나는 게 도리일 것 같아서다. 천 년의 시간을 침묵으로 증언하는 다리. 아무 말이 없으니 무게감이 더 크게 다가온다.

이 다리를 자줏빛 지네라 부른다더니, 언뜻 봐도 실감 나는 표현이다. 숱한 발이 달린 지네가 꿈틀거리며 내를 건너는 형국이다. 시간은 돌 위에 흘러간 내력을 새겨놓았다. 돌 틈의 이끼로도 보여준다. 그 위에 첫발을 딛는다. 돌이 투박한 느낌으로 맞이한다.

번듯한 교각은 없다. 돌을 멀끔하게 깎아서 얹은 것도 아니다. 자연 그대로의 돌이 쌓여 교각이 되고 상판이 됐다. 큰 돌 사이에는 작은 돌을 끼워 넣었다. 그러다 보니 듬성듬성 틈도 있고 밟으면 밟는 대로 삐걱거리기도 한다. 하지만 결코 대충 만든 다리가 아니다. 그랬다면 그 긴 세월을 견뎠을 리가 없다.

농다리에는 과학적 원리가 들어 있다. 우선 돌을 물고기 비늘처럼 안으로 차곡차곡 들여쌓아 교각을 만들고, 크기가 다른 돌을 적절히 배합해 서로 물리게 했다. 위로 갈수록 폭을 좁혀 빠른 유속을 견딜 수 있도록 한 것도 특징이다. 타원형의 교각은 물살의 압력을 최대한 피하고 소용돌이가 생기는 것을 막는다. 장마 때면 물이 다리 위로 넘쳐흐르도록 수월교水越橋 형태로 만든 것도 장수의 비결이다.

지네가 기어가듯 구불거리는 모양 역시 빠른 물살을 고려한 설계다. 물과 돌. 서로의 부딪침과 저항을 최소화해 상생을 도모한 선조들의 지혜에서 오늘을 살아갈 교훈을 얻는다.

돌이 품은 천 년의 기억을 몸으로 받기라도 하겠다는 듯, 묵직한 걸음으로 걷는다. 단번에 지나가는 게 아쉬워 몇 번이고 왕복한다. 나는 지금 지네의 등 위를 걷고 있는 것이다. 다리의 길이가 100미터도 안 되지만 천천히 걸으니 제법 오래 걸린다.

이쪽 언덕에 서서 걸어온 곳을 돌아본다. 지네는 여전히 꿈틀거리며 물을 건너고, 그 위로 저만치 고속도로가 보인다. 쌩쌩 소리를 내며 달리는 자동차들과 긴 세월을 삼키고서도 조용한 다리가

천년정에서 바라본 농다리.
마치 지네가 기어가는 것처럼 보인다.

대조적이다. 농다리 주변을 조망하기 좋도록 만들어놓은 천년정으로 오른다. 멀리서 보니 돌 위에 새겨진 발자국의 흔적이 더욱 선명하다. 그동안 지나다닌 사람들이 걸어 나오기라도 할 것 같다. 한세상을 살면서 자신도 모르게 늘 흔적을 남기고 있다는 생각에 새삼 조심스러워진다.

초평호까지 걷는 1.7킬로미터의 초롱길은 천년정을 지나면서부터 시작된다. 산 위에 있는 농암정을 거쳐 작은 언덕을 넘어서면 초평호를 끼고 수변 탐방로가 이어진다.

농암정으로 오르는 길에는 매미 울음소리가 요란하다. 마음 급한 녀석이 앞질러 나왔구나. 반가움에 앞서 땅속에서 보냈을 인고의 시간을 생각한다. 무엇 하나 그냥 이뤄지는 것은 없다. 천 년을 견뎌온 농다리도 마찬가지일 것이다. 그 정도 시간이면 쇠인들 녹슬어 삭아 내리지 않으랴. 누군가 알게 모르게 보수하고 지켜왔으니 오늘이 있었을 것이다. 진짜 중요한 역사는 이름 없는 사람들이 쓰는 법이다.

농암정으로 오르는 길은 조금 가파르다. 하지만 나무 사이로 보이는 세금천의 풍경에 반해 힘든 줄도 모른다. 정자에 오르니 시야가 확 트인다. 이 순간을 위해 많은 사람이 부득부득 위를 향해 오른다. 오래 닫혔던 문을 열어젖히듯 가슴을 활짝 연다. 사람 사는 세상이 손바닥만큼 작게 보인다. 고속도로 역시 허리띠만큼이나 가늘어져 있다. 그래, 사는 게 별거더냐. 이렇게 털어내며 조금씩 걸어가는 거지.

저만치 농다리가 내려다보인다. 반대쪽으로 돌아서면 초평호가 한눈에 들어온다. 호수가 되기 전에는 농다리를 건너 대처를 오가던 사람들이 살던 마을이었을 것이다. 호수 한가운데 황소처럼 길게 누운 '반도半島'에 오래 눈길이 간다. 멀지 않은 두타산에서 바라보면 국내에서 가장 완벽한 모습의 한반도 지형이라고 한다. 만주벌과 제주도 형상까지 있다니 한번 보고 싶기도 하다. 하지만 오늘은 등산이 목적이 아니니 이 정도에서 만족하기로 한다.

농암정에서 내려와 언덕으로 오르면 성황당이 나온다. 떡갈나무에 감아놓은 오색천이 발걸음을 붙잡는다. 용고개 또는 살고개라고 부르는 이곳에는 시주를 거절한 마을 사람들과 그를 보복한 스님의 전설이 전해져오고 있다. 가난한 시절이 낳은 이야기일 거라는 생각에 가슴이 묵지근해진다. 비극으로 끝나는 전설에서, 나무 아래 쌓아놓은 수많은 돌에서 이름 없는 백성들의 간절한 염원을 본다.

조금 내려가면 호수가 시야 가득 들어오고 야외 음악당이 나타난다. 여기가 갈림길이다. 왼쪽으로 가면 조금 가파른 임도林道가, 오른쪽으로 가면 호수를 끼고 반 바퀴 도는 수변 탐방로가 시작된다. 어느 길을 택해도 최종 목적지는 하늘다리지만 호수를 따라 걷는 오른쪽 길을 택한다.

길을 잘 만들어놓아 누구든 걷기에 좋다. 숲과 호수 사이를 걷는 내내 호젓한 풍경이 펼쳐진다. 바람이 나뭇잎을 흔들며 지나고 뻐꾸기 소리가 뒤를 따른다. 이런 길을 걸을 수 있다는 게 얼마나 큰 행복인지. 호수를 가만히 들여다보면 수초 사이로 크고 작은 물고기들이 몰려다니는 것이 보인다. 광복 이후 축조해 1985년 증설했다는 초평호는 국내에서 손꼽힐 정도의 담수량을 자랑한다. 상공에서 보면 용이 한반도를 등에 업고 두타산 어딘가에 숨겨져 있는 여의주를 찾아 승천하는 모습이라고 한다. 곳곳에 명소가 숨어 있는 이곳은 얼음낚시와 붕어 낚시터로 유명하다.

길은 호수의 외곽선을 따라 끝없이 이어진다. 중간에 조금 전 다녀온 농암정으로 가는 길이 나온다. 초반에 갈라진 임도에서 내려오는 길일 게다. 길은 그렇게 헤어지고 또 만난다. 카약을 탄 젊은이 하나가 쏜살같이 물을 가르며 지나간다. 발달된 상체 근육과 속도로 볼 때 전문 선수가 틀림없다. 고요하던 호수가 부스스 깨어나며 활기를 띤다. 카약 하나가 풍경을 완전히 바꿔버렸다. 걸음에도 부쩍 힘이 붙는다.

조금 더 걷다 보니 탑이 우뚝 솟은 사장교가 다가선다. 호수가 갈라놓은 '육지에서 반도'로 건너가는 다리다. 다리 상단에 하늘다리라고 큼직하게 써 붙였다. 하늘다리… 정말 하늘까지 올라갈 수 있으면 좋겠다는 생각이 든다. 다리는 걸음에 따라 출렁거린다. 아래로 보이는 물이 시퍼렇다. 담이 약한 사람은 무섭다고 호들갑이라도 떨 것 같다. 하지만 그렇게 무서울 정도는 아니다. 시선을 어느 곳에 던져도 눈부신 풍경이 펼쳐져 있다. 그림 같다는 표현은 이곳을 위해 준비됐을 것이다.

다리를 건너 쉼터에서 걸음을 멈춘다. 오른쪽으로 더 가면 두타

산이 나온다. 붕어마을도 멀지 않다. 대개는 이곳에서 온 길을 되짚어 농다리로 돌아간다. 음료수를 사 들고 매점 앞 파라솔에 앉아 느긋한 마음으로 사방을 둘러본다.

시원하게 펼쳐진 호수와 짙푸르게 빛나는 산들, 물 위를 오가는 낚싯배, 뺨을 스치는 바람…. 더 이상 무엇을 바랄까. 이 순간만은 신선이 부럽지 않다. 시간은 혼자 흐르게 놔두고 구름과 바람과 새소리 속으로 풍덩 빠져든다. 이곳의 풍경 한 자락 싸 들고 도시로 돌아가면 거친 시간을 건널 수 있는 에너지로 바꿔줄 것 같다.

농다리에 가면

6·25 등 나라 변고 생길 때마다 우는 다리

농다리가 물을 건너는 거대한 지네처럼 보이는 이유는 양쪽으로 튀어나온 교각 때문이다. 자연석을 축대 쌓듯 안으로 물려가며 쌓아 올린 교각이 그 위에 올린 상판보다 넓어 지네발처럼 보이는 것이다. 길이 93.6미터, 폭 3.6미터, 교각 1.2미터, 교각과 교각 사이 폭이 0.8미터다. 상판은 두께 20센티미터 정도의 장대석을 얹어 만들었다.

이 다리는 심오한 동양철학을 근거로 축조했다고 한다. 교각에서부터 상판까지 붉은색을 띤 자석紫石을 사용했는데, 이는 음양의 기운을 고루 갖춘 돌이라는 고서의 기록에 따른 것이다. 본래는 별자리 28수에 따라 28칸의 수문을 만들었으나 오랜 세월을 거치면서 네 칸이 소실되고 스물네 칸만 남아 있던 것을 지난 2008년 네 칸을 복원해 지금의 모습을 갖췄다.

농다리가 있는 진천군 문백면 굴티(중리)마을은 상산 임씨 집성촌이다. 고려 때 최씨 무신정권의 뒤를 이어 권세를 잡았던 임연林衍(?~1270)이 이곳에서 태어났다. 그래서 농다리에 얽힌 전설도 임연과 관계된 것이 많다.

우선 다리를 놓은 사람과 관련해 임연이 놓았다는 전설과 그의 누이가 놓았다는 전설이 각각 구전돼 내려온다. 임연은 매일 아침 세금천에서 세수를 했는데, 추운 겨울날 건너편에서 한 젊은 부인이 내를 건너려는 것을 보고 기이하게 여겨 자초지종을 물었다. 여인은 친정아버지가 돌아가셔서 급하게 가는 길이라고 대답했다. 정황을 딱하게 여긴 임연은 용마를 타고 돌을 실어 날라 하루아침에 다리를 놓았다. 용마는 너무 힘겨워 그 자리에서 쓰러져 죽었는데, 그때 떨어진 돌이 용바위라고 한다.

두 번째 전설은 무척 비극적이다. 굴티마을 임 씨에게 아들과 딸이 있었는데 둘 다 힘이 장사라 서로 죽고 사는 내기를 했다. 아들(임연)은 굽 높은 나무신을 신고 목매기송아지를 끌고 서울에 갔다 오기로 하고, 딸은 세금천에 다리를 놓기로 한 것이다. 어머니가 보니 아들은 올 기미가 없는데 딸은 치마로 돌을 날라 다리를 거의 마무리한 게 아닌가. 아들을 살리고 싶었던 어머니는 딸에게 먹을 것을 가져다주며 일이 늦어지게 만들었다.

트레킹 코스 마지막에 만나는 하늘다리.

결국 아들이 먼저 돌아와 내기에서 이겼고, 화가 난 딸이 치마에 있던 돌을 내리쳤는데 아직까지 그 돌이 박혀 있다고 한다. 약속한 대로 딸은 죽었고, 그녀가 미처 완성하지 못한 나머지 한 칸은 다른 사람이 마저 놓았다. 하지만 딸이 놓은 다리는 늘 그대로 있는데 다른 사람이 놓은 다리는 장마만 지면 떠내려간다고 한다.

이 밖에 이런 전설도 있다. 나라에 큰 변고가 있을 때면 농다리가 며칠씩 우는데 한일병합 때와 6·25전쟁 때는 동네 사람들이 잠을 못 잘 정도였다고 한다. 또 장마에 농다리 상판이 뜨면 재앙이 일어나거나 훌륭한 인물이 죽는다고 전해진다.

무엇을 먹고 어디서 잘까

진천은 수도권과 가까워 당일로 다녀오는 데 무리가 없다. 하루 묵기를 원하면 진천 읍내에 모텔 등 숙박 시설이 여러 곳 있다. 해바라기황토민박(043-532-9323), 들꽃펜션(010-5656-1454), 산새가든(043-533-9720) 등 민박집에서 묵는 것도 고려해볼 만하다.

식사는 초평호 인근 붕어마을을 찾아가 보면 어떨지. 36년 전통을 자랑하는 미련집과 대물림전통음식 계승 업소인 단골집은 붕어찜을 주메뉴로 한다. 조선옥은 어죽국수로 유명하다. 민물고기를 즐기지 않는 사람들을 위해 갈비탕, 소머리국밥, 버섯육개장 등 다양한 메뉴를 준비해놓았다.

걷기 명소로 변신한 '아름다운 철길'

해운대 미포~청사포길

가까운 곳에도 없지 않은 철길을 찾아
굳이 해운대까지 가는 이유는, 걷기 좋은 길로 변신했다는
'가장 아름다운 철길'을 걸어보기 위해서다.

기찻길은 과거로 가는 통로다. 미처 발아하지 못한 꿈이 묻혀 있는 곳이다. 까마득히 멀어져가다 끝내 스스로를 지우는 철길에 서면, 꿈을 꾸던 아이 하나를 만날 수 있다. 아이는 늘 어디론가 떠나고 싶었다. 소실점을 지나면 무지개가 태어나는 마을이 있을 것 같았다. 언젠가 끝까지 가보리라 다짐하고는 했다. 세월은 무심하게 흐르고 꿈은 꿈으로 끝났지만 철길에 서면 여전히 가슴이 두근거린다.

국토를 종횡으로 달리는 기찻길 중 하나인 동해남부선. 그중 부산 해운대의 미포~옛 송정역 4.8킬로미터 구간에는 기차가 더 이상 오가지 않는다. 새로운 철로가 생기면서 폐선됐기 때문이다. 대신 사람들이 걷는다. 누구는 아득한 추억을 찾아 걷고 누구는 아름다운 풍경을 따라 걷는다. 묻어둔 추억이 없는 아이들은 철길을 달리며 또 하나의 풍경이 된다.

가까운 곳에도 없지 않은 철길을 찾아 굳이 해운대까지 가는 이유는, 걷기 좋은 길로 변신했다는 '가장 아름다운 철길'을 걸어보기 위해서다.

미포~청사포

철길이 시작되는 미포尾浦는 소가 누워 있는 형상의 와우산臥牛山 꼬리 부분에 위치해 있다. 그래서 생긴 이름이다. 해운대해수욕장과 달맞이언덕을 연결해주는 지점이기도 하지만 미포는 아름다운 포구라는 뜻의 미포美浦이기도 하다. 저만치 오륙도가 점점이 누워 있고 오른쪽으로 동백섬과 해운대해수욕장이 그림처럼 펼쳐져 있다.

철길 입구의 안내판에서 대략적인 길을 익힌 뒤 천천히 출발한다. 사실 철길만 따라 걸으면 되기 때문에 길을 잃을 염려는 없다. 철길은 달맞이언덕을 가로지르는 달맞이길과 바다 사이로 길게 누웠다.

미포~청사포 폐선 구간 시작점.

조금 걷다 보면 길옆으로 바다가 펼쳐진다.

날이 흐린 탓에 손에 잡힐 듯 가까워 보이는 오륙도가 오늘은 저만치 물러나 있다. 하늘과 바다 사이의 경계도 흐릿하게 지워졌다. 평일인데도 걷는 사람들이 꽤 많다. 기적 소리 대신 여자아이들의 웃음소리가 까르르 철길 위를 구른다. 세상이 환하게 피어난다. 철길 가에는 작은 텃밭들이 가꿔져 있다. 옥수수가 까치발로 바다를 넘겨다보고 고추, 파, 상추가 꿋꿋하게 생을 움켜쥐고 있다.

기차가 지날 때마다 시끄러워서 어떻게 견뎠을까? 철길 바로 옆에 키 낮은 집들이 다닥다닥 붙어 있다. 집 안에는 인기척이 없다. 다만 붉게 핀 접시꽃이 주인의 부재를 애써 부인한다. 건물은 사라지고 돌담만 남아 있는 집도 있다. 무너져가는 돌담 위에 번지수가 선명하다. 이곳 역시 가난한 이들이 깃들어 아이들을 낳고 꿈을 꾸며 살았을 것이다.

부산에서 경주를 오가는 동해남부선 철도가 개통된 것은 1934년, 일제강점기였다. 당시에는 우리나라 유일한 임해철도선이었다. 특히 좌동역~송정역을 지나는 구간은 해안 풍경이 아름다워 일부러 기차를 타는 사람들도 많았다고 한다. 하지만 이곳에 사는 사람들에게는 특별할 것도 없는 풍경이었을 것이다. 삶이 고단한 이들에게는 하루하루의 연명이 풍경보다 먼저 눈에 들어오는 법이니까.

키 낮은 집들 뒤에는 번듯번듯한 건물들이 하늘을 찌를 듯 서 있다. 마치 영화 속으로 들어선 것 같다. 1970년과 2015년을 한곳

철길 옆의 낮은 집들과 언덕 위에 우뚝 솟은 빌딩이
극단적 대조를 보인다.

에 세워놓은 것 같은 극단적인 부조화. 공존이라는 말이 어색해 보이는 저 두 곳에도 같은 시간이 흐르는 것일까? 풍경에서 눈길을 거두고 다시 철길을 걷는다. 어릴 적에는 폴짝폴짝 두어 걸음은 떼어야 닿던 침목과 침목 사이를 한걸음에 건너간다. 키가 커지고 나이가 든 만큼 꿈은 줄어들었다.

젊은 연인들이 많이 오간다. 터질 것 같은 사랑을 미처 갈무리하지 못한 저 풋풋한 얼굴들. 그들이 서로를 바라보며 피워내는 미소가 내겐 응원이 되어 걸음을 가볍게 한다. 자그락자그락 발에 밟히는 자갈들이 장단을 맞춘다. 낮은 담을 따라 핀 수국, 덩굴장미, 칸나…. 아주까리도 벌써 저렇게 키를 키웠네. 하나씩 눈을 맞추며 걸어간다.

건물 몇 개를 지나자 철망 사이로 짙푸른 바다가 안길 듯 달려온다. 아! 이런 풍경 때문에 이 구간을 가장 아름다운 철길이라고 했구나. 철길 가까이는 절벽이다. 저만치서 달려온 파도가 몸을 부딪친 뒤 하얀 포말을 남기고 돌아선다. 그 소리가 언덕을 오르고 철망을 지나 귓전에 와 닿는다. 끊임없는 반복이 조금도 지루하지 않다. 철썩! 철썩! 파도에 박자를 맞추듯 걷는다.

젊은 여자 하나가 바다를 보며 서 있다. 시선이 멀고도 하염없다. 무슨 추억이 저 여인을 이곳까지 불러냈을까. 아니, 단순히 사색을 하는 건지도 모른다. 바다를 보고 걷는 이 길이야말로 사색을 즐기기에 더없이 좋다.

얼마나 많은 사람들이 기차를 타고 이 길을 지났을까. 추억은 또 얼마나 많이 쌓였을까. 어찌 아름다운 꿈만 묻혀 있으랴. 내 머릿속의 기억 역시 모두 아름답지만은 않다. 술에 취해 철로에 누웠다가 세상을 달리한 아저씨도 있고, 스스로 달리는 기차에 뛰어든 청년도 있었다. 걸음 하나하나마다 지나간 날들을 내려놓는다.

소나무 군락이 나타난다. 오랜 세월을 이고 진 소나무들은 여전히 새순을 내어 키를 키우고 싶은 만큼의 허공을 확보한다. 이어서 나타나는 작은 터널. 벽에는 낙서가 그득하다. 누가 누구를 사랑한다는… 누구와 누가 함께 다녀간다는…. 본인들에게는 가장 아름다운 날들이 빽빽하게 적혀 있다. 터널을 지나 길가의 벤치에 앉아 파도 소리를 듣는다. 세상의 어떤 음악보다 귀에 달게 들린다. 인간의 표절 능력이 아무리 뛰어나다 해도 자연을 완벽하게 받아 적는 데는 실패할 수밖에 없을 것 같다는 생각이 든다.

교통수단으로서의 기능은 잃었지만 철길만의 아름다움은 조금도 줄지 않았다. 가만히 지나온 길을 돌아본다. 생각보다 많이 구부러져 있다. 순간순간 반듯하게 걸어온 것 같은데 멀리서 보면 늘 그렇다. 우리네 인생길도 크게 다르지 않다. 제대로 걷는다고 걸어도 어딘가는 구부러지거나 조금씩 비틀거린 흔적이 남는다. 걷다가 자주 돌아봐야 하는 이유이기도 하다.

철길 아래는 경계용 철망과 초소 같은 군사 지역의 잔재들이 그대로 남아 있다. 그 자체는 흉물스럽지만, 따지고 보면 군사 지역이라 자연이 잘 보존됐다는 역설도 가능할 것 같다. 쾌속선 한 척이 하얀 포말을 그리며 바다를 가른다.

짧은 터널 구간도 지난다.

바람개비로 만든 태극기의 벽을 지나고 장승과 솟대들이 서 있는 곳도 지난다. '해운대옛철길 시민공원선언광장'에는 누군가 "철길이라고 쓰고 시민의 것이라 읽는다"고 써놓았다. 폐선 철도 부지의 활용을 놓고 계속되고 있는 갈등을 단적으로 상징하는 말이다.

안내판 하나가 눈길을 잡는다. 조금 더 가면 나오는 새터마을에 2만 년의 역사를 가진 부산 최초의 구석기 유적지가 있단다. 그렇다면 빼놓고 갈 수는 없지. 걸음에 힘이 붙는다. 저만치 등대 두 개가 나타난다. 청사포항이다. 철길을 가운데 두고 위쪽이 새터마을이고 아래쪽이 청사포마을이다. 마음먹은 대로 우선 구석기 유적지를 찾기 위해 새터마을을 두리번거린다. 하지만 허름한 집 몇 채와 밭작물뿐 아무것도 보이지 않는다. 물어볼 사람도 없다. 끝내 확인하지 못하고 돌아선다.

한낮의 청사포마을은 철길과 함께 늙어가고 있다. 노인 몇 분만 느린 걸음으로 오갈 뿐이다. 하지만 저녁에는 회나 장어구이를 먹으러 오는 사람들로 불야성을 이룬다고 한다. 지금까지 걸어온 것만큼 더 가면 구덕포를 거쳐 폐선 철길의 종점인 송정마을에 닿는다. 총 4.8킬로미터.

걸음을 멈추고 걸어온 길을 돌아본다. 발아하지 못하고 묻혀버린 꿈을 찾듯 촘촘한 걸음으로 지나온 길이었다. 오늘 새로 만든 추억을 또 철길 사이에 묻는다. 바람 거세고 삶이 마구 흔들리는 날 다시 찾아와야지. 여기 길이 있어 걷는다. 나를 찾으려 걷는다.

그 밖에 가볼 만한 곳

차를 갖고 갔다면 달맞이길 드라이브를 권한다. 중간에 만나는 해월정은 일출과 월출의 장관을 한자리에서 볼 수 있는 곳으로 유명하다. 부산을 제대로 조망하고 싶다면 남구의 이기대二妓臺를 찾아가면 된다. 임진왜란 때 수영 권번에 있던 두 명의 기생이 왜장에게 술을 먹여 취하게 한 뒤 함께 바다로 뛰어들었다는 이야기가 전해지는 곳이다. 군사보호구역이었으나 1993년에 개방되었다. 경관이 뛰어나서 해운대, 영도, 오륙도가 손에 잡힐 듯 들어오는 것은 물론 맑은 날이면 대마도를 가장 가까이서 볼 수 있다. 35미터 높이의 유리전망대가 설치돼 있다. 시간이 충분하면 동생말~어울마당~농바위~오륙도선착장으로 이어지는 4.7킬로미터의 해안산책로를 걸어보는 것도 좋다.

미포~청사포에 가면

"개발해야", "시민 품으로" 폐선 구간 갈등

동해남부선의 일부 구간을 이전하게 된 가장 큰 이유는 사유지 권한 행사를 요구하는 주민들의 민원이었다. 결국 지난 2013년 12월 우동~기장 구간의 복선화가 완료되면서 해안 철길은 역사 속으로 사라졌다. 철도 노선을 옮긴 뒤에도 갈등은 여전히 가시지 않고 있다. 폐선 구간을 상업 개발해서 이윤을 남겨야 한다는 인근 주민들의 목소리와 시민의 품으로 돌려주자는 목소리가 팽팽히 맞서고 있기 때문이다.

폐선 부지를 시민에게 돌려주자는 목소리는 '해운대기찻길친구들' 등 시민 단체를 중심으로 끊임없이 제기되고 있다. 그들은 "민간 업자에게 개발 이익을 안겨주는 상업 개발은 곤란하다"면서 "모든 시민에게 온전히 돌려줄 방법을 함께 고민하며 느리게 접근해야 도시를 살리고 미래를 설계할 수 있다"고 주장한다.

대안으로, 시가 철도시설공단으로부터 부지를 매입하는 방안을 제시하고 있다. 매입비용 마련이 쉽지 않겠지만 의지만 있다면 예산을 단계적으로 편성하거나 시민들과 함께 '1인 1평 사기 운동' 같은 것을 추진할 수도 있다고 주장한다.

하지만 해운대·송정 지역 주민들은 폐선 부지를 개발해야 한다고 강경하게 요구하고 있다. 그들은 집회 등을 통해 "지역 경제와 관광 활성화를 위해서 서둘러 개발해야 한다"고 촉구하고 있다. 폐선부지 개발이 늦어지면 이 지역이 슬럼화되고 지역 경제가 죽게 된다는 논리다. 주민들은 폐선 부지 개발을 반대하는 환경 단체 등에 대해 "최소한의 개발마저 하지 말고 시민들에게 돌려주라는 건 실체가 없는 정치적인 선동일 뿐"이라고 반격하고 있다.

부산시는 부지 소유자인 철도시설공단과 민간 개발 방식을 협의해 추진한다는 방침을 내세우고 있다. 현재로는 상업 개발 쪽에 무게가 실린 것으로 보인다. 시는 해운대·송정 지역 주민과 전문가, 시민·환경 단체 관계자 등 대표 38명으로 구성된 시민계획단 라운드테이블 회의를 통해 동해남부선 폐선 부지의 활용 방안을 마련하고 있다. 미포에서 송정까지 해안구간 4.8킬로미터는 철도시설공단과의 협약대로 일부 상업 개발을 가미한 산책로로 조성하는 게 불가피하다는 쪽으로 의견이 모아지고 있다.

무엇을 먹고 어디서 잘까

해운대에는 일일이 손꼽기 어려울 만큼 숙소가 많다. 요즘은 가격이 비교적 싼 비즈니스호텔이 인기를 끌고 있다. 이비스버젯 앰배서더 해운대(051-901-1111), 선셋비즈니스호텔(051-730-9900), 인더스트리호텔(051-742-9309) 등이 있다. 경북횟집(051-743-5917)은 김치에 싸 먹는 회 맛이 일품이다. 이왕 찾아갔다면 수제비 매운탕도 빼놓을 수 없다. 회를 즐기지 않는 사람들이 많이 찾는 곳은 일품한우(051-747-9900). 최고급 품질의 한우 생갈비로 유명하다. 복국은 50년 전통을 자랑하는 할매집원조복국(051-747-7625)이 많이 알려져 있다.

불국토에 서서 목탁 소리에 마음 씻다

충남 예산 추사고택 + 수덕사

옛사람들의 자취를 만나러 가는 길의 끝,
옛집에는 추사 김정희가 있다. 수덕사에는 조선 말기 불교의
중흥조 경허와 만공이 있다.

이 계절에는 세상의 모든 길이 짙푸른 수목 터널을 통과한다. 가로수들은 좀 더 깊이 뿌리를 내려 생명수를 길어 올린다. 소나기조차 인색한 하늘에 무릎 꿇지 않으려는 의지가 꿋꿋하다. 복주머니 수술처럼 생긴 자귀나무꽃이 바람에 나풀거린다. 과수원의 사과들은 벌써 아기 주먹만 하게 자랐다. 사과나무는 어느 곳에 둥근 모양을 기억했다가 해마다 똑같은 사과를 키워내는 것일까. 어떤 환경 속에서도 약동을 멈추지 않는 생명들에게서 희망을 조금씩 나눠 받는다.

충남 예산으로 간다. 옛사람들의 자취를 만나러 가는 길이다. 이 길의 끝, 옛집에는 추사 김정희가 있다. 수덕사에는 조선 말기 불교의 중흥조 경허와 만공이 있다. 또 한국미술사에 새 지평을 열었다는 이응노도 만날 수 있다. 더위를 피해 강으로 바다로 떠날 때, 먼저 걸어간 이들을 따라 걸으며 그들의 깨달음을 경청하는 것도 여름을 알차게 나는 지혜다.

추사고택

아침 햇살과 참새들이 마당에서 어울려 놀다가, 낯선 발소리에 화들짝 놀라 달아난다. 김정희가 나고 자란 집은 터 자체가 안온하다. 부드럽게 품을 펼친 낮은 산을 뒤로하고 예당평야 너른 들판을 앞에 두었다.

눈에 먼저 들어오는 건 'ㄱ' 자의 사랑채. 마당 한쪽에 피었던 모란은 오래전에 지고 솜털이 무성한 열매를 매달았다. 사랑채 너른 마루에 앉아 마당에 눈을 둔다. 무언가 지는 것을 보고서야 비로소 시간이 오고 갔음을 깨닫는다. 추사도 어느 날은 이 자리에 앉아 있었을까? 정갈하게 비질된 마당 위에 오래전 머물다 간 천재 예술가의 생을 그려본다.

사랑채의 구조는 비교적 단순하다. 'ㄱ' 자로 꺾이는 곳에 대청을 두고 온돌방이 남쪽에 한 칸, 동쪽에 두 칸 있다. 큰 방이 추사

충청남도 예산군 신암면 용궁리에 있는 추사고택.

가 머물던 곳이다. 방 안에는 추사의 글씨로 만든 큰 병풍과 보료, 서탁이 놓여 있다. 그곳에 앉아 있었던 이를 그려보는 건 어렵지 않다. 추사의 궤적을 찬찬히 따라 걷는다. 훗날 '19세기 최고의 인물'이라는 평을 들을 정도로 빛나는 삶이었으면서도, 유배지에서 눈물을 삼켜야 하는 고난 또한 그를 비껴가지 않았다. 하지만 그는 불우를 딛고 불후의 작품들을 남겼다. 작품으로 천 년을 빛나는 삶 이상의 삶이 있을까.

집을 돌아보며 벽에 걸린 글씨들을 하나씩 눈에 담는다. 글씨마다 추사의 성품과 노력과 고난이 배어 있다. 기둥에 걸린 주련에서도 그의 자취를 읽는다. 특히 '서세여고송일지書勢如孤松一枝'라는 문장 앞에서 오래 머문다. '글씨 쓰는 법은 외로운 소나무 한 가지와 같다'는 뜻이다. 그도 그런 마음이었구나.

안채는 사랑채에 살짝 비켜서 있다. 사랑채가 동향인데 비해 안채는 남향으로 자리한 'ㅁ' 자 집이다. 여섯 칸 대청에 안방, 건넌방, 부엌, 광 등을 갖추고 있다. 규모가 크지는 않지만 정갈하고 당당해 보인다. 그러고 보니 영조의 딸인 화순옹주가 머물던 집이기도 하다. 화순옹주는 김정희의 증조모다.

고요한 뒤뜰에는 나무에 앉았던 새소리가 우수수 떨어져 앉는다. 조금 올라가면 추사영실秋史影室이 있다. 거기서 추사의 초상과 마주한다. 그가 세상을 뜬 다음 해(1857년) 제자인 이한철이 그렸다고 한다. 얼굴 전체는 후덕해 보이고 표정은 온화하다. 특히 감춘 듯 은은한 미소는 보는 이의 마음을 평온하게 해준다.

추사가 25세 때 청나라 연경을 다녀오면서 가져온 씨앗을 심어서 자랐다는 백송.

목례로 작별하고 내려와 뒤뜰을 거닌다. 앵두나무도 매실나무도 살구나무도 텅 비었다. 노랗고 붉던 열매들은 계절을 따라가버렸다. 대신 모과가 한참 몸피를 키우고 있다. 세상에는 무엇이든지 늘 가고 온다.

고택을 나서서 왼쪽으로 방향을 잡는다. 소나무 숲을 지나고 추사의 증조부인 월성위 김한신 묘도 지나고 화순옹주 홍문을 거쳐 백송을 보러 간다. 이 백송은 추사가 25세 때 청나라 연경을 다녀오면서 가져온 씨앗을 고조부 김흥경의 묘소 앞에 심은 것이라고 한다. 밑에서부터 세 가지로 자란 아름다운 모양이었지만 두 가지는 말라 죽고 한 가지만 남았다. 그나마도 늙고 쇠잔해서 연명으로 위안을 삼는 것 같다.

길을 되짚어 나와 마지막으로 추사의 묘소에 들른다. 묘소는 봉분도 높지 않고 석물들도 고만고만하다. 하지만 범접하지 못할 기품을 갖추고 있다. 소나무 한 그루가 청청한 기상으로 추사를 말해준다. 나무 그늘에 앉아 멀리 눈길을 던진다. 텅 비어서 더욱 가득 찬 들판이 끝없이 출렁거린다. 사람 사는 것도 그렇지. 비우고 또 비워서 가득 채울 일이다.

수덕사

'동방제일선원東方第一禪院' 현판이 붙은 일주문을 지나자마자 왼쪽에 있는 수덕사 선禪미술관부터 들른다. 고암 이응노 화백을 먼저 만나보고 싶어서다. 선미술관과 그가 머물렀다는 수덕여관은 아래위로 나란히 서 있다. 미술관 안에는 서명조차 없는 이응노의 습작들이 여러 점 전시돼 있다. 하나하나 꼼꼼하게 눈에 담는다. 덕숭총림 3대 방장을 지낸 원담 스님의 선필까지 돌아본 뒤 수덕여관으로 간다.

수덕여관은 이응노 화백이 1944년에 구입해서 1959년 프랑스로 가기 전까지 거처한 곳이다. 그는 이곳에서 수덕사 일대의 풍경을 그렸다. 또 1969년 동백림사건 당시 귀국했을 때 수덕여관에 머물면서 바위에 추상화를 새기기도 했다. 그 바위가 지금도 그대로 남아 있다. 이응노 역시 예술로 찬사를 받았지만 간첩으로 몰려 옥고를 치렀다. 사람살이의 덧없음을 확인한다.

수덕사로 올라가는 길은 긴 역사만큼이나 깊고 서늘하다. 아름드리 소나무들에게서 시간을 몸에 새겨 넣는 법을 배운다. 덕숭산 수덕사는 백제 말에 창건된 절로 알려져 있다. 그러니 최소 1,300년이 넘은 고찰이다. 금강문을 지나고 사천왕문을 지난다. 마지막 계단이 시작되기 전 황하정루가 기세등등하게 서 있다. 중창불사의 거센 바람을 타고 근래에 세운 이 거대한 건물은 위압적이거나 답답한 느낌을 준다.

먼저 황하정루의 지하에 있는 근역성보관(성보박물관)에 들른다. 이곳에는 수덕사 본, 말사의 문화재 4천여 점을 소장, 전시하고 있다. 전시물은 조각, 불화, 공예, 복장물, 고승 유물 등 다양하다. 그

측면에서 본 대웅전.
맞배지붕의 멋을 고스란히 보여준다.

중에서도 특히 눈에 띄는 것은 경허와 만공의 유품들이다. 만공스님이 해방을 맞아 무궁화 꽃잎에 먹을 묻혀 썼다는 '세계일화世界一花' 등의 글씨와 고종의 다섯째 아들인 의친왕 이강으로부터 하사받았다고 전해지는 거문고도 직접 확인할 수 있다.

박물관에서 나와 가파른 계단을 오른다. 한순간 시야가 확 트이면서 절집들이 우르르 눈으로 들어온다. 꾸밈없는 외양의 대웅전이 보이는 순간 마음이 턱 놓인다. 수덕사에서 대웅전을 빼면 아무리 많은 건물을 지어도 더 이상 수덕사가 아니다. 절마당의 늙은 느티나무와 소나무와도 반갑게 인사한다.

걸음을 멈추고 돌아서서 저 아래 펼쳐져 있는 들판을 바라본다. 내포평야의 한 자락이다. 이곳에서 바라보는 세상이야말로 불국토佛國土다. 그리고 수덕사 풍경의 백미다. 바람은 또 얼마나 시원한지. 마음에 담고 살아온 온 응어리들이 슬그머니 녹아내린다. 참 긴 시간을 거슬러 올라 여기까지 왔다. 관음전에서 달려온 목탁 소리가 내 귀를 열더니 끝내 마음까지 열어젖힌다. 푸른 숲 속으로 작은 새 한 마리 풍덩! 몸을 던진다.

대웅전 앞 삼층석탑 앞에 멈춘다. 웅장한 절집들에 비해 초라해 보일 정도로 소박한 탑이다. 하지만 통일신라 탑 특유의 균형 있는 비례를 갖췄다. 한쪽 귀가 깨어진 게, 이리저리 넘어지며 살아온 민초들을 연상시킨다.

단청 없는 대웅전과 삼층석탑, 그리고 경허와 만공. 수덕사의 상징과 가치를 생각한다. 화려한 치장만이 빛나는 것은 아니다. 단청을 하지 않은 대웅전이 그 증거다. 국보 49호인 이 건물은 1308년에 세워진 고려 건축물의 대표작이다. 눈여겨봐야 할 부분은 맞배지붕의 멋을 고스란히 보여주는 측면과 팽팽한 긴장감을 잃지 않는 배흘림기둥, 그리고 장식 없는 문살이다. 특히 옆에서 본 대웅전은 군더더기를 배제한 단순미의 정수를 보여준다.

담을 따라가다 경내를 벗어난다. 여기서부터 덕숭산 정상으로 가는 등산코스다. 중간중간 암자들이 여럿 있다. 선수암, 소림초당, 향월각, 금선대, 전월사…. 그리고 능인선원이 있는 정혜사. 그중 금선대에는 경허와 만공스님의 영정이 있다.

가파른 길을 오르다 너럭바위 위에 앉아 숨을 고른다. 여기는 풀과 나무와 새의 영역이다. 솔 향을 싣고 온 바람소리가 어릴 적 듣던 음악처럼 감미롭다. 이대로 잠들어도 좋을 것 같다. 아니지, 아무리 좋은 곳이라도 영원히 머무를 수는 없는 법. 내포 들판을 달려온 바람이 저자의 시간을 알려주지 않았으면, 저물 때까지 앉아 있을 뻔했다. 가벼워진 몸과 마음을 일으켜 힘차게 걸음을 내딛는다.

수덕사에 가면

호방한 경허·만공 스님이 남긴 이야기들

추사고택은 김정희의 증조부 김한신이 영조의 사위가 되면서 하사받은 집이다. 김정희는 1786년 이 집에서 출생했다. 김정희를 낳을 때 우물이 갑자기 마르고 뒷산의 풀과 나무들이 모두 시들었다가, 그가 태어나자마자 우물이 다시 차오르고 나무와 풀들도 생기를 되찾았다는 이야기가 전해진다.

추사 김정희는 고증학의 문호를 개설한 학자이며, 문장가다. 글씨는 물론이고 그림에도 뛰어나 예술가로서 최고의 경지에 이르렀다. 금석학 연구에서도 큰 업적을 남겼으며 천문학, 지리학, 문자학, 음운학에 정통했다. 하지만 그에게도 질곡은 있었다. 1819년 문과에 급제해 규장각 대제, 호서 안찰사를 거쳐 병조판서에 이르는 등 승승장구하던 중 예기치 못한 시련이 닥쳤다. 55세 때 윤상도 옥사에 연루돼 9년에 걸친 제주도 유배 생활을 했다. 65세 때는 진종조예론眞宗弔禮論의 배후 조종자로 지목돼 다시 2년간 함경도 북청에 유배됐다. 하지만 추사는 가장 절망적인 상황을 예술로 승화시켜 추사체라는 독특한 경지의 글씨를 만들었다.

수덕사를 오늘의 대찰로 만든 이는 경허와 만공스님이다. 경허 성우鏡虛 惺牛(1849~1912)는 조선 말기의 침체됐던 불교계에 등장해서 선불교를 진작시킨 선의 혁명가이자 대승大乘의 실천자였다. 만공 월면滿空 月面(1871~1946)은 스승인 경허를 계승하여 선풍을 진작시킨 선지식이다. 일제강점기 선우공제회운동禪友共濟會運動에 지도자로 참여했으며, 31본산 주지회의에 침석하여 조선 총독 미나미에게 일본의 한국불교정책을 힐책했다.

계율에 얽매이지 않고 호방한 선풍을 지녔던 두 스님은 숱한 일화를 남겼다. 지금까지 회자되는 이야기도 여럿이다. 어느 날 스님이 제자와 함께 고갯길을 넘는데, 제자가 다리가 아파서 더는 못 가겠다고 꾀를 부렸다. 그때 마침 밭에서 남편과 함께 일하던 아낙이 있었는데, 스님이 달려들어 와락 껴안고 입을 맞추더란다. 놀란 남편이 죽이겠다고 쫓아오는 바람에 걸음아 나 살려라 하고 고개를 훌쩍 넘었다. 제자가 스님에게 왜 그런 짓을 했느냐고 따지듯 묻자 "네가 다리 아파 못 가겠다고 하지 않았느냐. 덕분에 여기까지 쉽게 오지 않았느냐"고 대답하더라는 것이다. 이 일화는 여러 가지 형태로 전해오는데 경허와 젊었을 적 만공의 이야기라고도 하고, 만공과 그의 제자가 남긴 이야기라고도 전해진다. 누구의 이야기였든 두 스님의 법도를 넘어선 호기를 상징하는 일화라고 할 수 있다.

무엇을 먹고 어디서 잘까

추사고택 인근에는 마땅한 숙소가 없다. 수덕사 인근의 덕산온천에 원탕을 자랑하는 덕산온천관광호텔(041-338-5000)과 가야관광호텔(1544-0917) 등이 있다. 온천테마파크인 리솜스파캐슬(041-330-8000)도 이용해볼 만하다. 수덕사 사하촌에는 산채정식을 주메뉴로 하는 음식점들이 밀집돼 있다. 특유의 향을 자랑하는 산나물과 더덕구이 등 수십 가지의 반찬이 나온다. 수덕골미락식당(041-337-0606)은 채소는 물론 더덕, 엄나무, 오가피 등을 청정 지역에서 직접 재배해 상을 차리는 것으로 잘 알려져 있다.

나를 치유하는 여행

초판 1쇄 발행 2016년 3월 23일
초판 2쇄 발행 2019년 10월 15일

지은이 이호준
펴낸이 이수철
본부장 신승철
주 간 하지순
디자인 오세라
마케팅 안치환
관 리 전수연

펴낸곳 나무옆의자
출판등록 제396-2013-000037호
주소 (03970) 서울시 마포구 성미산로1길 67 다산빌딩 3층
전화 02)790-6630 팩스 02)718-5752

페이스북 www.facebook.com/namubench9
인쇄 제본 현문자현

ISBN 979-11-86748-62-6 03810

• 나무옆의자는 출판인쇄그룹 현문의 자회사입니다.

• 이 도서의 국립중앙도서관 출판예정도서목록(CIP)은 서지정보유통지원시스템 홈페이지(http://seoji.nl.go.kr)와 국가자료공동목록시스템(http://www.nl.go.kr/kolisnet)에서 이용하실 수 있습니다. (CIP제어번호: CIP2016004904)